U0028408

THE KISS QUOTIENT

親吻實習課

HELEN HOANG

海倫・虹恩——著　李麗珉——譯

獻給我的家人。

謝謝你們，姥姥、媽媽，
二姊、三姊、四姊、五哥，和老七，
謝謝你們當我的避風港。

謝謝你，親愛的，
謝謝你愛我，愛我的標籤，古怪，
我對事物的迷戀，以及我的一切。

謝謝你們，B-B和I-I，
謝謝你們讓媽媽寫作。
你們是我生命中最美好的事物。

謝辭

有人說，寫作是很孤獨的。這是真的。你坐下來，獨自一個人書寫。然而，如果沒有那麼、那麼、那麼多人的幫助和支持，這本書絕對不會有今天。

如果我沒有機會參加布蘭達·德瑞克的Pitch Wars競賽的話，這本書就絕對不會以這個形式存在。謝謝你們，布蘭達和Pitch Wars團隊。你們做了一件很棒的事。（如果你是一名沒有出版過書的作家，你真的應該要搜尋一下pitchwars.org.）這個比賽把我和我優秀的導師布萊頓·華許連結在了一起，布萊頓為我的生命帶來了無可計量的影響。她不僅幫助我提升了我的寫作技巧，並且引導我走過邁向出版的這段狂野的旅程，同時變成了一位真正的朋友。謝謝你，布萊頓，我要打從心底感謝你。

感謝所有給我評論的夥伴們，謝謝你們花時間閱讀我的創作。艾娃·布雷克史東，你是我第一個寫作上的朋友。是你給了我勇氣和信心，我真的很幸運能認識你。克莉絲汀·洛克威，你看了這本書蹩腳的初稿，你的回饋幫助我參加了Pitch Wars。拜你之賜，麥可和史黛拉的第一個吻（比原先的設計更笨拙，哈哈）好多了！葛妮·強生，你是個很棒的人，謝謝你對我的支持。你誠實、有耐心又厚道，我要永遠把你留在身邊。蘇珊·帕克，我不知道要從何說起，你真的很慷慨，又超級好笑，而且你懂我。珍·德魯卡，我很感恩在Pitch Wars期間能擁有一位姊妹般的導師，而且我很高興那個人就是你。你優異的寫作技巧讓人難以置信，那是我所欽羨、並且企圖想要仿效的。瑞琳・瓦漢，謝謝你的誠實和鼓勵，也謝謝你將我納入Viva La Colin，因為那樣，我才得以遇見艾許・亞歷山大和藍迪・派林。你們這些女孩實在太有趣了。A・R・盧卡斯，我很高興我把史黛拉寫成了你的翻版。夏儂・卡德威，謝謝你告訴我，你花了一個晚上就讀完了整本書——那讓我整整開心地笑了好幾個小時。珍妮・霍威，謝謝你讓我持續地把我最新的進度發給你，好讓我沒有偏離正軌。C・P・萊德，我們得再一起去丹尼餐館！

謝謝Pitch Wars 2016的導生班。你們是一群很棒的人。在我寫下這些感謝名單的此刻，你們當中有些人正在我們的Am Writing Group裡和我一起寫作。伊恩・巴尼斯、梅根・莫林、羅斯・索爾、勞拉・萊斯利、翠西亞・林恩、麥克斯姆・馬汀努、艾莉西亞・馬丁、羅斯琳・貝克、茱莉・克拉克、崔西・歌德、塔瑪拉・安、瑞秋・葛林菲恩（我還是想要寫一本名為微積分學家的書！）、尼克・伊利斯、安妮特・克里斯帝，還有其他許多人，你們一直都為遭到否決的創作發出不平之鳴、也為成功的人歡呼。你們讓寫作這件事變得更棒了。謝謝Pitch Wars的導師勞拉・布朗。我不是你的導生，但是，你的善意總是陪伴在我左右。

感謝美國羅曼史作家聖地牙哥分部。黛咪・漢格佛德、麗莎・凱斯勒，以及瑪麗・安德里亞斯，我的創作和修改很多都是在和你們一起努力時完成的。塔梅拉・伊斯頓、勞拉・康諾斯、瑞秋・戴維許、塔米・瓦哈力克、泰莎・麥菲恩，以及珍妮・泰特，你們是一群了不起的女子，而且你們也一直都讓我感到賓至如歸。此外，還要感謝海倫凱・迪蒙，謝謝你在四月份的寫作挑戰裡，帶領我們這個分部，在那段期間，我完成了這本書大部分的初稿。

感謝女性自閉症協會幫助我認識了其他像我一樣的自閉症女性。我在我們臉書群組上遇到的那些人，是我認識的人裡最甜美、最體貼的人之一，此外，知道我自己並不孤單、知道還有人和我一樣面對了同樣的挑戰和怪癖，這是一個很棒的體驗。在眾多的人裡，海瑞特，西瑟兒、伊莉莎白和泰德，在我對自己和自閉症更加了解、並且最終獲得診斷的同時，你們幾位女士給了我很大的支持。謝謝你們的友誼。

特別要感謝我優秀的經紀人金·萊恩尼提，謝謝你對我的耐心，謝謝你為我而戰，以及為《親吻實習課》找到一個家，讓我的夢想成真。

謝謝辛蒂·黃，謝謝你看到了這本書的潛力，也謝謝你如此地美好。克莉絲丁·史瓦茲、潔西卡·布拉克、塔瓦娜·蘇利文、柯林恩·雷恩哈特，以及其他人，和你們一起工作十分愉快。感謝柏克利出版對我的幫助，讓我可以和讀者分享另一種觀點，而且真的以愛對抗了仇恨。

1

「我知道你討厭驚喜，史黛拉。為了要表達我們的期待，並且給你一個合理的時間表，你應該要知道，我們已經準備好要抱孫子了。」

史黛拉．蘭恩的目光從自己的早餐跳到她母親那張年華老去卻依然優雅的臉龐上。她母親臉上的淡妝讓人無法不注意到她那雙隨時準備好要戰鬥的咖啡色眼眸。史黛拉升起一股不祥的預感。每當她母親決定要做一件事的時候，就會變得像一隻帶著宿仇的蜜獾一樣——好鬥且頑固，只差她不會咆哮，也沒有毛皮而已。

「我會記住的。」史黛拉回答母親。

震驚很快被接二連三的恐慌念頭所取代。孫子就等於嬰兒。還有尿布。堆積如山的尿布。迅速增長的尿布。還有嬰兒的哭聲，像女妖般折騰靈魂的哀號聲，連最好的消音耳機都擋不住的號哭聲。那麼小的嬰兒怎麼能哭得如此嚎啕、如此奮力呢？另外，嬰兒就代表了丈夫。丈夫就等於男朋友。男朋友就等同於約會。約會就意味著性愛。這讓她不寒而慄。

「你已經三十歲了，史黛拉，親愛的。你至今依然單身讓我們很擔心。你試過那個手機社交軟體Tinder嗎？」

史黛拉拿起水杯，喝了一大口水，不慎還吞下了一顆冰塊。在清了清喉嚨之後，她才回答說：「沒有。我沒試過。」

一想到Tinder——以及伴隨Tinder而來的約會——就讓她突然開始冒汗。她痛恨和約會有關的一切：離開她日常的舒適圈，空洞又難解的對話，還有，又來了，性愛……

「我獲得升遷了。」她希望這個話題可以分散她母親的注意力。

「又升遷了？」她父親放低眼前的華爾街日報，露出他的那副無框眼鏡。「兩季之前你才剛升遷過。這真是太驚人了！」

史黛拉興奮了起來，往前滑坐到她自己的座位邊緣。「我們最新的客戶——一個很大的線上賣家，不過我不能公開它的名字——提供了最驚人的數據，讓我可以整天都在玩這些數據。我設計了一種演算法，對他們的某些採購建議很有幫助。很顯然地，這帶來的效果超出他們的預期。」

「這個新的升遷何時開始生效？」她父親問道。

「這……」她的蟹餅水波蛋上的荷蘭醬和蛋黃都混在一起了，她企圖要用叉子把那些黃色的液體分開。「我沒有接受那個升遷。那是一個首席計量經濟學家的職位，將會有五個人要直接對我報告，而且我也得要和客戶有更多的互動。但是，我只想要處理數據就好。」

她母親不在意地揮了揮手，駁斥掉她的聲明。「你越來越安於現狀了。如果你不繼續挑戰自我的話，你就無法改善你的社交技巧。這提醒了我一件事，你會想要和你公司裡的任何一個同事約會嗎？」

她父親放下手中的報紙，雙手交叉地放在他圓鼓鼓的肚子上。「對啊，那個傢伙呢，菲利普·詹姆士？我們上回在你公司聚會中見到他時，他看起來似乎很不錯。」

她母親雙手拍著自己的嘴，彷彿瞄準麵包屑的鴿子一樣。「噢，我怎麼沒想到他呢？他好有禮貌。而且也很體面。」

「他還可以吧，我想。」史黛拉用手指畫過玻璃水杯上的霧氣。說實在的，她也曾經考慮過菲利普。他雖然自負又粗魯，不過，他是個有話直說的人。這是她很喜歡的一種特質。「我想，他有好幾種人格障礙。」

她母親拍了拍史黛拉的手。然後，把手放在史黛拉的手指關節上，而沒有把手放回到自己的腿上。「那他也許會很適合你，親愛的。如果他有自己的問題要克服的話，那麼，他可能就比較能理解你的亞斯伯格症。」

雖然這句話的語氣很實事求是，但是，聽在史黛拉的耳朵裡，卻是那麼地不自然又刺耳。她很快地瞄了一眼在遮陽篷下的室外用餐區，確保沒有人聽得到他們的對話，然後，她才低下頭看著她母親的手，努力讓自己不把那雙手甩開。不請自來的身體碰觸向來都讓她不安，而她母親也很清楚這點。她那麼做是為了要「讓她習慣」。但是，那卻讓史黛拉抓狂。光是這點，菲利普能理解嗎？

「我會考慮他的。」史黛拉回應道，而她也真的這麼想。她最討厭說謊和含糊其辭，這兩件事甚至比性愛更讓她討厭。況且，她終究還是想讓她母親以她為傲，希望讓她母親高興。不管史黛拉做什麼，在她母親眼裡，她距離成功總是還差那麼幾步，這也讓史黛拉相信自己做的確實還不夠好。她知道，有男朋友就可以補足這幾步。問題是，她沒有辦法在自己的生活裡留住男人。

笑容浮上她母親的臉龐。「很好。幾個月後，我會舉辦下一場慈善晚宴，這次，我希望你能帶一個男伴參加。我會很高興見到詹姆士先生和你連袂出席，不過，如果行不通的話，我會幫你找到別人的。」

史黛拉抿著嘴唇。她最近的一次性經驗就來自於她母親安排的盲目約會。對方長得相貌堂堂——這點她必須承認——然而，他的幽默感卻讓她感到很困惑。他是一名風險投資專家，而她則是一名經濟學者，照理說，他們應該有很多共通點，但是他卻不想聊他實際的工作。相反地，他喜歡聊辦公室政治和操控策略，這些話題讓她完全聽不懂，只能相信那是一次失敗的約會。

當他毫不隱諱地直問她想不想和他上床時，她完全沒有心理準備。由於她向來不擅長拒絕，因此，她答應了。他們接吻了，但是她一點享受的感覺都沒有。他的味道就像他晚餐吃的羊肉一樣。她不喜歡羊肉。他的古龍水讓她反胃，他甚至還把她全身都摸遍了。只要碰到親密狀況時，她的身體就會自動封鎖。而這次也不例外。在她來得及意識到之前，他就已經完事了。他把他用過的保險套扔在飯店房間書桌旁的垃圾桶裡——那讓她覺得很不舒服；他難道不知道那種東西應該要扔在浴室嗎？——他還對她說她需要放鬆一點，然後就離開了。她可以想見她母親會有多麼失望，如果她知道自己的女兒和男人在一起時是什麼樣的一場災難。

而現在，她母親甚至還想要抱孫子。

史黛拉站起身，拿起自己的皮包。「我需要去工作了。」雖然她的工作進度超前，但是，需要二字對她來說一點也不為過。工作讓她著迷，導引著她腦子裡那份強烈的渴望。同時也讓她感到療癒。

「不愧是我的女兒。」她父親說著站起來，拍了拍他的絲質夏威夷襯衫，然後才和她擁抱。

「要不了多久，你就會擁有那家公司了。」

當她很快地給她父親一個擁抱時——當她主動或者在腦子裡準備好了的時候，她就不介意身體上的接觸——她吸入了那股熟悉的刮鬍水味道。為什麼所有的男人就不能像她父親這樣呢？在他眼裡，她既漂亮又聰明，而他身上的味道也不會讓她覺得反感。

「你知道她對工作有一種不健康的迷戀，愛德華。不要鼓勵她。」她母親提醒了她父親，然後發出了一聲母性的嘆息，才把注意力轉到史黛拉身上。「你應該在週末的時候和別人出去。如果你能認識更多男人的話，我知道你一定可以找到一個對的人。」

她父親吻了吻她的鬢邊，小聲地說道：「但願我也能去工作。」

史黛拉在她母親擁抱她的時候，對著父親搖了搖頭。她母親那條永不離身的珍珠項鍊壓在了史黛拉的胸骨上，而她身上散發的香奈兒5號也重重裹住了史黛拉。那股令人厭煩的香水味讓史黛拉足足忍受了三秒鐘，才往後退開母親的懷抱。

「我們下週末見。我愛你們。再見。」

她朝著父母揮揮手，然後踏出那間位於帕羅奧圖市中心的時尚餐廳，走上人行道，沿著佈滿成排高檔商店的林蔭大道而行。經過三條灑滿陽光的街道之後，她來到了一棟低層的辦公建築前面，而這個世界上她最喜歡的地方就在裡面：她的辦公室。三樓左邊角落的那扇窗戶就屬於她。

她把皮包拿到感應器前面，前門的鎖喀噠一聲地打開了，她踏進空蕩無人的建築裡，經過無人的櫃檯，走進電梯，愉快地傾聽著自己的高跟鞋踩在大理石地板上的聲音，那是整棟建築物裡唯一的回聲。

一踏進辦公室，她立刻就展開了她最愛的日常慣例。首先，她打開電腦，在亮起的螢幕上鍵入密碼。就在所有程式啟動的同時，她把皮包放到辦公桌的抽屜裡，然後到廚房把自己的杯子注滿水。接著，她脫掉鞋子，把鞋子安置在辦公桌底下那個固定的位置。然後才坐下來。

開機，密碼，皮包，水，鞋子，坐下。這是她向來不變的順序。

統計分析系統，又稱之為SAS，開始自動下載，她辦公桌上的三個螢幕，立刻就佈滿了數據流。購買，勾選，登入時間，付費模式……都是很簡單的動作，真的。但是，它們卻告訴了她更多關於人們的事，比人們自己能說的還要多。她張開雙手，將手指放在符合人體工學的黑色鍵盤上，迫不及待地要讓自己沉浸在工作裡。

「噢，嗨，史黛拉，我想可能是你。」

她回過頭，被菲利普·詹姆士不受歡迎的身影嚇了一跳，只見菲利普正站在她的門邊往她的辦公室裡張望。那頭剪得很短的黃褐色頭髮讓他的方形下巴更顯突出，而那件馬球衫則緊緊地貼在了他的胸口。他看起來很清爽，很有品味，也很聰明──正是她父母認為適合她的那種男人。不過，她在週末還開心地來工作卻被他抓到了。

她的臉頰發燙，隨即很快地把鼻梁上的眼鏡往上推。「你在這裡幹嘛？」

「我得來拿昨天忘了帶走的一個東西。」他從一個購物袋裡掏出一個盒子，然後朝著她揮了揮盒子。史黛拉瞄到盒子上印著斗大的保險套品牌名字特洛伊。「週末愉快。我知道我的週末會很愉快的。」

她的腦子裡閃過剛才和她父母的早餐聚會。孫子，菲利普，可以預見的更多盲目約會，成為人生勝利組。她舔了舔嘴唇，急著想要吐出什麼話，隨便什麼話都好。「你真的需要那麼大一盒嗎？」

話才說出口，她立刻就皺眉了。

他露出了他那討人厭的笑容，不過，那股惱人的感覺隨即被他一口亮白的牙齒沖淡了一些。「我很確定我今天晚上會需要用到半盒，因為老闆的新實習生約我出去。」

史黛拉不由自主地感到佩服。那個新來的女孩看起來那麼害羞。誰能想得到她居然那麼大膽？「吃晚餐？」

「不只如此，我想。」他那雙淡褐色的眼睛閃閃發亮。

「你為什麼等她開口約你？你為什麼不主動約她？」在她的印象中，男人在這種事情上都喜歡主動。難道她錯了嗎？

菲利普不耐煩地把那盒特洛伊塞回他的購物袋裡。「她才剛大學畢業。我可不想被人說是老牛吃嫩草。此外，我喜歡知道自己要什麼、並且主動去追求的女孩……特別是在床上的時候。」他說著，眼神欣賞地將她從腳到頭掃了一下，那抹笑容宛如他可以看穿她的衣服一樣，這讓她全身僵硬不知所措。「告訴我，你還是處女嗎，史黛拉？」

她看回眼前的螢幕，但那些數據卻頓時變得陌生了起來。程式螢幕上的游標繼續在閃爍。「不關你的事，不過，不是，我不是處女。」

他走進她的辦公室，把臀部靠在她的辦公桌邊上，帶著懷疑的目光看著她。她碰了一下眼鏡，儘管她的眼鏡完全不需要調整。「所以，我們的明星計量經濟學家曾經『幹過那檔事』。幾次？三次？」

她絕對不會告訴他他猜對了。「不關你的事，菲利普。」

「我敢打賭，當男人在那裡欲仙欲死的時候，你只是躺在那裡，腦子裡還在計算那些線性遞迴吧。我說得對嗎，蘭恩女士？」

史黛拉肯定會這麼做的，如果她可以把好幾十億位元組的數據都植入腦子裡的話，但是她寧死也不願意承認。

「讓一個在這方面深具經驗的男人給你一句忠告：好好練習吧。當你擅長此道的時候，你就會比較喜歡它，而當你比較喜歡它的時候，男人就會比較喜歡你。」說著，他離開她的桌邊，走向辦公室的門口，那個裝滿保險套的袋子在他的身邊快活地晃蕩著。「好好享受你永無週末的一週吧。」

等他一離開，史黛拉立刻起身把辦公室的門關上，比平時關門還要用力。隨著那扇門發出的重響，她的心也跌跌撞撞了起來。當她重新控制住自己的呼吸時，她把汗濕的手在她的鉛筆裙上擦了一下。她在辦公桌前坐下來，然而，那份坐立不安讓她只能盯著螢幕上閃爍的游標，什麼事也做不了。

菲利普是對的嗎？她之所以不喜歡性愛，是因為她在這方面實在太糟糕了嗎？練習真的會成就完美嗎？這是多麼誘人的概念。也許，性愛是另一個她需要投注更多努力的人際互動——就像日常對話、眼神交流，以及禮儀。

然而，你要怎麼才能練習性愛呢？男人並不會對她自動送上門來，不像女人對菲利普那樣。

當她真的和男人上床之後，對方總是因為他們在床上的互動乏善可陳，因而覺得光是做過一次對他們彼此來說就已經夠了。

此外，這裡是矽谷，是科技人才和科學家的王國。那些還沒有對象的單身男子，他們的床上經驗很可能和她一樣悲慘。以她的運氣而言，就算她可以和這群人裡的許多人都上床，但是，除了惹來胯下發炎和性病之外，也許她什麼好處都得不到。

不，史黛拉需要的是一個專業人士。

他們不僅要持有健康證明，還要有實際的表現評價。至少，她認為應該如此。如果她在那個行業裡工作的話，她就會備妥這些證明。一般男人會受到某些特質的吸引，例如個性、幽默，還有性感——這些都是她所沒有的。專業人士則會受到金錢的吸引。而史黛拉剛好就不缺錢。

她沒有投入在剛下載的那些閃亮的數據上，相反地，史黛拉打開她的搜尋引擎，谷歌了「加州海灣地區男性伴遊服務」。

2

他應該先打開哪一個信封？檢驗結果還是帳單？對於防護，麥可向來都很偏執，因此，檢驗的結果應該沒事才對。應該。根據他的經驗，倒楣事的發生不需要任何理由。然而，帳單是無可避免的東西。它們向來都很讓人心煩。唯一的問題只在於它們帶給他的衝擊有多大而已。

他繃緊了肌肉，準備迎接即將而來的衝擊，然後打開了帳單的信封。這個月會是多少？他的目光掃到逐項列出的帳單底部，鎖定總額，然後緩緩地吐出了一口氣。沒那麼可怕。如果要從刺痛到粉碎的程度來給分的話，他認為這張帳單僅僅只是瘀青的程度而已。

這可能意味著另外一個信封裡會顯示他已經感染了披衣菌。

他把帳單放到廚房桌子後面那只金屬檔案櫃上面，然後打開最近一次的性病檢驗結果。每一項都是陰性的。感謝老天。又到了週五傍晚，這表示他今晚需要工作。

是時候把他自己的心態調整到性交模式了。在擔心性病檢驗結果和討人厭的帳單之後，這可不是那麼容易的事。有那麼短短的一瞬間，他讓自己想像著當帳單終於不再出現時會是什麼感覺。那他就終於自由了。他會回到他昔日的生活——羞愧的感覺立刻澆熄了他的想像。不，他並不希望那些帳單不再寄來。他永遠都不希望這種事發生。永遠。

麥可慢慢地從這間廉價公寓裡的這頭走向浴室，一邊脫掉身上的衣服，他試著重新燃起自己對這份工作的熱情。起初，這份工作本身具有的禁忌特質就意味了一切，但是，在當了三年的伴遊之後，這個特質已經不再新鮮。不過，這份工作所具有的報復意圖卻依然讓他感到滿足。

老爸，看看你唯一的兒子現在的模樣。

如果他父親發現麥可為了錢而上床，一定會深受折磨。這是多麼讓人感到愉悅的一個念頭。不過，卻完全不具挑逗的效果。這就是為什麼需要性幻想的原因。他在腦子裡轉換著他的喜好。今晚，他要處在什麼樣的情緒狀態裡呢？渴望老師？不被重視的家庭主婦？秘密情人？

他打開淋浴的開關，等待著空氣裡充滿蒸氣，再鑽到蓮蓬頭的熱水底下。吸氣，呼氣，他在呼吸之間讓自己進入狀態。今晚那個客人叫什麼名字？莎娜？艾絲黛拉？不對，是史黛拉。他願意用二十塊錢來賭那不是她的真名，不過，無所謂。她選擇了事先付款。因此，他會試著為她多做一點額外的服務。那麼，就把他的幻想設定在渴望老師吧。

今晚，他是大學一年級的學生。每一堂課他都蹺課了，除了這一堂以外，因為史黛拉女士喜歡把黑板擦掉在他的椅子旁邊。他一邊想像她的裙子在她彎腰去撿板擦的時候往上縮，一邊握住了自己的胯下，緊緊地搓揉著。下課之後，他把她壓在她的講桌上，讓她的臉朝下，再將她的裙子掀到她的腰際，卻發現她在裙子底下一絲不掛。他猛力而急速地進入她的體內。如果有人在這個時候走進教室的話……

隨著一聲呻吟，他在爆發之前鬆開了手。他已經準備好要在課堂外見史黛拉女士了。

他讓自己的腦子鎖定在這樣的幻想情境裡，然後結束了淋浴，擦乾身體，走出浴室，套上牛仔褲和T恤，還有一件黑色的運動外套。他很快地在殘留蒸氣的鏡子裡看著自己的倒影，然後用手指撥了撥一頭濕髮，確定自己看起來夠像樣。

保險套，鑰匙，皮夾。出於習慣，他重新看了一下手機，確認今晚這項任務的特別注意事項。

請不要噴古龍水。

這很容易。反正他本來就不喜歡這種東西。他把手機和其他東西都塞進口袋裡，然後離開了他的公寓。

不出多少時間，他就已經把車子停好在克萊門飯店的地下停車場了。當他緩緩走進飯店整潔又超現代化的大廳時，他先確定自己外套的翻領並沒有亂翹，然後開始想像他的新客戶是什麼模樣，這是他向來都會在謎底揭曉前和自己玩的遊戲。

在年齡欄裡，今晚的客戶填的是三十歲。他嘆了一口氣，自動把年齡更正到五十歲。只要自稱不到四十歲都是一個謊言——除非是團體，不過，他不做團體客人。告別單身的派對向來收費不貲，但是，一想到那會摧毀年輕的愛情，就讓他深惡痛絕。說來也許很可悲，但是，他想要活在一個準新娘只會和她們的準新郎上床的世界，反之亦然。此外，一大群思春的女人著實太嚇人了。你無法招架得了她們，而且她們的指甲實在太鋒利了。

「史黛拉」可能是一個嬌生慣養的五十歲女子，喜歡甜食，水療和捲毛狗，因此，身材圓滾、偏好在床上受到仰慕就屬於必然的了——這對麥可來說完全不成問題。她也可能是一個身材結實、喜歡瑜伽和養生果汁的五十歲女人，而且還偏好馬拉松式的性愛過程，那對他的腹肌訓練，可是會比下斜式的負重捲腹還具挑戰。或者，她也可能是他最不喜歡的那種，是一個拚命三娘型的亞洲女人，而她之所以選中他的原因，完全是因為他的越南和瑞典混血血統，因為他看起來活像韓劇明星丹尼爾．海尼。最後這一種女人總是無可避免地讓他想起他的母親，而在和他們上床之後，他肯定需要一個拳擊沙袋來療癒。

他踏進飯店的餐廳，在昏暗的燈光下，搜尋著一個棕髮、棕色眼睛、戴著眼鏡的女子。由於他稍早還順利收到過郵件的聯絡，因此，他已經做好了最壞的打算。他的目光跳過那些被商業男士佔據的座位，直到他發現一名正在交代女服務生如何為她準備沙拉的中年亞洲女子。當她用精心修剪過的指甲掠過那頭淺棕色的頭髮時，他只覺得胃在下沉，於是，他開始向她走去。今晚將會是個漫漫長夜了。

不，這是他等待了一個學期的性幻想高潮。他們雙雙都期待著這次的見面。這是他想要的。

在他還沒走到椅子之前，一名蘆葦般細瘦的老男人在她對面的椅子坐了下來，然後伸出手覆蓋在她的手上。這帶給他一陣疑惑，卻也讓他鬆了一口氣。麥可往後退開，再一次環顧餐廳。沒有獨坐的人……除了遠處角落裡的一個女孩。

她深色的頭髮在腦後紮成了一個緊緊的髮髻，小巧的鼻梁上架著一副性感的圖書館員式眼鏡。事實上，在他看起來，她的模樣就像刻意選擇裝扮成圖書館員的角色扮演。她穿了一雙尖頭高跟鞋，一件灰色的鉛筆裙，搭配了一件合身的白色牛津襯衫，襯衫的鈕子一路緊扣到了她的喉嚨。她可能是三十歲，不過，麥可認為她應該只有二十五歲。她有一股年輕純真的氣質，雖然，她在研究菜單時眉頭皺得很厲害。

麥可四下張望了一下，搜尋著是否有躲藏起來的攝影團隊，或者他的一些朋友，是否正躲在那些綠植盆栽後面偷笑。但是，他卻什麼也沒有發現。

他把雙手放在她對面的那張椅背上。「抱歉，你是史黛拉嗎？」

她的目光直接投射在他的臉上，讓麥可的思緒一時迷失了。那副性感的圖書館員式眼鏡突顯出一雙動人而柔和的棕色眼眸。而她的雙唇——飽滿誘人，不過卻絲毫無損於她甜美的氣質。

「對不起。我一定是認錯人了。」他面帶笑容，希望自己看起來歉意大過尷尬。這種女孩絕對不可能雇用一個伴遊。

她眨了眨眼睛，站起來時不慎推擠了一下桌子。「不，我是。你是麥可。我是從你的照片認出你來的。」說著，她伸出手。「我是史黛拉．蘭恩。很高興見到你。」

她毫不掩飾地表態以及伸出來的手讓他不禁愣了一下。這不是他的客戶通常會和他打招呼的方式。她們通常都會微微揚起唇角、雙眼發亮地招手示意他入座——那種閃爍在眼裡的光芒代表著她們認為自己比他優秀，不過卻期待著他所能提供的服務。而她和他打招呼的方式，彷彿他……和她是平等的。

他很快地從詫異中回神，隨即握住她纖細的手晃了一下。「麥可．潘。很高興見到你。」

當他鬆開她的手時，她笨拙地朝著他的椅子指了一下。「請坐。」

他坐了下來，然後看著她也在她自己椅子的邊緣坐下，她的背挺直得像一面板子一樣。她注視著他的臉，不過，就在他朝她揚眉時，她立刻就將目光落在了菜單上。她微微地皺起鼻子，藉這個動作來調整眼鏡的位置。

「你餓嗎？我餓了。」她的關節因為緊抓著菜單而發白。「這裡的鮭魚很不錯，牛排也是。我父親喜歡羊肉——」她突然盯著他看，儘管在昏暗的燈光下，他都可以看得出她的臉頰發紅了。她清了清喉嚨。「也許不要選擇羊肉。」

他實在無法不問。「為什麼不要選擇羊肉？」

「我想，羊肉吃起來毛茸茸的，如果你……當我們……」她瞪著天花板，然後深深吸了一口氣。「我只會想到綿羊、羊肉和羊毛。」

「了解。」他笑著回答。

當她看著他的嘴，露出一副她想不起來自己要說什麼的時候，他的笑意加深了。女人之所以選擇他，都是因為他的外貌。不過，很少有女人會出現這樣的反應。雖然她的反應很好笑，不過依然讓他受寵若驚。

「有什麼東西是你希望我不要吃或喝的嗎？」她問。

「沒有，我很隨意的。」他保持著輕盈的語調，企圖忽視胸口的那絲緊繃。這一定是胃痛。單純的體貼不會讓他產生這樣的反應。

等女服務生幫他們點完菜離開之後，史黛拉喝了一口她玻璃杯裡的水，然後用纖細的指尖在杯子的霧氣上畫起幾何圖形。當她發現他正在看她時，她立刻收回了手，壓在自己的臀下，兩頰泛紅，宛如做了什麼不該做的事情被抓到了一樣。

這種反應讓人覺得很可愛。如果她不是已經付費了的話，他不會相信她真的想要找個伴遊。她為什麼想找伴遊？她應該會有男朋友的……或者丈夫。明知自己不應該這麼做——他最好什麼都不要知道——他還是看了一眼她擱在桌上的左手。沒有戒指。也沒有戴過戒指的白色戒痕。

「我有個提議，」她突然開口，眼神出乎意料地直視著他。「這需要某種承諾——我想，在接下來的幾個月裡。我……希望……在那段期間，你只服務我一個人。如果你的時間允許的話。」

「你有什麼想法？」

「請你先告訴我，你是否可以？」

「我只在週五晚上做這個工作。」這是無法妥協的。一週一次的伴遊已經夠糟了。如果他必須不止一週一次的話，那他一定會瘋掉，而他不能讓自己瘋掉。太多人要依賴他了。

他也從來都不會和同一名客戶重複見面。雖然她們有意要和他往來，但是他無法忍受。不過，在他拒絕之前，他想要聽聽看她的提議是什麼。

「那麼，接下來的幾個月，你是有空的嘍？」她問。

「那要看你的提議是什麼。」

她把眼鏡推到鼻梁上端，挺起胸膛地說：「我很不擅長做……你做的事。不過，我想要有所改善。我想，如果有人可以教我的話，我可以做得比較好。我希望那個人可以是你。」

麥可理解了她的話，但是卻感到很不真實。她認為她自己很糟糕。在性方面。並且想要上課尋求改善。她想要他指導她。

問題是，性愛的事要怎麼教？

「我想，在我們做任何安排之前，我們應該要先試一下。」麥可答覆她。她不可能真的不擅長床第之間的事，而且她也已經付款了。再怎麼說，他都得讓她擁有今晚。

她皺眉地點點頭。「你說的完全沒錯。我們得先建立一個基準。」

他的唇角再度泛上一抹微笑。「你是科學家嗎，史黛拉？」

「噢，不是的。我是經濟學家。嚴格來說，我是計量經濟學者。」

在麥可的字典裡，那樣的頭銜就讓她被歸類在了天才的類別裡，一股怪異的感覺從他的後頸油然而生。可惡，但願他對聰明的女孩沒有特別的感覺。渴望老師之所以成為他最喜歡的性幻想情節並非沒有理由。「我不知道那是什麼。」

「我用統計學和微積分來為經濟系統建立模式。你知道當你在網路上購買東西的時候，他們經常會發送郵件給你，推薦你日後可以買些什麼嗎？那些推薦就是我幫他們規劃制定的。這是現在很流行又很迷人的領域。」她在說話的同時，身體往他前傾，雙眼因為興奮而發亮。她的嘴唇微彎，彷彿在告訴他什麼秘密一樣。關於數學的秘密。「當今的資訊已經和我當年在念研究所時所教授的完全不同了。」

麥可脊椎上那股怪異的感覺越來越強烈了。不知怎麼地，她在他們的討論中變得越來越亮眼了起來。棕色的眼眸、濃厚的睫毛、噘起的嘴唇、精緻的下巴，還有軟弱的脖子。他幫她開襟解釦的畫面活生生地浮現在他的腦子裡。

然而，異於以往的是，他並不想那麼快就這麼做。他不想直接跳到上床，然後完事，離開飯店回家。這個女孩很不一樣。她眼裡的那簇火花。他想要慢慢來，看看自己是否可以讓她在不同的興奮之下也同樣閃耀。他的牛仔褲褲襠感到一陣腫脹，把麥可拉回到了眼前的現實裡。

他的皮膚已經發燙而且敏感，他的脈搏在渴望之中彷彿打鼓般地在震動。他不知道有多久沒有這樣被撩起了。而且是在他完全沒有將她幻想成別人的情況下。他提醒自己，這只是一場交易。這完全不涉及他個人的慾望和需求。這個任務就和其他的任務一樣，當任務完成時，他就會繼續接下一個任務。

他深深地吸了一口氣，然後吐出他所能想到的第一件事。「你高中的時候，是學校的數學代表隊嗎？」

她對著她的水杯笑了。「不是。」

「科學社？或者西洋棋社？」

「不是，都不是。」她的笑容看起來有點悲傷，讓他不禁好奇她的高中生活是什麼樣子。她重新看著他，然後說道：「讓我來猜猜，你是足球隊的四分衛。」

「不是。我老爸深信運動是很愚蠢的。」

她的眉頭微微地皺了起來。「真是難以置信。你看起來那麼……運動型。」

「他只鼓勵實用的事物。例如自我防衛。」他很不願意認同他父親的任何事，不過，由於他家經營的是裁縫和洗衣的生意，而他也一直在幫忙家裡的工作，因此，每當那些熊孩子作弄他的時候，這些自我防衛的技巧就派上了用場。

一絲彷若發現新大陸般的笑容點亮了她的臉龐。「那你都做些什麼？格鬥？功夫？截拳道？」

「每一種我都學過一點。為什麼你聽起來好像你真的知道你在說什麼一樣？」

她的目光立刻又轉回到她的水上。「我喜歡武術片和那一類的東西。」

懷疑讓他發出了一道呻吟。「不要告訴我……你是韓劇迷？」

她歪著頭，唇邊隱隱浮現了一絲微笑。「正是。」

「我長得並不像丹尼爾．海尼。」

「不像，你比較好看。」

他臉頰發燙地把雙手放到桌邊。該死，他居然臉紅了。哪門子伴遊會臉紅？他的妹妹們在她們的臥室裡貼滿了海尼的海報，甚至還以海尼為滿分的指標，建立了一套從一分到十分的美男子評分標準。因此，她們給麥可打了八分。雖然他完全不在乎自己拿到幾分，但是，這代表著眼前這個天才女孩給了他十一分。

他們的晚餐送到了，這讓他可以不用對她的讚美給出回應。她點了鮭魚，所以，他也點了同樣的菜。他絕對不可能吃羊肉。他不禁覺得好笑。毛茸茸。

他的魚很美味，因此，他把整份魚都吞下肚了。他懷疑這家餐廳的每一道菜都很可口。克萊門飯店是帕羅奧圖最貴的一家飯店之一，每晚的房費都不低於一千元。經濟學者顯然收入很高。

當他看著史黛拉只吃了一點點的時候，他發現她的一切都很低調。她的臉上沒有化妝，她的短指甲上沒有塗指甲油，她身上的衣服很簡單——不過卻很適合她。那一定是訂製的。

當她放下叉子、把嘴擦拭乾淨時，她盤子裡的鮭魚只吃了一半。如果他們更熟的話，他一定會幫她把剩下的那一半鮭魚吃完。他祖母總是要他把盤子裡最後一粒米都吃到精光。

「你只吃那樣嗎？」

「我很緊張。」她承認道。

「你不需要緊張。」他是一名超級優秀的伴遊，他會好好照料她的。不同於他大部分的那些任務，這次，他甚至還很期待要執行這個任務了。

「我知道。但是我沒辦法控制自己。我們可以趕快把這件事做完嗎？」

他挑了挑眉。他從來都沒有聽過任何人在即將和他共度一晚的時候說這種話。改變她的想法應該會是很有趣的一件事。

「好。」他把餐巾放到他的空盤子裡，然後站起身。「那我們到你的房間去吧。」

3

史黛拉打開房門，踏進她預訂的套房，隨即將皮包放在門邊的椅子上，再把高跟鞋抵著牆壁擺好，在她赤裸的雙腳踩平在地毯上的那一刻，她幾乎就要發出了嘆息。

麥可煞為有趣地看了她一眼，而她則低頭看著自己的腳趾。她毫不自覺地自動脫掉了鞋子，那是她每天的習慣之一。當你有同伴在側的時候，這樣做是不是太沒禮貌了？也許她應該重新穿上。她的胃打結了，她的心臟也像兔子賽跑般地在狂跳。

他沒有讓她為難地直接踢掉了自己的黑色皮鞋，然後把鞋子安放在她的高跟鞋旁邊。鞋子擺好之後，他脫下他的外套放到椅子上，就放在她皮包旁邊的位置，露出了外套底下那件簡單的白色T恤。T恤緊貼著他的胸口和上臂，低腰牛仔褲則裹住了他狹窄的臀部。史黛拉不由自主地只能盯著他看。

他的身材由雕塑般的肌肉和修長的四肢所構成。他是她有史以來所看過最精緻的男性標本。

而他們今晚將會上床。

她猛然地吸了一口氣，然後走向浴室，她把雙手撐在冰涼的花崗岩洗手台上，注視著鏡子裡的自己。她的眼睛瞪得太大，她的臉色蒼白如紙，她的嘴唇乾澀。她覺得自己沒有辦法做到。她不應該挑選一個長得這麼好看的伴遊。她在想什麼？

她愁眉苦臉地扭曲著雙唇。從頭到尾，她一直都沒有認真思考過這件事。在瀏覽了幾個小時的伴遊人選檔案，看過沒有給她留下清晰印象的無數張臉孔和描述之後，她只看了麥可一眼，就知道她找到人了。因為他的眼睛。深棕色的雙眼加上張揚的眉毛，它們看起來是那麼地熱切……卻又和善。他的那些五星評等只是更鞏固了她的決定。看起來酷似火紅的韓星也沒什麼不好。不過，現在她卻不這麼想了。現在，她很可能就要把她的晚餐吐在洗手台裡了。

透過鏡子，她看到他走到浴室門邊，靠在了門框上。那個動作本身是那麼的性感，她可以感覺到自己的心跳加速，不僅在怦怦作響，還持續在狂奔。他走進浴室，在她身後停下腳步，他的目光在鏡子裡鎖定了她的雙眼。脫下高跟鞋之後，現在，她幾乎比他矮了不止半呎的高度。她不確定自己是不是喜歡這種如此渺小的感覺。

「我可以把你的頭髮放下來嗎？」他問。

她點了一下頭。不到幾秒鐘，她緊繃的頭皮立刻就得到了舒緩，她的頭髮也得到了解放。他把她的黑色髮圈放在洗手台上，然後用十指撩撥她散開的髮絲，讓她的頭髮分散地垂落在她的肩膀和背上。她全身緊繃，等待著他發動親密攻勢，然後，她的身體就會在緊張下自動封鎖。這是必然會發生的事，到時候，他就會知道他面對的是什麼了。

他的二頭肌上有一道黑色的圖案吸引了她的目光，她轉過身，想要仔細地看清楚。她舉起一隻手，卻在即將碰觸到他的時候停了下來。她從來沒有不經別人同意就擅自去碰別人。「這是什麼？」

他的嘴唇上揚，緩緩地露出一絲笑容和亮白完美的牙齒。「我的刺青。」

她的喉嚨不由自主地嚥了嚥口水，一股熱浪瞬間向她襲來。她從來都不明白為什麼要刺青。

直到現在。身上有刺青的麥可是她所能想像得到最性感的東西。

她的手指蠢蠢欲動地想要把他的衣袖拉得更高，就在她對著他的手臂猶豫不決時，他抓住了她的手，將她的手貼在了他的肌膚上。一股電流直接從她的指尖竄進了她的心臟。他看起來是那麼地完美，彷彿石雕一樣，然而，他的皮膚卻是那麼地光滑溫暖，結實又鮮活。

「你可以摸我，」他說。「隨便哪裡都可以。」

儘管他這樣的主動讓她感到一陣驚喜，卻也讓她暫停了下來。觸摸是多麼私密的一件事。她不明白，他為什麼可以這麼自然地和他不認識的人做這件事。

「你確定你願意嗎？」她問。

他臉上那抹笑容蕩漾開來。「我喜歡被觸摸。」

在她繼續猶豫之下，他主動地拉起袖子，露出了盤旋在他上臂、延伸到他的肩膀，消失在他T恤底下的黑色墨痕。那個刺青一定很大，因為光是從他的手臂和肩膀，都還無法辨識出那是什麼圖案。那個刺青覆蓋住的面積究竟有多少？

他隆起的肌肉分散了她對刺青的注意力。過去，她從來都沒有摸過這麼結實渾圓的肌肉。她想要摸遍他。還有他的氣息。她怎麼會現在才注意到？

「你有噴古龍水嗎？」她深深地吸了一口氣，然後問道。

他渾身僵硬地回答：「沒有，怎麼了？」

她盡可能地貼近他，不過卻避免讓自己的臉埋到他的脖子裡，她企圖找出那股醉人的味道來源。「你聞起來真的、真的很香。那是什麼？」

那股氣味從何而來？他渾身似乎都散發著這股味道，但是卻很淡薄。她希望可以聞到更明顯的味道。

「麥可？」

他的臉上露出一抹好笑的表情。「那只是我的味道，史黛拉。」

「你這麼好聞？」

「顯然如此。你是第一個這麼說的人。」

「我希望我全身都可以沾上這種味道。」話才脫口而出，她立刻就擔心自己說錯話了。這句話聽起來太私人了，似乎有點奇怪。他會注意到她有多麼奇怪嗎？

他彎下身，如此一來，他的嘴唇距離她的耳邊就只有一支梳子的距離了，他低聲說道：「你確定你很不擅長性愛嗎？」

「這句話是什麼意思？」

「這意味著截至目前為止，你看起來似乎很善於此道。」

她的手指就停留在他的手臂上，她努力克制著自己想要貼在他身上的衝動，就像脫衣舞孃之於鋼管一樣。這讓她感到難以置信。她既不是脫衣舞孃，也不像他那樣喜歡身體的碰觸。但是，她卻如此地渴望碰觸他，這讓她覺得好痛苦。「我們什麼都還沒做。」

「你很擅長言語的部分。」

「我有過性經驗。性愛不包括語言的部分。」

他的眼裡出現了一簇火花。「當然包括。」

拜託，千萬不要有交談的部分。如果有的話，那她就完全沒希望了。「到目前為止——」

他把她的頭髮攏到一邊，輕輕地在她的耳後吻了一下。這一切來得那麼快，以至於等到她的身體出現緊繃的反應時，他已經往後退開了。由於他並沒有進一步的動作，她的肌肉因此得以再度放鬆了下來。他吻過的那個地方很明顯地在發燙。

他伸出手指輕輕撫弄著她的頭髮，完全沒有碰到她的肌膚。那彷彿精算過的動作，緩緩地從她的後腦來到她的頸項，然後往下延伸到她的後背。這個動作在讓她感到緊張的同時，卻也讓她冷靜了下來。

「我想，你應該要親我。」他聲音沙啞地說。

她的心緊緊地揪在了一起，她的皮膚也因為恐慌而感到刺痛。她的吻很糟糕。她笨拙的動作只會為他們兩人帶來尷尬。「親在嘴上嗎？」

他的嘴角又揚了起來。「你想要親在哪裡都可以。嘴通常是開始的好地方。」

「也許我應該要先刷牙。我現在就可以——」

他把拇指壓在她的唇上，制止她往下說，不過，他的眼神卻很溫柔。和剛才一樣，在她的大腦來得及反應之前，他的手指就已經挪開了。「我們換一個方法試試吧。你想要看我的刺青嗎？」

她的腦子立刻換了檔，從恐懼直接跳到了興奮。「想。」

他帶著半好玩、半自我解嘲的笑容，一把將身上的白T恤拉過頭，丟到洗手台上。

眼前的畫面讓史黛拉張大了嘴。那是一只龍頭，張嘴咆哮地覆蓋在他寬敞、雕像般的左半胸上。他肩膀和手臂上的墨印勾勒出這條龍的爪子。錯綜複雜的龍身斜跨過他的腹肌，消失在了他的牛仔褲裡。

「它蓋住了你全身。」她說。

「沒錯。這裡……」說著，他抓起她的右手，把她的手放在自己的心臟上面。「感覺一下。」

「你不介意？」當他搖頭時，她小心翼翼地把左手也放在了他的胸口。

她的撫摸一開始還有些膽怯，然而，當他並未反對時，她開始大膽了起來。她把手緊緊壓在他結實的胸膛上，享受著線條分明、宛如丘陵般起伏的肌肉，以及他光滑平順毫無毛髮的肌膚。就觸覺上來說，她實在感受不出有刺青和沒有刺青的皮膚有什麼差別。太有趣了。

她的指尖彈跳過他的腹部，同時屏住氣息數著，「——五、六、七、八。」她的手指來到了他牛仔褲的腰際，他上腹的肌肉在他的呼吸下微微地波動著。

「你不能有正常的六塊肌嗎？你非得要變成八塊嗎？」

他翻了翻白眼，露出笑容。「你這是在抱怨嗎，史黛拉？」

「沒什麼好抱怨的。直到現在，我才知道我喜歡刺青。」

「你喜歡這條龍嗎？」

她以為答案應該很明顯，所以，她並沒有答腔。而且，她越來越難以集中注意力了。他那完美的運動員身材和大片的刺青，溫熱皮膚的觸感，還有讓她大為驚訝的芬芳氣息。

「我可以把你的眼鏡拿下來嗎？沒有眼鏡，你還能看得到嗎？」

她嚥了嚥口水，點點頭。「我有近視，所以，我看不清太遠的東西，不過沒關係的，因為——」

沒等她說完，他就摘下了她的眼鏡。眼鏡被他放在她身後的洗手台上時，發出了微弱的碰撞聲。飯店套房和她身邊的一切，瞬間就變得模糊了。只有他還在清楚的焦距之內。她只能感覺得到他在她手掌下的真實觸感。

「如果你把手臂繞過我的脖子，可能會讓你比較容易吻我。」他建議道。

她彎曲著手指，沿著他寬廣的腹部將手挪動到他的胸口。在她終於僵硬地把手臂繞過他的脖子時，她吐出了一句話，「好了。」

「近一點。」

她往前挪動了一吋。

「再近一點。」

她再往前挪了一吋，在他們的身體即將貼在一起之前停下腳步。

「史黛拉，近一點。」

她按照他的意思讓自己抵著他而站。他們幾乎全身都貼在了一起。只靠著她身上薄薄的衣服將他們隔開。她的神經發出了刺耳的聲音，恐慌佔據了她，但是，他並沒有催她。他只是站在那裡，耐心地看著她，用他那雙善良的眼睛看著她。儘管困難重重，但她還是放鬆了。

「你還好嗎？」他問。

她踮起腳尖，調整著姿勢，直到他們的身體貼合得……恰到好處。她的心臟以瘋狂的節奏撞擊著她的胸骨，不過，她還可以控制得了自己——因為，聰明如他，把當下的控制權交給了她。

「我還好。」

當他謹慎地把手臂環住她時，他的體溫立刻就穿透她的襯衫，溫暖了她的肌膚。他那溫柔的擁抱觸及了她的內心，不僅讓她冷靜下來，也鬆開了她自己都不知道的內心裡的結。也許，她比「還好」還要好。

她會很樂意為了這樣的擁抱再度付費尋求他的伴遊。這簡直就是天堂。她把臉埋入他的脖子，深深地呼吸著他的氣息。她把雙手滑過他赤裸的肌膚，試著要依偎得更近。如果他可以再把她抱緊一點的話……

某個生硬的東西抵住了她的小腹，她立刻往後仰起了頭。

「你不用理會。」他說。

「我們還沒接吻，也還沒做任何事。你怎麼會……？」

他垂下眼簾看著她，一隻手同時從她的肩胛之間游移到她纖細的背脊上。他掌心的溫度滲透過她的衣服，讓她渾身的寒毛豎立。「這是雙向的，史黛拉。你喜歡我的感覺。而我也喜歡你的感覺。」

這對她來說是小說中才有的事。親密行為對她而言，向來都是一種單向的事情。男人樂在其中——大概如此。而她則一點都不覺得享受。

然而，她卻很喜歡現在這樣。這讓她變得勇敢而且大膽。

她的目光再度停留在他的唇上，她的血液帶著一股新的感受在奔竄：期待。「你可以教我怎麼樣才能變成一個擅長接吻的人嗎？」

「我不確定你並不是一個擅長接吻的人。」

「我真的不是。」

他的嘴就在幾吋之外，但她卻無法逼自己去吻他——即便她確實想這麼做。她從來都沒有主動吻過別人。過去，男人都只是……撲倒在她身上。

「我可以告訴你要親我哪裡嗎？」她小聲地說。

笑意慢慢在他的嘴邊延伸開來。「可以。」

「我……我的鬢邊。」

在他親吻她的左鬢之前，他的呼吸輕拂過她的耳畔，讓她的脖子起了一片雞皮疙瘩。「然後呢？」他的話落在她的肌膚上，每個字都彷彿一個愛撫。

「我的臉頰。」

他的頭往下移動，鼻尖輕擦過她的皮膚。他在她顴骨下方的凹陷處吻了一下。「再來呢？」

他的唇依舊停留在她的臉頰上。

他靠得那麼近。她幾乎無法呼吸。「我——我的嘴角。」

「你確定嗎？那可就快要接近真正的吻了。」

一股不耐煩的衝動向她湧來，她將手指陷入他的頭髮裡，扶住他的頭，然後閉著嘴吻上了他的嘴唇。一陣快感直接往她的胸口衝撞。在一絲令她自己感到驚訝的猶豫之後，她再度吻了他，而他也引領著她，向她展示了要如何接吻，讓這個吻繼續延伸下去。

這就是接吻。接吻的感覺真是太棒了。

就在他的舌頭探入她的雙唇之際，她整個人都僵硬了。那種很棒的感覺不見了。他的舌頭。

就在。她的嘴裡。她無法不讓自己把頭轉開。「這真的有必要嗎？」

他猛然地吐出一口氣，雙眉不解地糾結在一起。「你不喜歡法式接吻？」

「那讓我覺得好像是一隻鯊魚在讓領航魚幫牠清潔牙齒一樣。」這實在太詭異而且也太個人了吧。

他的眼睛裡有星火在閃爍，儘管他咬住了自己的嘴唇，但是，她可以看到他嘴角露出一絲笑意。

「你是在嘲笑我嗎？」丟臉的感覺讓她的臉發燙。她低下頭，試著要往後退開，但是，浴室的洗手台卻抵住了她的脊椎。

他的指尖微微地施壓在她的下巴上，讓她不得不再度面對著他，讓她相信他想要眼神的接觸。關於對視，她曾經學到過一定的規則。慢慢地在你的腦袋裡數到三。如果不到三秒就將眼神轉開的話，對方就會認為你在隱瞞什麼。超過三秒的話，則會讓對方感到不舒服。在這方面，她還算可以。然而，此刻，她卻無法讓自己看著他。她不想知道他對她的看法。因此，她閉上了眼睛。

「我是在笑你的比喻。你很有趣。」

「噢。」她往他的臉瞄了一眼，卻發現他是帶著誠意在說這句話的。有時候，有人也會對她這麼說，但是，她從來都不明白為什麼。她不知道要怎麼變得有趣。她的有趣都是意外發生的。

「你不要把它想成是鯊魚在看牙醫，你只要想成是我在愛撫你的嘴就可以了。把注意力集中在它帶給你的感覺。你願意讓我試給你看嗎？」

她點了一下頭。畢竟，那就是他們之所以在此的原因。

他再度低頭，把嘴靠向她，而她緊握的雙拳在抱住自己的同時，也抵住了他的胸口。這次，他沒有將舌頭探進她的嘴裡，而是像稍早那樣地吻她，閉著嘴的吻，一個又一個彷彿迷幻藥一般的吻。這她可以做得來。她喜歡這樣的吻。他的吻徐徐地落在她的嘴上，一點都不急躁。緩解了她的部分壓力，也讓她鬆開了手指。

她的下唇感到了一陣濕熱的撫摸。他的舌頭。她知道那是他的舌頭，但是，閉著嘴的吻讓她忘記了它的存在。再一次的撫摸，一股顫慄的快感爆發開來。更多的吻。在他的雙唇一次又一次的壓迫下，他的舌頭偶爾地愛撫著她，讓她覺得發癢。

很快地，他開始誘惑著她的嘴，他的舌頭輕揉著她的下唇，然後是上唇，逗弄著她。也許她張開了雙唇。也許她想要他更進一步。但是他並沒有那麼做。雖然，她原本是那麼喜歡閉著嘴的吻，但那已經無法滿足她了。她試著要擄獲他的舌頭，讓它和自己的舌頭相遇，然而，他卻避開她了。他瘋狂地舔舐著她的唇，即便探入她的口中，也僅僅只維持了短短的瞬間，隨即抽離，讓她只能沮喪地捏住他的肩膀。

一次又一次地，他讓她短暫地嚐到了鹹濕的味道，然後立刻退回。在完全不自覺之下，她讓自己的嘴封住了他的嘴，用自己的舌探觸了他的舌。他的味道淹沒了她。她的胃裡爆出了許多的星火，流竄過她的血液。她的雙腿發軟，但是，他的手臂緊擁著她，讓她不至於癱倒在地。

他吸吮著她的下唇，在再度吻她之前，撫弄著她敏感的嘴唇。房間開始旋轉，她這才意識到自己竟然忘了呼吸。

她抬起頭吸了一口氣，說道：「噢，天哪，你嚐起來味道真好。」

他注視著她的嘴，彷彿她拿走了什麼他想要奪回的東西一樣。他眨了眨眼，吻到泛紅的雙唇之間突然發出沙啞的輕笑，那泛紅的嘴唇讓她不由得想用指尖去撫摸。「你向來都想到什麼就說什麼嗎？」

「對，不然就是不說話。」不管她多麼努力，她依舊無法克服。她的腦子就是連不上複雜的社交行為。

「我喜歡聽你有話直說。特別是在我親吻你的時候。」然而，他並沒有再次吻她，只是往後退開，然後拉起她的手。「來吧。我不希望在洗手台上把你弄到瘀青。」

直到此時，她才發現洗手台堅硬的花崗岩深深抵住了她的背。當她讓他拉著自己離開浴室時，她瞥了一眼鏡子裡那個朦朧的倒影。她不認得那個雙頰泛紅、頭髮散亂的女孩，她更無法相信，自己居然吻了一個男人，而且還樂在其中。她是否也可以克服接下來要發生的事呢？可能嗎？

4

當史黛拉坐在床緣、雙手交疊在腿上時，麥可只能揉搓著嘴唇，來掩藏自己的笑意。如果他現在就吻她的話，她一定會摔到地上。她是那種一旦燃起慾望就會變得癱軟的女孩。他愛死這種人了。為了突破她的心防，他所做的一切努力都值得了。

她原本就很漂亮，不過，現在就更無法形容了。鬆開髮髻之後，她的捲髮垂散在臉龐。被激起的情慾讓她那雙巧克力色的雙眼發亮，而她的嘴唇也在他的親吻之下腫脹。太美了。他幾乎就要希望過了今晚之後，他們還能見面。

他沒有坐到她身邊，反而來到靠近床中央的位置半躺了下來，用手肘支撐起上身，然後拍了拍他旁邊的位置。在短暫的猶豫下，她從床緣爬到他身邊躺了下來，雙眼直瞪前方，彷彿一具屍體一樣。她的脈動宛如打鼓般地咚咚撞擊著她的下巴，她渾身僵硬，儼然已經準備好要接受一場攻擊了。

這怎麼行。

「我要再吻你一次。」由於他發現她需要事先收到警告，因此，他補充了一句，「法式接吻。」

「好。」

於是，他俯身靠近她，然後吻了她，重複著剛才的順序，先是單純的嘴唇接觸，接著是俏皮的舔舐，最後才再度地佔據了她的嘴。她是真的不知道要怎麼接吻，不過，能夠感覺到她在學習，確實讓人覺得很有趣。雖然，她缺乏技巧，不過，那股單純的熱情卻讓她彌補了這個缺失。

在他企圖要退開去調暗燈光的時候，她繼續以生澀的方式與他舌吻。經驗告訴他，如果燈光暗一點的話，應該會讓她對性愛的過程感覺自在一些。

他試著在不中斷親吻下碰到電燈的開關，但是，她的十指卻深埋在他的頭髮裡。如果有什麼事會讓麥可抓狂的話——除了口交之外——那就是讓女人把玩他的頭髮。她的指甲摩擦著他的頭皮，那份恰到好處的壓力給他的脊椎帶來了一股快感，也讓他忘卻了燈光的問題。

他的手沿著她身體的線條而下，捧起了一只小巧的乳房。即便透過她的襯衫和胸罩，他也可以感受得到她的乳尖已然硬挺。他想要揉捏它、愛撫它，然而，相隔在他們之間的布料實在太多了。他加重了吻的力道，這讓她拱起了身體來回應他。如果她穿的不是鉛筆裙的話，他就會撥開她的雙腿。他敢打賭，她一定已經因為他而濕透了。

他往後靠，讓自己吸入沁涼的空氣，也評估著自己的成果。只見她泛紅的雙唇微啟，雙眼在喘息中散發著慾望。她準備好要接受更多了。

他用手指解開她衣領上的釦子。

那就像彈開電燈開關一樣；這個轉變實在太戲劇性了。她的身體在上一秒還那麼地放鬆慵懶。下一秒，她立刻就緊繃得彷彿一條拉緊了的橡皮筋。她臉上瞬間面無血色。她的表情從愉悅變成了十足的恐懼。她鬆開了手，雙拳緊握地放在身體兩側。

「史黛拉？」

她大口地嚥下一口氣，然後開始解開自己的襯衫。「對不起。讓我自己來。」她以極不協調的動作解開了一顆鈕釦，然後是第二顆。

他伸出手覆蓋在她的手上，讓她停下了動作。「你在做什麼？」

「脫衣服。」

「我不會在這種情況下和你做的。」這是不對的。他從來不會和一個並非全心全意想要的女人上床，而他現在也不打算這麼做。

她轉過身，別開了臉，她的胸口明顯地在抽動。該死，她哭了。他不由分說地向她伸出了手。這個時候碰她是幫她還是反而會讓情況變得更糟？可惡。他得做些什麼。他不能讓她就那樣一直哭下去。眼淚是他的軟肋。他讓自己擁住她。當她試著閃開時，他將她抱得更緊了。搞什麼？不過是一顆釦子罷了。

「對不起。我不是故意要弄哭你的。發生了什麼事？有人……傷害過你嗎？那就是為什麼你對我感到緊張的緣故嗎？」一想到有人攻擊她，麥可的腦子裡就閃過一抹想要殺人的憤怒，他的腎上腺素激增，讓他準備好要痛擊某人了。

她用掌心蓋住自己的雙眼。「沒有人傷害我。我就是這樣。你可以繼續往下做，好建立底線嗎？」

「史黛拉，你在發抖，還在哭泣。」說著，他從她臉上撥開淚濕的髮絲。

她擦了擦眼淚，深深地吸了一口氣。「我不哭了。」

「當你這樣的時候，其他男人還繼續往下做嗎？」他努力想讓自己聽起來溫和一些，但脫口而出的語氣卻依然嚴厲。一想到她在臉色蒼白和恐懼下被某個汗如雨下的混蛋壓在身體底下，他的拳頭就忍不住發癢。

「有三個人都這樣。」

「他媽的混帳——」

當她帶著受傷的神情轉身面對他時，他住口了。

「不，我不是在說你。你沒有問題。是那些男人。是我。」看到她的眉心皺了起來，他輕輕地伸出手指為她撫平。「你需要一個人和你慢慢來。」

「你已經很慢地在對待我了。其他人在這個時候早就完事了。」

「我不想聽其他人怎麼做。」他咬牙切齒地說。

她再度別開頭，揪住自己襯衫上的皺褶。「現在怎麼辦？」

麥可不知道該怎麼辦。不管要做什麼，都得要超級慢才行。他環顧著房間，希望能找到什麼靈感，掛在床對面那扇牆上的大型電視螢幕吸引了他的注意。「我們可以依偎在一起看場電影。然後再試試底線。」

她的表情看起來很痛苦。「我並不喜歡依偎。」

「你不是認真的吧。」全天下的女人都愛依偎在男人身邊。即便他自己都很喜歡這麼做。至少，在他開始當伴遊之前，他是喜歡的。和客戶依偎在一起是他很難忍受的事，不過，本能告訴他，這是她需要的。

「我想，我也許會喜歡和你依偎在一起。因為你的味道。你的身體能對我產生生物戰的作用。」

「你的意思是，我是你的阿基里斯踵嗎？」他還滿喜歡這種說法的。今晚過後，他們再也不會見到彼此，不過，也許她會記得他。他知道自己會記得她的。

她並未如他預期的展露笑容，而只是望著他的臉孔。在她離床起身之前，她短暫地注視著他的眼睛，隨即便走向浴室。幾分鐘之後，她戴著她的眼鏡回到臥室裡，手中還捧著他那件已經被她折疊整齊的T恤。她把T恤放在床頭櫃上，拾起電視遙控器，在床的另一端坐下，打開了電視。然後帶著冷靜的神情，專注地瀏覽著電視節目指南。如果穿上上班的裝束，她看起來就像在參加一場董事會議一樣——除了那頭散落的捲髮之外。「你想要看什麼？」

照理說，她突如其來的冷淡應該不會讓他感到困擾。但是，他確實感到了困擾。他希望她可以回到稍早那樣。「絕對不要看韓劇。我的妹妹強迫我和她們一起看，所以，當我哭的時候，她們就可以笑我。」

她的唇角微微揚起，融化了那份拘謹，一切又回到軌道上了。「你真的哭了嗎？」

「誰不會呢？隨時都會有人死掉。還有一大堆誤會。超級可愛的女主角在懷孕的時候偏偏就發生了車禍。」

她的笑意加深，雖然看起來幾乎帶著羞怯。「那是我最喜歡的一齣。不然，我們就看偏向動作的影片，不要那麼戲劇性的？」螢幕上的電影選項出現葉問，那是史上最棒的武術片之一。

「你不需要為了我選擇這部電影。」

她翻了翻白眼，然後按下了購買的按鍵。

「等一下，」麥可從她手中拿過遙控器，按下暫停。「還有一件事。」

「什麼事？」

「你得把你的衣服脫掉。」

史黛拉抓緊衣釦敞開的襯衫，覺得四面的牆壁似乎在向自己逼近。

「為什麼？」她問。

「為什麼不？」

因為她喜歡穿著衣服，她需要被布料緊緊地包裹住，才能感到安全。因為她不喜歡自己的身體。因為每當她一絲不掛地和男人在一起時，那個人總是以用完即丟的態度對待她。

她舔了舔乾燥的嘴唇，然後說出最基本的事實：「我不習慣。」

還有，她已經精疲力盡了。今晚發生了太多新的事情，讓她覺得大受震撼。她渴望回家，但是，那就太懦弱了。她有任務在身。一旦，當她對一件事下定決心的時候，她就會執意貫徹到底，就像她母親一樣——也和她的吉祥物好鬥的蜜獾一樣。

見到他對這句話只是揚了揚眉，她問：「你真的認為這有幫助嗎？」

「是的。」他把枕頭豎起來，踢掉床罩，讓自己舒服一點。他那樣靠著枕頭躺著的姿勢看起來是那麼地賞心悅目，以至於史黛拉在剎那之間還以為自己走進了雜誌封面裡。燈光的陰影投射在他稜角分明的五官上，灑落在他陽剛的男性身形和那條巨龍的身上。她很難相信自己居然把他的頭髮抓到如此凌亂、如此性感，更難相信的是，他身邊的那個位置竟然是為她保留的。

她挺起胸膛，站起身，將冰涼的手指放到襯衫的鈕釦上。隨著每一顆釦子的解開，她的心跳也跟著加速。空氣中的沉默在她的耳裡咆哮，彷彿即將起飛的噴射機一樣。一層汗水讓襯衫貼在了她的肌膚上。當她解開所有的鈕釦，卸下襯衫時，一陣寒顫讓她渾身發抖。

她可以感覺得到他的眼神重重地落在了她瞬間赤裸的肌膚上，但她只能繼續把手放在裙側的拉鏈上。她的手指發僵，以至於她嘗試了三次，才終於將拉鏈拉開。裙子刷地落在了她的腳踝上，讓她身上只剩下一件膚色的胸罩和內褲。

她盯著牆壁說道：「也許，我應該要買好一點的內衣。我的都是這樣的。」

他清了清喉嚨才問：「全都是這種顏色的？」

「這是最實用的顏色。」

她對自己無趣的答案皺了皺眉，然後鼓起勇氣往他的方向看了一眼，不過，他看起來似乎並沒有因為她的內衣褲而感到倒胃口。也許，他有些客戶就是喜歡老祖母式的內褲。那種款式當然不適合在這種時候出現。不過，至少她現在並沒有那樣穿。

「如果你想穿著的話，你可以不用全部脫掉。我會支持你的決定，史黛拉。別忘了，我們所做的一切，你都有權利做最後的決定。」

這句話讓她的胃舒緩了一點點，她調整了一下眼鏡，點了點頭。等到她把自己的衣服放在床頭櫃上他那件折疊好的T恤旁邊之後——稍早的時候，她曾經偷偷地在浴室裡對著那件T恤嗅了好一會兒，彷彿在吸食強力膠一樣——她立刻就爬上床，在他旁邊坐了下來。

他把一隻手放在她的背後，將她拉近，如此一來，他們的側面就貼在了一起。「把你的頭靠在我的肩膀上。」

等她按照他所說的那麼做之後，他重新按下暫停鍵，讓電影開始播放。螢幕上滑過開場的字幕，戲劇性的主題音樂響起。即便主角是甄子丹，她也無法集中精神在電影上，事實上，在她的印象中，甄子丹比成龍、周潤發和李連杰加在一起都還要出色。她面臨著過度換氣的威脅，而且她的肌肉緊繃，她隨時都可能肌肉痙攣。

麥可把手放到她出汗的手臂上，低頭俯視著她，眼神裡充滿了擔心。「你很熱嗎？要我把冷氣打開嗎？」

她的胸口收縮了一下。「對不起。我可以去沖個澡。」

語畢，她立刻彈起身，準備站起來，但他阻止了她，緊緊地環抱住她，讓她安坐在他的腿上。他們的肌膚相親——她的臉頰靠在了他的胸口，他的手臂擁在她的肩頭，她的側面貼住了他的正面——她很清楚地意識到自己已經汗濕了。他一定覺得她很噁心。她強忍著他的擁抱，緊緊地閉上了雙眼。她不知道自己還能忍受多久。

「放輕鬆，史黛拉，」他低聲地說。「我不介意流汗，我也喜歡抱著你。看電影吧。他馬上就要展開第一場對打了。」

他拉起她的一隻手，十指交叉地緊握在自己手裡。

就在他假裝看電影的同時——她就是可以感覺得到他把注意力都集中在了她的身上——她低頭看著他們的手，留意到他黝黑的橄欖色肌膚和她之間的反差。一如他身體的其他部分，他那修長的手指和手背上粗獷的靜脈，讓他的手彷如藝術品一樣地精美。當她的手掌感覺到老繭的摩擦時，她不禁皺起了眉頭。

她打開他的另一隻手。只見他的掌根上覆蓋著一大片老繭，而他的中指、無名指和小指底部，也各有一個硬結。她輕輕地用手指撫過那些疤痕。

「這是怎麼來的？」她無法想像伴遊會讓他長出這種東西。

「被劍磨出來的。」

「你是開玩笑的吧。」

他歪著嘴的笑意從一邊的唇角擴大到另一邊。「劍道。不過，真實的擊劍和電影裡演的完全不一樣。你可別太興奮了。」

「你……很厲害嗎？」

「我還可以。只是玩玩而已。」

她無法想像這張漂亮的臉孔把別人痛揍一頓的模樣，不過，她必須承認，這樣的念頭讓她感到興奮。「你可以劈腿嗎？」

「那是我的秘密才藝。」

「我以為擊劍才是你的秘密才藝。」

「我有很多才藝。」他的指尖滑過她的鼻梁，最後在她的下巴上輕輕地捏了一下。

「都是些什麼？」

他只是笑了笑，然後將目光停留在電視上。「快看。他就要大展身手了。」

同樣的問題在她的舌尖即將脫口而出，不過，她明白再問一次就太沒禮貌了。他已經刻意避開了她的問題。直到此時，她才發現自己對他幾乎一無所知。之前，他曾經說過，他只在週五晚上安排伴遊的行程。那表示他還有很多的時間在過另一種生活。當他不做伴遊的時候，他都在做什麼？除了武術以外。或者，他整天都在健身，每週七天都在健身？

也許他真的如此。一個人不可能什麼也沒做，就可以練就這樣的身材。他可能是那種會在黎明時分起床，吞下五顆生雞蛋，然後繞著體育館跑步的人。如果他真的這麼做的話，那他的付出的確值回了票價——除非他因此感染了沙門氏菌。

他像洛基一樣對著冷凍肉塊揮拳的畫面浮現在她的腦海裡，這讓她完全忘卻了自己幾乎處在全裸的狀態。她的呼吸平緩，她的身體舒展。他手臂帶來的壓力依舊安穩，讓她在感覺到重量的同時也感受到了慰藉，今天所發生的這些不尋常的事開始在她的身上發酵。他的笑容、他穩定的心跳，以及葉問橫掃對手時電視機所發出的低微音量，讓她沉沉地進入夢鄉。

5

史黛拉張開雙眼，映入眼簾的是飯店明亮的室內。在床頭櫃上摸索一番之後，她找到了她的眼鏡。電子時鐘上面顯示著上午9:24。她的心臟差點沒跳出來。

她睡得太沉了。她從來都沒有沉睡過。

當她在床上坐起來時，身上的毛毯滑落到了腰際，冷空氣瞬間包圍著她赤裸的肌膚。她還穿著昨天的內衣。當她意識到自己完全跳過了每天晚上的例行公事時，她的腦子立刻響起了警報。她沒有用牙線清潔牙齒，沒有刷牙，沒有洗澡，也沒有換上睡衣。她就這樣把自己骯髒的身體塞進了這些乾淨的被單裡——呃，它們現在肯定變成髒床單了。還好，她不需要再睡在這些床單上。

麥可從浴室裡走出來，剛洗過澡的他在精瘦的臀部上裹著一條白色的浴巾。他身上的刺青在白天的光線底下看起來特別性感。他口中含著牙刷對她露出笑容。「早。」

她立刻用手掩住了嘴。她現在的口氣一定很可怕。

他緩緩地越過房間，伸手在他的隔夜袋裡搜索著什麼，那一定是他從他的車子裡拿來的袋子。昨晚，他身上並沒有帶著這個袋子。當他從袋子裡取出乾淨的衣服時，史黛拉望著他背上複雜的肌肉線條，不禁對他脊椎底端的兩道凹壑感到讚嘆。她想要把指尖停留在那些凹陷上。然後拉開那條浴巾……

「它一直延伸到我的右大腿。」他回過頭看著她說道。

它？它是什麼？

她用力地眨著眼睛，企圖讓腦子清醒一點，這才注意到他的刺青橫跨過他的臀部，消失在了那條浴巾底下，然後在他的膝蓋後面又鑽了出來。那條龍盤旋在他整個軀幹上，並且還裹住了他的一條腿。她想像著自己在接下來的課程裡，也會和那條龍做著同樣的事——關於接下來的課程約定，他們還需要再討論。

她張開嘴想要說話，但她嘴裡淡淡的苦味卻讓她嚇了一大跳。她跳下床，卻突然發現到自己幾近赤裸，只好下意識地抓起她所能看到的第一件衣服——他昨天的那件白T恤——一邊從頭上套下，一邊衝進了浴室。

一進到浴室，她立刻拿出牙線，把每一顆牙齒都清理過。兩次。當牙線再也清不出什麼東西來的時候，她才釋然地嘆了一口氣，改以平常的速度開始刷牙。

當他走進浴室的時候，她立刻讓到一邊，好讓他可以把嘴裡的泡沫吐在洗手槽裡，然而，她自己滿嘴的牙膏泡沫卻讓她自慚形穢。為什麼她刷牙的時候看起來不能像他那麼性感？在漱完口、並且用手巾擦乾嘴角之後，他彎下身，在她的臉頰上印下一吻。他身上散發著飯店的肥皂味、牙膏的薄荷味，還有……他自己的味道。那股難以言喻的味道依然盤據在他身上。她猜，那可能是從他的毛細孔散發出來的吧。他真幸運。她也是。

就在她繼續刷牙、尷尬地把目光死盯在洗手槽裡的泡沫時，他離開了浴室。她停下刷牙的動作，傾聽著房間傳來的聲音：布料的摩擦聲。他在穿衣服。那就意味著他現在正一絲不掛。她毫不遲疑地衝到浴室門邊，偷偷地往外看。

當她看到他在寬鬆的四角褲上拉上乾淨的牛仔褲時，她不禁覺得沮喪。他套上一件緊身的黑色T恤，然後坐下來穿上黑色的襪子。他一定很快就要走了。

她匆忙地刷完牙，在他綁著最後一根鞋帶時衝出浴室。

「我們得談一談。」她說。

當他在椅子上坐直時，他臉上的表情差點讓她的胃都要翻出來了。他打算要退出了。在恐慌的攻擊和恐懼的汗水下，昨晚可以說是一次慘敗，而他現在希望和她再也沒有牽扯了。她緊抿雙唇，深怕它們就要開始顫抖。昨晚確實並不美好，但是，也有不錯的部分。不是嗎？

她原本以為她還有機會。

「我十點有很重要的事，不能錯過。」他站起身，把他的袋子甩在肩膀上，然後踩著輕鬆的步伐走向她。當他看著她時，眼裡寫滿了令人心碎的善意。

那是同情嗎？她痛恨同情。

「我需要你告訴我，我們是否還要繼續這個課程。」

他帶著悲傷的笑容搖了搖頭。「只怕不會了。很抱歉。」

她的心垂直掉落到了谷底，然而，她不會為昨天晚上感到後悔的。他讓她做到了，她吻了他——是真的吻了他，而不是躺在那裡，畏縮地任由他把舌頭伸進她的嘴裡。「我也會給你五星好評的。」

「我不值得五星。我並沒有完成我們的交易。雖然經紀公司不會退款，不過，我很很樂意退回我的那部分報酬。把你的帳號給我——」

「不，不用退款，」她堅定地告訴他。「謝謝你，不過不用了。我相信，相較於你的其他客戶，你一定花了更多力氣在我身上。」

「沒有，真的。」

她交叉著十指，低頭看著地板。她並不想問這個問題，但是她非問不可。「我知道你得走了，不過，首先，你可以……推薦……你覺得可以和我配合得來的同事嗎？」

「經過昨晚之後，你還想要繼續這種瘋狂的課程嗎？」

「這不是什麼瘋狂的課程，不過，對的，我打算繼續下去。」她強迫自己看著他面無表情的臉孔，然後下定決心地吸了一口氣。「也許，如果你好好想一想，你可以想到一個……像你一樣有耐心，而、而且不介意流汗或者——」

他朝著她靠近半步，下巴動了一下才開口說：「像你這樣的女孩不需要伴遊。像你這樣的女孩會有男朋友的。你得把這樣的想法趕出你的腦子。」

燃燒的憤怒在她的體內衝撞，讓她完全無法動彈。像她這樣的女孩，他根本什麼都不了解。「那完全不是真的。像我這樣的女孩會把男朋友嚇走。像我這樣的女孩從來都沒有被單身的男孩邀約過。像我這樣的女孩得要自己想辦法，為自己製造運氣。我這一生都得要為自己的每一個成功付出努力，而我也會為這件事繼續努力的。我要鍛鍊好性愛的本事，然後，我終將會勾引到那個對的人，讓他成為我的。」

「史黛拉，不是這樣的。你不需要這種課程。」

「我不同意你的看法。可以請你仔細想想推薦人選嗎？我相信你的判斷。」語畢，她衝到皮包旁邊，掏出她的名片，草草地把她的手機號碼寫在背面。然後將名片放到他的手裡，說道：「我會很感激你的，謝謝。」

他用力地把名片塞進他的背包裡。「如果我沒有人選可以推薦的話，你會怎麼做？」

她聳聳肩。「我第一次所做的選擇可以說很好。所以，我會再從伴遊名單裡去挑選。」

「你知道那裡面有多少問題嗎？那並不安全。」他揚起一隻手，彷彿想要碰她，不過卻又握拳地放了下來。

「你是說，你的經紀公司對安全的保證是沒有意義的？」

他沮喪地低吼了一聲，然後用手指拂過那頭濕髮，讓頭髮豎立起來。「公司確實有一些針對精神評估和背景調查的審核過程，不過，還是有人可以鑽漏洞的。我不希望你受到傷害。」

史黛拉揚起下巴。「我又不笨。我有一把泰瑟。」

「你有什麼？」

她從皮包裡拿出那把粉紅色的 C2 泰瑟電擊槍，然後遞向他。

「我的天啊，你知道怎麼使用嗎？」他的眼睛瞪到圓滾滾的，如果不是在這種情況下的話，她一定會大笑出來的。

「把保險往後拉，瞄準，然後按下按鈕。很簡單。」

「你原本打算要用來對付我嗎？」

「沒有，答案顯然是沒有。」

當他把那把泰瑟反轉過來、帶著驚嚇和不可置信的表情注視著手中的電擊槍時，她很快地把槍從他手中奪回來。「絕對不要把它對準自己。」說著，她把電擊槍塞回自己的皮包裡，然後雙臂交叉地說道：「誠如你所看到的，我可以控制得了局面，不過，我很感謝你的關心。」

一想到要再度瀏覽伴遊廣告，就讓她不禁咬牙切齒。廣告裡的那些男人再也無法引起她的興趣。一旦她下定決心，就表示勢在必行。她只想要麥可，但是，她把事情搞砸了，以至於他無法忍受再和她見面。如果她的問題一再地把能夠幫助她的人推開，那她要如何才能改善？

她的痛苦一定寫在了臉上，因為他的神情變得和緩了。「史黛拉，我從來不重複接待同樣的客戶，否則，我就會接受你的提議了。」

「為什麼？」她沮喪地吐出一口氣。

「過去，我曾經這麼做。結果，一名客戶纏上了我，事情就失控了。一次性的策略讓我和我的客戶都省事很多。」

「你的意思是，你早就知道你不會接受了？」她的內心升起了一片烏雲。她原本以為他會是她潛在的解決方案。現在，這一切看起來就像是一個一開始就已經決定好的一夜情而已。

他很有禮貌地點點頭。

「那你昨晚為什麼留下來？一開始，我就已經開門見山地告訴你我想要什麼了。那些吻，撫摸，我的衣服，我做了那麼多，結果都白做了。」她的喉嚨脹得很厲害，讓她幾乎得要強迫自己，才能把話說完。

她把發燙的手掌壓在額頭上，試著面對這種遭到背叛的感覺。這股痛苦和羞辱完全超乎她的預期，她甚至開始覺得呼吸困難。他為什麼要讓她做那些事？那是一場遊戲嗎？他覺得那樣很好玩嗎？

為什麼她總是無法了解別人在想什麼？

「我是真的不相信你說的話，」他對她說。「我認為你有自信上的問題，而在我們相處之後，那樣的問題就可以迎刃而解了。此外，你已經事先付了款。我希望你覺得你的錢花得值回票價。」

「你想要讓我覺得開心。」

「呃……是啊。那就是人們雇用我的原因。」

「但是，那並不是我雇用你的原因。」她揉了揉鼻梁，扶正她的眼鏡，突然感到彷彿被掏空一般地筋疲力盡。「算了。你該走了，不然就要遲到了。」

她感覺到自己的雙腳將她帶向門邊，她抓住門把，拉開了房門。

他吸了一口氣，彷彿打算要說什麼，但卻在吐出任何一句話之前又閉上了嘴。他走過她身邊，在門的另一頭停下腳步，打量著她。「我很抱歉在這種情況下離開。小心點，好嗎？」

她別開臉，只是點點頭。

「再見，史黛拉。」

語畢，他邁步走向房間外的走廊，她也把門關上。門鎖咔嚓一聲地鎖上了。

她應該要沖個澡。昨晚，她基本上是在汗水中睡著的。然而，當她摸著自己身上的衣服時，她發現自己穿著的是麥可的T恤。她把臉頰貼在肩膀上，呼吸著他的味道。在嗅完自己的手臂和頭髮之後，她發現自己身上佈滿了這個味道。

她現在要怎麼做？

她的身體因為渴望沖洗而發癢，然而，如果她洗澡的話，那股珍貴的味道就會被洗去。之後，就再也不會有一絲味道殘存了。就這樣。

她坐在地板上，把膝蓋抱在胸前，企圖驅除那份孤單的感覺。她渴望被擁抱，彷彿一股病態已經滲入了她的肌肉和骨頭。一如往常地，她的雙臂帶給了她少許的安慰。她會給自己五分鐘的時間，然後，她就會準備去工作。現在不過才週六上午，她就已經覺得這個週末的時間多到她無法面對了。如果她沒有辦法找到能夠佔滿她思緒的事，她將會墜入一片陰暗和淒涼——事實上，她已經在墜落了。

房門突然響起短促的三下敲門聲，她機械化地站起身。也許是打掃房間的人想要知道她是否已經退房了。

她打開房門，只見麥可帶著熱切的目光注視著她。他的胸口不斷地起伏，彷彿他是一路從他的車子跑回來的。

「三次。我最多只能做三次。」他說。

她花了一點時間，才明白他所說的三次是指三堂課，然而，當她意會的時候，她的心跳加速到她的手指都麻痹了。他打算幫她。三堂課足夠練就完美的性愛技巧嗎？她有那麼多需要學習的，她在很多方面都那麼糟糕，但是，她還有別的選擇嗎？也許，如果他們小心計畫的話……

在四肢凍結之下，她只能擠出一個字：「好。」

他看著她，下巴的肌肉緊繃。「如果我們這樣做的話，你得保證在事情結束的時候，你不會做出什麼瘋狂的舉動。」

「這點我可以保證。」她覺得耳朵裡在隆隆咆哮。

「我是認真的。不會跟蹤，不會打電話，不會有嚇人的禮物。什麼都不會有。」他的手指緊緊握住背袋上的繩子，等待著她的回應，臉上的神情一點也不像在開玩笑。

「好。」

他把袋子從肩膀上卸下，任它掉落到地上，然後走向她，直到她的背抵住敞開的房門才停下來。他把手壓在她臉旁的門上，低頭俯視著她。他的目光從她的雙眼垂落到她的唇上。「我現在要吻你了。」

「好。」他已經讓她的大腦震驚到無法運作，很顯然地，這是她現在唯一能說的一句話。

他的唇碰到了她的，一股愉悅立刻竄入她的心臟，流過她的手臂，往下延伸到她的雙腿。他歪著頭，吻得更深了。一次。兩次。繼續。直到她嘆息地貼住他，將十指纏入了他冰涼的髮絲裡。他用舌頭佔據了她的嘴，那讓她感覺到既新奇又熟悉。她全心全意地回吻他，企圖要告訴他所有她無法用言語說出來的事。

「天啊，史黛拉，」他在她的唇邊粗聲地說道，那雙半閉著的深色眼睛看似恍惚。「你學得很快。」

在她來得及回應以前，他再度封住了她的嘴。她忘記了時間，忘記了工作，甚至忘記了她的焦慮。他巨大的身體貼住了她，而她也拱起腰身迎向他，陶醉在這份親密裡。

她的手機突然響起了她母親的來電聲。

麥可漲紅著臉，在重重的喘息下立刻退開。他深深地注視著她的雙眼，緊緊地咬住了自己的下唇，似乎在兩秒鐘之後即將就要再吻她。

「我得要接這通電話。」她走進房間，坐到床緣，用顫抖的拇指按下手機上的通話按鍵。「哈囉？」

「親愛的史黛拉，你父親——噢，等一下。」電話那頭傳來她父親低沉而模糊的聲音，在她父母討論著高爾夫和午餐計畫時，史黛拉把手機從耳朵邊拿開。

麥可優雅地走到她身邊。「我得走了，不過，我們下週五會再見面。」

「下週五。」她點點頭和他確認。

他並未如她預期的立刻掉頭離開，而是俯身在她的唇上輕輕地刷過一個吻。「再見，史黛拉。」

她茫然地目視著他的離去。他們會再見面。一週之後。

「那是誰？」即便手機距離她的耳朵有好幾吋的距離，史黛拉都可以聽得到她母親發出的驚訝聲。

「那是……麥可。」一股讓她喘不過氣來的緊張襲來。她也許希望她母親發現她有男性訪客。

一陣沉默之後，電話那頭繼續說道：「親愛的史黛拉，你和一個男人共度了一晚嗎？」

「不是你想的那樣。我們什麼也沒做。除了接吻以外。」那是史黛拉這輩子最棒的吻。

「噢，為什麼？」

史黛拉動了動嘴，不過卻一個字也說不出來。

「你是個成熟的大人了，你也會做一些好的選擇。現在，把關於這個麥可的事都告訴我吧。」

6

毀滅。挫敗。欺騙。

麥可掃視著同伴黑色裝束的身影，企圖發現對方的弱點。他每天都在和自己自私的本能對抗，只有在激烈的比賽下，此時此刻才是他唯一能放手的時候。這種放手的感覺真是太爽了。無論他多麼努力在對抗，骨子裡，他依然和他的父親一樣。他繼承了那份惡。

他猛然往前衝出，直接瞄準了對方的頭部。當他的同伴舉起手中的劍來阻擋他的攻勢時，麥可突然加速地劈下了他的武器。他的劍尖擊中了同伴的側面。

得分。比賽結束。

在跪下來之前，每個人都得先鞠躬，並且把他們的劍放到鋪著藍色地墊的地板上。這是整堂課裡麥可最討厭的部分，並不是因為這代表著練習即將結束，而是因為這意味著他得要摘下盔甲，回到他日常的生活裡。

這就是裝束的美妙之處。一套西裝可以讓你變成某一種人。一件T恤則會讓你變成另一種人。宛如惡夢般的黑色盔甲把你的臉藏在了一具不祥的金屬籠子後面，那又讓你成為了一個不同的人。這套裝束重達三十磅，然而，穿上它卻讓他覺得自己彷彿變輕了。

當他卸下層層的裝束時，冷空氣吻上了他的皮膚，現實也再度回到了他的腦袋裡。沉重的思緒彷如磚塊般地堆疊在一起，把他帶回到平時的重擔裡。責任和義務。帳單。家庭。他白天的工作。他夜晚的工作。

在課程正式結束之後，他把他的裝備放到沿著教室後面牆壁擺放的架子上。五個大男人讓更衣室擠得不像話，但他並不想要等待，於是，他直接在走廊上脫掉他的制服。他身上沒有什麼是半個加州的女人沒有看過的。

兩個高中女生咯咯笑著快步走進了女更衣室，他一邊翻著白眼，一邊把牛仔褲套在他的四角褲上。麥可・拉森：現在，他服務過的女人不只佔了加州的半數，還多了兩個。

「下週開始，我們可能會有一些新的女會員加入。」麥可認出這是他的表哥，也是他的陪練夥伴關的聲音。

「我會讓你教她們如何攻擊。」麥可說著，從他的圓筒袋裡拿出一件發皺的T恤，然後站起身來。

「她們可能會很失望。」

「管他的。」他把T恤從頭上套下，試著想要忽視牆上那面鏡子裡那兩道呈現反差的身影，不過，他怎麼可能視而不見呢？

很多女孩喜歡關。他的平頭和覆滿雙臂以及脖子的刺青，連惡名昭彰的亞洲毒梟都要對這樣的形象退讓三分。你絕對猜不到他在為自己賺取商學院學費的同時，還在他父母經營的餐廳裡幫忙。麥可剛好和他相反，是一個外型俊俏的男孩。

擁有漂亮的外貌不是什麼壞事——畢竟，他的帳單是靠這個來支付的——不過，人們的反應開始讓他覺得無聊。除了某個什麼經濟學家之外。史黛拉對他的興趣顯而易見，不過，她並沒有將他視之為一具耗費不貲的肉體。她看著他的樣子，就好像她的眼裡只有他一樣。他無法忘記在他贏得她的信任之後，她是如何地吻他，她是如何地融化，她是——

當麥可發現自己的思緒飄向何方時，他在腦子裡狠狠地往自己的胯下揮了一拳。她是他的客戶，她有一些問題。他怎麼可以用這種方式來看待他們相處的過程。

「如果我們有新學生的話，我會教他們的。我不介意。」關的弟弟凱主動提議。他仍然穿著制服，正在對著鏡子練習跑動攻擊，他的步伐很快，不過卻很穩定，就像一具機器一樣。

關翻了翻白眼。「他從來都不介意。即便她們撲到他身上也沒關係。你應該要看看最近的那次。她約他去吃晚餐，然後他說：『不了，謝謝，我已經吃過了。』『那甜點呢？』『不了，我下課後不吃甜點的。』『咖啡呢？』『那會讓我睡不著，而且，我明天還要工作。』」

麥可實在無法不笑。凱讓他有點想起了史黛拉。

當關把他們兩人的武器塞進鄰近的一個儲藏盒裡面時，他說：「剛才的比賽打得不錯。今天過得很不順？」

麥可聳聳肩。「老樣子。」他應該要感恩。他曾經感恩過。只要他不再去想他所放棄的所有事情，一切就都會很好。他並沒有後悔用現在的生活交換了他過去的生活——如果時間重來的話，他還是會這麼做——然而，在此同時，他卻無法不去想。真要說起來，甚至還更糟了。因為他是一個自私的混蛋。就像他父親一樣。

「你母親好嗎？」

他伸手撥了撥頭髮。「還好吧，我想。她說她喜歡她的新藥。」

「那很好，兄弟。」關捏了捏他的肩膀。「你應該要慶祝一下。週五和我一起出去吧。舊金山有一家新開的夜店叫做華氏212度。」

聽起來確實不錯，這讓他感到了一陣興奮。他不知道有多久沒有出去玩，而不用陪客戶了。一想起客戶，他不禁重重嘆了一口氣。「不行。我有別的事。」

「什麼事？」關的眼神一轉。「或者說和什麼人？你週五晚上永遠都很忙。你是不是有什麼不敢介紹給大家的秘密女友？」

帶他的客戶和他家人見面這個想法讓他在內心裡暗自嗤之以鼻。這絕對不可能。「沒有，沒有什麼女朋友。你呢？」

關笑了。「你知道我媽的。你覺得我會把女孩子帶去見她嗎？」

麥可笑著拾起他的袋子，經過繼續在練習、完全沒有減慢速度的凱，然後往練習室的前門走去。「想想好的一面吧。如果哪個女孩見到你媽而沒有跑走的話，那你就會知道你找到人了。」

關跟在他身後。「不，那我的生活裡就會有兩個可怕的女人，而不只是一個了。」

他們雙雙在門邊對著凱揮手，不過，一如往常地，凱的專注讓他完全沒有回應他們。

到了室外的停車場之後，關爬上了自己那輛黑色杜卡迪，套上他的摩托車外套，然後把安全帽放在膝蓋上，直視著麥可。「你知道，我不在乎你是不是對男人有興趣，對嗎？也就是說，我可以接受。我想讓你知道這點。你不用對我隱瞞那種事。」

一股不自在的熱流竄過他的脖子，讓他的耳朵隆隆作響，麥可咳了一聲，調整了一下肩膀上的背包。「謝了。」

這就是當你想要保守秘密時會發生的事。人們往往會妄下結論。他突然想到，自己是不是應該要順水推舟。他打從心裡相信，這也許比事實更能讓他的家人接受。他們並不知道他在當伴遊，也不知道他是為了要清償那些帳單而當伴遊。他打算讓日子就這麼過下去。

他吸了一口氣，空氣裡有一種廢氣和瀝青的味道，關的寬容讓他覺得感動，不過，他打從骨子裡覺得疲憊。「你這樣說對我真是意義重大，不過，我不是，好嗎？我只是一直在……和不同的人約會……很多人。不過，我不打算帶任何人回家。」天啊，千萬不要。「她們都不夠特別。」

最後一句評價才說出口，他就想要收回了。他不知道為什麼，不過，他覺得自己似乎不應該把他最新的客戶歸在這一類裡。

「幫我一個忙，把這些話告訴你媽和你的妹妹們。她們一直和我媽以及我妹妹在八卦這件事，而且還一直追問我內幕。我打算誠實以對，帶著一絲尷尬地告訴她們，我不知道你不見人影的時候都在做些什麼。」說著，關一臉若有所思地踢開摩托車靠在地上的踏板，麥可知道，他一定是想起了過去那段對彼此無所不知的日子。只要是男人會告訴彼此的話，他們全都說了。他們的母親是一對感情很親密的姊妹，她們在距離彼此兩條街的位置買下各自的房子，然後在同一年生下了他們。結果，麥可和關比親兄弟還要親。曾經。

麥可揉了揉後頸。「我是個很爛的朋友。對不起。」

「你經歷了太多。」關理解地對他笑笑。「一開始是你那個混蛋老爸和官司，然後是你母親的健康。我能理解。不過，現在情況好多了，不是嗎？我們應該花點時間在一起。對我而言，週五晚上是最好的時間，因為週六早上我不用工作，也沒有課要教。你那個『不夠特別的人』可以和我的一起瞎混。你有空的時候讓我知道吧。」語畢，關發動他的摩托車，戴上了頭盔。

在他的表哥消失在街角之後，麥可打開車門，把袋子扔在乘客座椅上。情況現在好很多了，但是，短期之內，他不會和關來場四人約會，在他每個週五晚上都和不同的女人上床時，他不可能這麼做。不過，接下來連續三個週五就不再是不同的女人了。那段時間是留給史黛拉和性愛課程的。他從來都沒有預料到，他會在他渴望老師的性幻想裡扮演相反的角色，不過，他不得不承認，這帶給他的興奮確實超出了他所預期。

他知道情況已經亂掉了，但是，週五晚上轉眼就來到了。

7

到週五晚上的時候，史黛拉已經緊張到坐立難安了。在等待麥可來到之際，她的手指不停地敲打在餐廳的桌面上，完全無法停止。她透過經紀公司的手機app安排了這次的約會——app設計得十分巧妙，讓她的預約彷如訂機票一樣簡單，只是沒有里程數可以累積而已。經紀公司發送了一封電子郵件給她，那是她知道這個約會已經成立的唯一指示。她不禁擔心麥可是否會改變心意。

但願她有他的手機號碼，不過，她猜他永遠都不會把自己的手機號碼給客戶。那太私人了。特別是如果他的客戶有迷戀的傾向。

事實上，那也是她的主要缺點之一，同時也是她失調的一個典型特徵。她不知道要如何對一件事物半感興趣。她要不就是無動於衷……要不就是全然著迷。而她對事物的癡迷並非過了就好。那種執意會吞噬她，變成她的一部分。她把它們留在了身邊，讓它們滲入了她的生活。就像她的工作那樣。

要和麥可繼續往下進行，她的每一步都得要非常小心。他的一切都讓她感到滿意。不只是他的外貌，還包括他的耐心和他的善良。他很優秀。

他可能變成她迷戀的對象。

但願她可以在未來幾週保持頭腦的清醒。也許，只有三次是最好的安排。一旦他們結束了這一切，她就會把注意力集中在其他她真的可能擁有的人身上。也許就像菲利普．詹姆士。

當麥可走進餐廳的時候，她立刻就注意到了。今晚，他穿了一件十分合身的黑色西裝，搭配了一件白色的牛津襯衫。沒有領帶。他的衣領敞開，露出了吸引人的喉結和性感的喉嚨底部。他的目光掃過室內，落在了她的身上。

她低頭看著菜單，不過卻什麼也看不進去，只是驚恐地意識到他緩緩走近的步履。保持頭腦冷靜。

「哈囉，史黛拉。」他在她對面坐下，雙手交叉地放在桌面上。

她緩緩地吸了一口氣，立刻就嗅到了他淡淡的味道。她體內的一切瞬間翻轉，同時發出了一聲嘆息。帶著一股潰敗的感覺，她抬起頭迎向他的目光，數到三，然後看向其他的地方。

「哈囉，麥可。」

「你已經開始緊張了嗎？」

她輕輕地笑了一下。「我從上週六就開始緊張了。」

「關於那天……我離開的時候，電話那頭的人是誰？」

她的嘴唇因為試著想要壓抑笑容而緊繃。「那是我媽媽。她叫做安。還有，她現在把你當成是我的男朋友了。」

他把一根手指的關節壓在咧嘴而笑的唇上。「原來如此。那會是個問題嗎？」

「事實上，我覺得那是一件好事。現在，她以為我有男友了，應該就不會再幫我安排那些盲目約會了。」

「啊，媽媽安排的盲目約會。我對這種事情一點都不陌生。」

「那表示你沒有女朋友嗎？」這個問題一脫口而出，她就蹙緊了眉頭。「對不起。當我沒問。」

她沒有權利打探他的私生活，但是，一股強烈的好奇心卻讓她按捺不住。她想要知道關於他的一切。還有，如果他真的有女朋友的話，不管那個幸運的女孩是誰，史黛拉都恨死她了。

「不，我沒有女朋友。」他說得彷彿這應該很明顯才對。

感謝老天。

「你母親想幫你和什麼樣的女孩撮合？」

他翻了翻白眼。「醫生，還有誰？還有護士。到現在為止，我想，我母親企圖撮合我和帕羅奧圖醫學基金會二樓的所有員工。」

史黛拉不由得佩服。「那還真有毅力。」

「那不算什麼。你不了解我媽。」

她勉強擠出一絲笑容，重新將注意力放回菜單上。她想要知道他母親的事，這種心態說明了什麼？不，等等，她知道答案。這表示她瘋了。舉凡碰到和兒子有關的事，做母親的都變成了心驚膽跳的母熊，特別是像麥可這樣的一個兒子。

還有，史黛拉不是醫生。

夠了。她並非在和麥可約會。他母親對她會有什麼看法一點關係都沒有。史黛拉永遠也不會和那個女人見面。她需要回到眼前的問題。

「我們來討論一下我的課程。」她突然說。

「好主意。」麥可往後靠到椅背上，看起來一派輕鬆。

史黛拉從皮包裡拿出三張折疊起來的紙，試著想要模仿麥可輕鬆的態度。「由於我們有時間的壓力，所以，我就擅自擬定了一份課程計畫。這不是定死了的。事實上，如果你覺得有哪裡需要調整的話，還請你提出建議。我不知道我所列出來的是否可行，不過，那有助於我保持事情的條理清晰。我不太會處理意外狀況。」

麥可的表情有點深不可測。「課程計畫。」

「對。」她把鹽和胡椒罐以及蠟燭都推到一邊。在把三張紙攤開在桌子正中央之後，她用指尖撫平紙張上的皺褶，然後指著標示著第一課的第一頁說：「我在每一項的旁邊都留了一個框框，這樣，在課程進行的過程中，我們就可以依序核實。」

他盯著眼前的頁面，張開嘴準備說話，卻屏住了呼吸，只是用一根手指輕輕地敲著自己的嘴唇。「給我一點時間。」

第一課

□手交的講解和示範

□手交的實際練習

□表現評估
□傳教士體位的講解和示範
□傳教士體位的實際演練
□表現評估

麥可一遍又一遍地讀著這份臨床課程計畫，他的感覺從驚訝變成了有趣，但是，這份有趣卻在沮喪爬上他的背脊和後頸時消散了。他彎曲手指，壓抑著想要把史黛拉的這幾張紙揉成一團的衝動。煩。他被惹惱了。但願他知道自己為什麼生氣。

類似講解和示範的這種字眼，應該會讓他感到興奮才對。這就像在渴望老師的性幻想裡扮演老師的角色一樣——只不過在這個課程裡沒有所謂「渴望」的這個部分。

「誰來負責打勾、核實這些項目？你還是我？」

「如果你不想的話，可以由我來。」她露出了一絲幫忙的笑容。

麥可的腦子裡出現一個畫面，她在性愛的過程中戴起眼鏡，潦草地寫下註記。那就好像他是一具性愛機器人或什麼性交科學受試者一樣。

「我發現裡面沒有接吻這件事。」他說。

「我以為那個部分我們已經上過了。」

他皺起眉頭。「怎麼說？」

「你說我已經學會了，所以，我們最好不要浪費時間在那上面。吻你會讓我很難思考，而我真的很想把這件事做好。此外，接吻像是人們約會時會做的事——而我們並不是在約會。我希望我們之間可以保持清楚的界線和專業。」她一本正經地喝了一口冰水，然後放下玻璃杯，冰水在她粉紅色的嘴唇上留下了一層薄薄的水氣——那是他不被允許親吻的嘴唇。

她的吻再也不是他的了。他只能和她上床，讓她練習手上功夫，但是，她那柔軟的雙唇卻要保留給別人。這個想法讓他幾乎憤怒到想要打人，不過，他只能把這份感覺深深地壓抑下來。

「你看麻雀變鳳凰看多了。接吻並不代表什麼，而且，在床上的時候不要想太多才是上上之策。相信我。」他說。

她的嘴唇抿成一條頑固的薄線。「不去思考對我而言是一件大事。如果你不介意的話，我希望不要接吻。」

麥可的惱火加劇，他強迫自己放鬆雙手，以免全身的血管爆掉。他怎麼會讓自己捲入這種事？啊，是啊，因為他擔心他的伴遊同事會佔她的便宜。他真是太蠢了。撇開客戶不說，光是他自己的生活就已經夠複雜的了。這就是為什麼他要樹立一次性策略的原因。

他大可改變主意的——這個想法在向他招手——但他已經答應過了。他向來都信守承諾的。那是他平衡宇宙的方法。他父親在他們兩人身上違背的承諾已經夠多了。

「好吧，」他讓自己同意。「不要接吻。」

「其他的計畫看起來沒有問題吧？」她問。

他強迫自己閱讀其他的部分，發現那些計畫都大同小異，她只不過是把手交改為口交，並且更改了體位而已。

他感到好笑地說：「我很驚訝你居然用了狗爬式和女牛仔這種字眼。」

她雙頰緋紅地調整了一下眼鏡。「我沒有什麼經驗，但不代表我什麼都不知道。」

「你的計畫遺漏了一件很重要的事。」他伸出手，她小心翼翼地把筆放到他的掌心上。

她歪著頭，看著他在所有的計畫頂端，用大寫的字母寫下一個字眼前戲。然後在每一個字眼前面都用力畫下一個框框。

「為什麼？我以為男人都不需要這個。」

「你需要。」他語氣平淡地說。

她皺了皺鼻子，然後搖搖頭。「你不用擔心我。」

他瞇起眼睛。「那不是擔心。大部分的男人都喜歡前戲。我就喜歡。把一個女人的性慾點燃起來是再令人興奮不過的事了。」況且，如果她還沒準備好的話，他也不會和她發生性關係。絕對不會。

她嚥下口水，瞪著菜單。「你的意思是，我沒有進步的機會。」

「什麼？不是的。」他在腦子裡思索著她為什麼這麼說，但是卻找不出任何答案。

「你看過我的反應。一顆釦子就可以讓我變成那樣。」

「然後你就和我睡了一整晚。你幾乎全裸了，而且還緊貼著我。」

「兩位準備好要點菜了嗎？」女服務生突然插嘴。從她眼睛裡的笑意看起來，她應該是聽到了他們最後的這段對話。

史黛拉瀏覽著晚餐的選項，指甲下意識地摳著菜單的布邊。

「我們要點特餐。」麥可說道。

「明智的選擇。那就不打擾二位了。」女服務生眨了眨眼睛，拾起菜單，很快就退開了。

「特餐是什麼？」史黛拉問。

「我不知道。希望不是毛茸茸的東西。」

她的唇角泛起一絲困擾的皺紋，她遲疑地往前傾，目光很快地看了他一下。「你剛才說的『緊貼』是什麼意思？」

麥可笑了。「意思是，你在睡覺的時候喜歡依偎著別人。」

「噢。」

她看起來簡直嚇壞了，麥可忍不住大笑。「我得承認我還滿喜歡的。」這是實話，而且並不像他。對他而言，和客戶依偎在一起是一種義務性的行為，因為，他了解他的客戶需要如此。通常，他會在依偎的時候數著時間，直到他可以離開、回家去洗澡。抱著史黛拉卻完全不是那麼回事。他們並沒有發生關係，所以，沒有什麼需要沖洗掉的，而她蜷曲在他身邊的那份信任感，讓他感覺到一些他不想思及的事情。特別是當她對依偎感到厭惡的情況下。他感到更焦躁了。

「關於這些課程，我們要怎麼做？我的侷限是一大障礙，在這種情況下，我們要怎麼進行？藉由聚焦在你身上，我想，我已經找到方法可以避開我的問題了。」

「我們不是要避開你的問題。我們是要面對這些問題。」

她交叉雙臂，指尖以一種不尋常的節奏敲打在手肘上。「怎麼做？」

「我們要……幫你解鎖。」這讓他聽起來活像個自大的笨蛋一樣，但是，他那些五星評價可不是光靠運氣得來的。當他在十八歲打破處子之身時，他就發現自己在性愛方面是天生的好手。而專業的伴遊工作則將他的技巧帶上了全新的層級。

「我覺得沒有這種可能。」她歪著嘴，彷彿在聽一個二手車銷售員說話一樣。

「你之前認為你會喜歡接吻嗎？」她確實喜歡——在她克服了領航魚的比喻之後。她還是有希望的。女生在對性愛無感的時候，是不會出現那種腳軟或者暈眩的。他只是需要了解她而已。她敲了敲一個前戲的框框。「如果你試過所有的方法，而我都不喜歡呢？我們的時間非常有限。」

「我不認為那會發生。」不過，如果真的發生了，到時候他們再來面對吧。

經過很長的一段沉默之後，她才說：「那我們就用你的方法試試看吧。」

8

飯店的房門在他們身後關上時，麥可立刻脫掉鞋子，緩緩地走向窗戶。他拉開窗簾，映入眼簾的是飯店隔壁的醫學建築，帕羅奧圖醫學基金會。這讓他想起了他母親、帳單、責任和伴遊的報酬。那不是他此時想要去思考的事情。

他把窗簾拉上，轉過身，只見史黛拉站在床腳。她的眼光並沒有和他接觸，只是逕自把玩著手裡那幾張折疊起來的紙。她的課程計畫。

他想像著自己把那幾張紙撕成碎屑。他無法解釋，但是，他就是討厭那些清單。不過，他沒有真的那麼做，而只是走向她，從她手中拿走那些紙張，小心地把它們放到床頭櫃上。他在床頭櫃的抽屜裡找到了一只銀色的小別針，然後把它放在第一課上面。如果今晚她可以神智清晰地在那些框框上打勾的話，那他就要檢討自己的技巧了。他把床頭的燈調暗。

「我要怎麼——我應該要——也許我——」她揪住自己的衣領。「我應該把衣服脫掉嗎？」

「我不知道。那不在課程計畫裡。」話才說出口，他就希望可以收回這句話了。她的清單讓他覺得很火大，但是，他不需要因此而貶損她。「我不是——」

「你說得沒錯。我沒有想到要把這個列進去。」她匆匆經過他身邊，走向床頭櫃。在考量了一會兒之後，她彎下腰，拿起一支筆，這個動作展示出女人為什麼要穿鉛筆裙的唯一原因：可以完美地炫耀她們渾圓的臀線。

這一定是她從一無所知到發現事實為何需要花這麼多時間的原因了。她並沒有聽出他的無禮或諷刺。也許她是那種不知道如何社交的書呆子，他對她太嚴苛了。「如果我告訴你，你的課程計畫很侮辱人，你會怎麼做？」他靜靜地問。

她回過頭看著他，眼睛裡充滿了警戒。「有什麼我需要重寫的部分嗎？我會很樂意做修改的。」一語畢，她回過頭繼續看著課程計畫，彷彿思考般地用手指滑過紙上的摺痕。

他胸口的那股惱怒慢慢地平息了。如果她根本沒有聽懂的話，他又怎麼能對她生氣呢？她的手指敲打在床頭櫃上的速度加快了，然後，她憂心忡忡地看著他。「我應該要把表現評估改成別的寫法嗎？我希望你知道，當我在寫的時候，我的意思是指我自己的表現。你的表現是沒有問題的。就算有的話，我也不會知道。我完全沒有資格評斷——」

在她來得及在恐慌下自我攻擊之前，他打斷了她。「那只是一個假設性的問題。算了。」她似乎有點困惑，不過，她很快地吐出了一口氣，彷彿鬆了一口氣一樣。「噢，好。」在調整完眼鏡之後，她重新埋首在她的紙張上，很工整地在每一個表現評估前面寫下史黛拉的幾個字。

這會是個很好的提醒。這個課程的目的是在幫助史黛拉的表現。如此而已。如果她並沒有把這些課程的內容看作是秘密幻想的實現，不像他其他的客戶那樣呢？他才是那個不應該有秘密幻想的人，他不能再多想了。

在她翻到第二頁的時候，他把外套脫了下來，放到一張椅子的扶手上，然後解開了襯衫的衣釦。他把襯衫的下襬拉出來，坐到史黛拉旁邊的床上。她偷偷地看了他一眼，眼神隨即往下落到他衣衫敞開下的肌膚。那支筆在她手裡停了下來，在床頭櫃上發出了喀噠的一聲。

他滿意地笑了笑。現在沒那麼臨床了。

在把手伸向領口之前，她先挺直了胸膛。她的襯衫鈕釦在極其緩慢的速度下解開，白色的襯衫刷地滑落到地上，然後是她灰色的裙子。她堅毅地咬緊下巴，讓他看著她。而他確實也在看她。

他通常喜歡胸大、豐臀和大腿渾圓的女人。他喜歡那種柔軟的感覺，喜歡它們填滿他雙手的感覺。但史黛拉不是那樣。她的一切都很適度。在那套膚色的胸罩和內褲下，她嬌小的身體擁有一對優雅的肩膀和手臂，纖細的腰身襯托出曲線柔和的臀線，還有一雙勻稱的腿和精緻的腳踝。她並不是他向來以為自己想要的那種女人，但她卻很完美。

「把胸罩脫掉。」他的聲音比他預期的要粗暴，但是，他無法自已。他渴望著想要看到她身體的其他部分。她也許並沒有幻想過他們在一起的畫面，但是他卻幻想過。

她的雙手握拳，垂在身體兩側。「有必要嗎？那不是我最好看的部分。它們很小。」

「有的，有必要。即便它們很小，男人還是喜歡看。」而且喜歡觸摸。老天，他想要觸碰它們。

她面帶愁容，看似想要和他爭辯。當她把手伸到背後解開胸罩時，他屏住了呼吸。

他隨即笑著咬住了自己的嘴唇。史黛拉似乎並不知道，她所擁有的是一對男人和嬰孩都渴望的乳頭。玫瑰色的乳暈包裹著奢華堅挺的乳尖——毫無疑問地——它們一定是時時刻刻都保持著那樣的挺度，無論是熱是冷，是雨是晴。史黛拉・蘭恩，保守的經濟學者，具有一對A片女星的乳頭。而他想要將它們噙在自己的口中。

「現在呢？」她的聲音幾近耳語。

他脫下襯衫，扔向床的另一頭。「我想，你應該要打個勾了。」

她把目光從他的胸口移到他的臉上，彷彿他說的是另一種語言。在努力地眨了幾次眼睛之後，她才搖了搖頭說：「對。」

她彎身在清單最頂端的框框上打了一個勾。她調整了一下眼鏡，然後停下來。她轉而摘下眼鏡，拉掉頭髮上的髮圈，晃了晃頭，讓垂下來的頭髮散落在臉龐上。那雙脆弱的棕色眼睛望著他，隨即轉向旁邊的一面牆壁。

空氣從他的肺裡滲透而出，在他體內的器官融化之際，他身體的其他部分卻緊繃了起來。太美了。

恐懼。他要怎麼平緩她的恐懼？

「讓我抱著你。」

她一吋吋地盡量向他靠近，而沒有讓自己真的碰觸到他

他克制著笑意。「如果你能坐到我腿上的話也許會有幫助。」

她咬住嘴唇，爬到他身上，在他的髖上跨坐下來。天啊，這麼靠近。她的那個部位就這樣地跨開。他瞬間就硬挺了起來，不過卻強迫自己要慢慢來。史黛拉才是主角。他以為她會坐得像一塊板子般地僵硬，直到他想出什麼魔法來讓她放鬆，然而，她卻立刻就能如此貼近地安坐在他身上，還把她的臉頰靠在了他的肩膀。當他伸出手臂抱住她時，她發出了一聲粗聲的嘆息，隨即渾

身癱軟了下來。

時間一秒一秒地過去，然後是一分一分地過去，他讓自己品嚐著這段時光——沒有說話，沒有性愛，沒有任何的動作，就只是單純地和一個人在一起。房間裡是那麼地安靜，他甚至可以聽到窗外汽車駛過的聲音。偶爾有交談的聲音在他們的房門外響起，然後遠去。

「你又睡著了嗎？」他終於開口問道。

「沒有。」

「很好。」他的指尖滑過她的手臂，她的雞皮疙瘩讓他的臉上泛起一絲笑意。他輕輕撫摸著她的脖子，呼吸著她的肌膚所散發出的淡淡氣息，然後在她下巴後方那片白皙的淨土上印下一吻。她的嘴唇在召喚他，不過，他並沒有接受這份召喚，反而吸吮住她的耳垂輕咬，讓她發出了顫抖的嘆息。

「這就是前戲？」她喘息般的聲音帶給了他一股滿足感。

「是的。」儘管他知道答案是什麼，他還是在她的耳邊問道：「你喜歡嗎？」

她渾身顫抖地向他鑽得更貼近，皮膚上也立刻起了一片新的雞皮疙瘩。「喜歡，不過和我預期的不一樣。」

「你預期什麼？」

她搖搖頭。

「如果你希望我停下來，或者想要其他什麼特定的方式，你都可以告訴我。」他一邊說，一邊將手指插入她的髮絲，讓她的頭往後仰。他沿著她的下巴親吻，吻過她的下巴，一路吻到她的嘴角。

她的嘴唇散發著極大的誘惑。他的身體渴望著深深地吻她，而他也幾乎忘我地就要吻她。這一整個星期以來，他都在想著那張嘴。他覺得自己彷彿逆著潮水在游泳，只能強迫自己將嘴唇往下挪移到她的喉嚨。

「摸我。」他把她的雙手拉到自己胸口。

她讓手掌輕輕地在他的胸口磨蹭，直到碰到了他的乳頭。彷彿對那樣的觸感感到很新鮮一樣，她開始用拇指搓揉著他已然硬挺的乳尖。他的肌肉立刻繃緊，一陣快感讓他忍不住顫抖。

「這樣對嗎？」她問。

「我喜歡。還有這樣。」他把她小巧玲瓏的乳房捧在掌心裡，然後輕輕地捏著乳尖。

她幾乎無法呼吸地低頭注視著自己的胸部。他黝黑的手就在她蒼白的肌膚上，她柔弱的乳頭就在他的手指之間，這無疑是個情色的畫面。他忍不住一再地捏她，享受著她猛然發出的吸氣聲。

「為什麼你這樣做的時候，我覺得感覺很好？」她聲音裡的好奇讓他笑了。

「要試試更好的嗎？」在她猶豫地點頭下，他說：「跪起來。」

當她起身的時候，她的大腿緊繃。她渾身僵硬、呼吸急促地把雙手放在他的肩膀上。一如他計畫的那樣，這個新的姿勢將她的乳頭帶到了他的面前。如果她不小心的話，很可能會戳進他的眼睛裡。只有他這樣的工作，才會有被乳頭戳瞎眼睛的危險。不過，說句實話，他並不覺得自己現在是在工作。此刻，他的腦子裡並沒有上演著什麼性幻想，而他也沒有每隔十五秒就對自己編一個新的謊言。這一刻，這個女人，以及他無法否認地受到她的吸引，這些都是真的。

他的手在她的背脊上下輕撫，直到她的肌肉在他的手掌下放鬆。他這才低頭親吻她的胸部下緣。她捲曲著手指，指甲戳進了他的皮膚。

他抬起頭。「你還好嗎，史黛拉？」

她兩度清了清喉嚨。「告訴我你打算做什麼。拜託。」

「我打算要吸吮你那對漂亮的乳頭，然後用我的舌頭舔它們。」

她抓緊了他的肩膀。「你的描述比我預期的要生動。」

「你怎麼會這麼說？」他一邊說，一邊將嘴從她的胸部下緣往上挪到綻放在她那白皙肌膚的深色乳暈上。

「我不知道——」

在她說話的同時，他的嘴瞬間覆蓋住她的乳頭，狠狠地吸吮了一下。

「麥可。」

他的名字從她嘴裡脫口而出，聽起來是那麼地超乎預期，也那麼地性感。為了好好品嚐她，他一把將她拉近。沒有任何男人可以在面對這樣的乳頭、將之含在嘴裡、用舌頭撫弄它們的時候，還能保持理智。他可以就這樣幾天幾夜地撫弄著它們。他鬆開了一邊，以同樣的方式舔舐著另一邊。

她漫無目的地用手指搓揉著他的頭髮，在毫無意識地渴求下，時而扭曲背脊，時而拱起。史黛拉很享受這樣的對待，在他的愛撫下，她那聰明的腦袋已經不知去向了。

在他知道自己在做什麼之前，他的唇已經滑上了她的喉嚨，沿著她的下巴，朝著她的嘴而去。他在最後一秒鐘停了下來，讓兩人的臉頰貼在了一起，同時在腦子裡用力地搖晃著自己。他搞砸了。她說過她不想要接吻，而他卻一直——

他們的嘴唇相接了。電流般的震撼讓他全身僵硬。她的舌頭正在搓揉著他的下唇，而他也讓本能主導了自己。他佔據了她的唇，宛如一個飢餓的男人。

她的味道，她的軟嫩，她嵌在他頭皮上的指甲，一個接著一個、一個又一個的吻。

「對不起。我知道我說過不要接吻。」她再度地吻他。「但是，我沒有辦法抗拒。我一整個星期都在想著吻你。」她的話滲進了他的心裡。原來，他不是唯一一個這麼想的人。又一個迷幻藥般的吻。「現在，我似乎停不下來了。」在她不斷吻他的同時，夢囈般的聲音從她的喉嚨傳出。

「那就不要停下來。」

麥可讓自己的舌頭和她的交纏在一起，她的身體在他的懷抱裡也軟化了。她的臀在他硬挺的下半身上下起伏，她的乳頭在他的胸口不斷摩擦。他發出一聲呻吟。他有多久沒有這麼想要一個女人了……他這輩子有如此想要過一個女人嗎？

當他往後退開時，她微啟的雙唇發出了慾望無聲的喘息。她花了幾秒鐘的時間，才讓自己的眼睛能清楚地聚焦在他身上，他猜，她就要轉身在她的清單上再打一個勾了。然而，她卻將雙臂環繞過他的脖子，向他貼近，抱住了他。她把嘴唇壓在了他的鬢邊。

一股受到珍惜的震撼流竄過他。她並沒有表現出剛才在他們之間發生的一切是她付錢得來的服務。她表現得彷彿這一切是有意義的，彷彿她是在乎的，也許甚至還在乎他。

另一間飯店的房間，另一張床，另一個在他懷裡的客戶。這是一個平常的週五夜晚。只不過，他從來都沒有感到如此的赤裸，而他根本連牛仔褲都還沒有脫下來。

這原本應該只是單純的上床。不應該牽涉到任何的在乎與否。如果他在乎的話，他就不能繼續再這麼做。在乎會讓伴遊變成了一種欺騙，而他不願意欺騙。是時候把這些無稽的想法甩開，回到正事上了。

麥可的重量壓在史黛拉的兩腿之間。冰冷的寒意滲進她的腹部，讓她回到了現實裡。金屬。他皮帶上的扣環。

他們偏離了軌道。他們現在應該要做什麼？她在腦子裡搜索著那張清單。手交。是時候學習手部技巧的時候了。

他吻著她的脖子，讓她的嘴可以開口說話，然而，此時的她已經不記得自己要說什麼了。他的牙齒摩擦著她的肌膚，讓她渾身打顫。她的乳頭緊繃到發痛，但那雙溫暖的手掌讓它們獲得了舒緩。他的舌頭把玩著一邊的乳尖，這讓她的腳趾頭不由自主地捲曲了起來。

一隻粗糙的手撫過她的腹部，滑進了她內褲的腰緣。靈敏的手指大膽地搓揉著她。他正在觸摸她的那裡。就在她需要他碰觸的地方，即便她自己並不自知。以前，也有男人摸過她，然而，那種感覺卻完全不同於此。只有在她獨處的時候，她才會有這樣的反應，不過卻從來沒有如此強烈過。

「史黛拉，你已經濕透了。」他的每一個字輕輕地擦過她堅挺的乳頭。在他噙住她、小心翼翼地咬著她之前，她飢渴的身體已經被一股熱氣覆蓋了。

她的身體緊緊地收縮，在他將一根手指探得更深時，她繃得更緊了。在他的拇指緩緩繞圈下，她開始顫抖。他重新用發燙的嘴舔舐著她飽受折磨的乳頭，這樣就夠了。她突然快速地衝上想要解放的高點。

這完全讓她嚇壞了。

她抓住他的腰。「停、停下來，我還沒準備好。」

他一轉開身，她立刻在床上站起來，跑到床上最遠的角落。她把一顆枕頭抱在胸前，蓋住自己赤裸的身體。冰涼的枕頭剛好可以讓她被挑起的慾望降溫，她深深地吸了一口。原本箭在弦上的高潮於焉消退了下來。

麥可打量著她，張口結舌的露出一臉無法理解的表情。她的雙頰滾燙，一股羞恥在她的心裡油然升起。她一定是他有史以來最糟糕的客戶了。當他揚起一隻手時，恐慌讓她往後退得更遠了。

他放下手。「史黛拉，冷靜一點，我不會……碰你的。如果你不想要我碰你的話。」

她緊抓著枕頭。「我知道。對不起。我只是……」

「我做錯什麼了嗎？」

「沒有。」

他難以置信地揚起眉毛。

「我從來都沒有和別人達到高潮過。」她承認道。

他張開雙唇，搖了搖頭，準備要開口時，又搖了一次頭。「這意味著你從來都沒有……從來沒有過？」

她的臉發燙到宛如在燃燒，如果她現在戴著眼鏡的話，她的鏡片一定要起霧了。「有。靠我自己。」

「你不喜歡嗎？」他困惑地問。

「不，我喜歡。」她緊繃地吐出一口氣，然後在腦子裡過濾著各種想法，企圖想要提出一個夠清楚的解釋。「我只是覺得獨自體驗這種事情比較安全。而且，我以前也有過性經驗——很糟的經驗。當那個男人發出呼嚕聲，滿身大汗地壓在我身上時，我只是全程看著他。老實說，那讓我覺得噁心。我希望性愛能讓我和某個人更加靠近，然而，它卻只是讓我覺得和那個人更加遙遠。我不希望這樣對待你。」

「你完全弄錯了，我也和你一樣，一起在享受這個過程。」

她發出憤怒的一聲。「你說那些話是因為我付了錢。你認為我付錢就是要聽那些。那不是我想要的。」

「我看起來像是覺得你很噁心的樣子嗎？」他朝著自己的胯邊比劃了一下，只見他的褲襠很明顯地隆起了。

她默不吭聲地抿著雙唇。如果她現在開口的話，她說錯話的機率勢必會很高。他是一個經驗豐富的伴遊。他的身體很可能像海豚秀裡的海豚那麼聽從指令。

「你認為我在說謊。」他的眼裡閃著掠食者的光芒，只見他爬過發皺的床罩向她靠近。

她反射性地往後退。

結果卻摔下了床。

當她揉著頭時，他從床墊側面探出頭來看著她。「你還好吧？」

尷尬讓她的喉嚨哽住，讓她只能生硬地吐出一句。「我沒事。」

他評估著她跌落在地上那副難看的姿勢，良久才說：「我想，我們今晚就到此告一段落吧。」

她靠在牆上，把雙腿抱在胸前。課程計畫上那些還沒有打勾的部分讓她感覺到一股壓力，然而，在她可以繼續往下之前，她需要先弄清楚並且解開她腦子裡相互撞擊的各種情緒。「你介意嗎？」

他搖了搖頭。然後，不發一語地站起身，穿上襯衫，扣好鈕釦。看著他裸露的皮膚和肌肉被覆蓋了起來，她抑制著想要抗議的衝動，過於專注和緊張，讓她剛才完全沒來得及好好欣賞。

在他穿好鞋子，套上他的西裝外套之後，她記起了一件事，隨即跳起來，從皮包裡拿出她的平板電腦。「等一下。」她很難在一隻手把枕頭抱在胸前的同時，還要一邊操作她的平板，不過，她終究還是找到了正確的頁面，然後將平板遞給他。

「這是什麼？」

「你可以寫下一個備用號碼嗎？拜託你。我想，如果有必要的話，我們就可以在週間的時候聯繫到彼此。這是為了技術上的原因。」萬一他想要取消課程的話。「我和經紀公司的客戶支援部門談過，建議他們設計某種匿名的簡訊系統，不過，在此同時……」

看著發亮的螢幕，他不禁覺得有趣。「你給了我你真實的電話號碼。我很訝異你居然並不期望我也把我真實的號碼給你。」

「這樣做對你比較好，是嗎？」因為這對她來說絕對比較好。一旦課程結束之後，他們彼此都不希望她會一次又一次地打電話給他，然後只聽到他把電話切斷的聲音。她不能讓自己變得那麼絕望。不過，她也從來也沒有迷戀過任何人。從來沒有。還沒有過。

當他開口的時候，他的表情讓人無法捉摸。「那樣對我比較好。謝謝你。」

他從外套口袋裡掏出手機，然後在手機和平板的螢幕上點擊著一個又一個的頁面。過了好一會兒，她的皮包發出了一陣震動的聲響。

「好了。」他笑著說。

「很好。謝謝。」她勉強地牽動嘴角，露出一絲笑容。

他朝著房門走了一步，又停下來。「下週五，我們應該做點不一樣的事。我可以帶你出去。」

她的心揪了一下。「出去？」

「也許去跳舞？小酌？到夜店去？我聽說舊金山開了一間新的——」

「我不跳舞的。」她也不喝酒。此外，儘管她從來沒有去過夜店，不過，她相信自己不會去那種地方。

「我可以教你。那對我們當天稍晚的課程會有所幫助。相信我。」

相信。

這是他第二次叫她要信任他。如果她告訴他，諸如跳舞和喝酒這種事對她來說有多難的話，他會怎麼想？出去玩應該很有趣。對她而言，那就像一種勞動——很費力的勞動。如果她願意的話，她可以和人互動，但是，那會讓她付出很大的代價。有時候甚至不只如此。

就他們的情況而言，這麼做值得嗎？

「怎麼個幫助法？」她問。

「你總是想太多。那會有助於讓你不去想那麼多，讓你放鬆。我很會跳舞。我們會很開心的。你說呢？」

她告訴自己，她之所以做出決定的原因，純粹是基於讓她自己不去想那麼多——不管那是什麼意思——以及在課程計畫的核實框框裡打勾這兩個因素。不過，事實上那只是一小部分的原因而已。

最大的原因是麥可眼裡那簇熱切的火花。他想要去，而且他希望她和他一起去。就像一個約會一樣。不過，那當然不是約會。她知道那並非約會。

「我不能保證我能跳舞。」

「那表示你會去嗎？」他歪著頭問道。

她抬起下巴，點了點頭。

他咧嘴微笑，露出一口潔白的牙齒。「太好了。我會做計畫，然後通知你。期待下次見了。」

在他離開房間之前，他彎下身，很快地在她的臉頰上印下一吻。

史黛拉把門閂上，暈眩地陷入床裡。這原本應該只是很單純的性愛課程。為什麼現在卻越來越複雜了？她的身體為什麼背叛了她？她為什麼那麼渴望取悅麥可，以至於願意為了他去夜店？她是誰？她再也不認識自己了。

9

「先吃甜點是很不好的，你知道嗎。」史黛拉說道。

她知道自己聽起來既迂腐又無趣，不過，她就是緊張到不由自主地喋喋不休。過去一星期裡，她對夜店的焦慮以成倍的方式激增，而那個主要的事件在幾個小時之後就要發生了。

還有，麥可正握著她的手。

她的掌心汗濕得那麼厲害，她不知道麥可怎麼受得了碰觸到她，更遑論還表現出一副這是全世界最正常的事情。說也奇怪，她對前戲的掌握都比這個要好多了——直到最後一刻——而且她當時還是赤裸裸的。她無法把此刻的不安歸罪於她向來討厭被別人碰觸的怪癖，因為，她喜歡麥可的觸摸。

當她和麥可手牽著手走過舊金山繁忙的人行道時，路人不時對他們報以一笑。一個頭戴報童帽的老人甚至還對她眨了眨眼睛。

他們以為她和麥可是一對情侶。

若非自覺到她只是在扮演路人眼中的角色，史黛拉一定會笑出來。一群穿著低胸洋裝的交際花喧鬧而過，在看了麥可兩眼之後，咯咯笑著往他們的手看了三次，然後彼此低聲地交頭接耳。她們毫不掩飾妒意地看著史黛拉，讓史黛拉暗自感到高興，雖然她知道自己不值得她們嫉妒。穿著一件青灰色西裝搭配白色牛津襯衫的麥可，今晚看起來格外引人注目。

「到了。」麥可放開她的手，幫她打開門，讓她走進一間舊式的冰淇淋店。店裡鋪著黑白格子的地板。粉紅色的吊燈照亮了展示著各種冰淇淋和配料的冷凍櫃。「你要什麼口味的？」

他的手就落在她脊椎的末端，這讓她完全無法思及冰淇淋的問題。他知道他在做什麼嗎？她曾經看過其他男人這樣對待過他們的女朋友。但是，史黛拉不是所謂的女朋友。

「薄荷巧克力碎片。」她說。

「真的嗎？那也是我最喜歡的口味。那我選其他的吧，這樣我們就可以試試不同的口味。」在考慮著要選什麼的時候，他不經意地搓揉著她的腰，她可以感覺到自己的身體在發熱。

「等一下，你說『我們』是什麼意思？」

他的嘴唇浮現一絲頑皮的笑容。「你不想和我分享嗎？」

櫃檯後面那個看似大學生的女孩看著史黛拉，彷彿她剛踹了一隻小狗一樣。

「不，不是的。」不完全是。經過了那些親吻之後，她知道如果她還擔心細菌傳播的話，那實在也太可笑了。事實上，她曾經針對冰淇淋口味做過詳細的分析，結果她認為這個口味是目前市場上最好的一種。「我只知道我自己喜歡什麼。」

「那我倒要看看。」他敲了敲展示櫃。「她要薄荷巧克力碎片，我要綠茶的。」

史黛拉想要付錢，但是，在她來得及從她那件寶藍色緊身洋裝的上身抽出信用卡之前，他已經從他的皮夾裡掏出了鈔票。等他們在一張靠窗的黑色鍛鐵桌邊就座之後，他用湯匙挖了一口自己的冰淇淋，嚐了一下，然後慢慢地咧開了嘴，笑著把乾淨的湯匙從嘴裡拿出來，繼續挖著自己的冰淇淋。

「噢，這也太誇張了，」她說。「你看起來好像在參加哈根達斯廣告的試鏡一樣。沒有人在吃完冰淇淋之後笑成那樣的。」

他大笑。「真的很好吃。」他完全笑開了，而且他還有酒窩，天啊，這還有天理嗎？

「那我得試試。」說著，她把自己的湯匙伸向他的碗。

「啊，啊，啊。」他沒有讓她自己舀起冰淇淋，而是將他的湯匙遞到她的唇邊。她的目光和他相對，剎那間，她的腦子裡竄過各種矛盾的想法。

她不能這麼做。這太親密了。這已經越過了某一條線。這感覺太像在約會了——而他們並不是在約會。

不過就是冰淇淋而已。不過就是他的湯匙。如果她不吃的話，他可能會將之視為拒絕，而她怎麼樣都不可能傷害他，即便是以最微不足道的方式都不會。

她張開雙唇，讓他把冰淇淋餵到她口中。當帶著甜味的綠茶在她舌尖融化時，她的心臟彷彿彈珠般地在胸口亂撞。他帶著期待地看著她，絲毫沒有發覺他對她造成的效果。

「好吧，滿好吃的。」她試著讓自己聽起來很隨意。這並不代表什麼。這不是一場約會。她只不過是他的另一個客戶而已。保持頭腦冷靜。於是，她把自己的湯匙插進她的冰淇淋裡。

「我就說吧。」

「我還是最喜歡薄荷的。」她把一湯匙的薄荷巧克力碎片含進嘴裡。香草和薄荷結合在一起的那種錯綜複雜的味道在她的口中爆開。巧克力碎片在她的牙齒之間發出酥脆的聲音。完美。

「讓我嚐嚐。」

她把她的碗遞向他，但他卻沒有把自己的湯匙插進去。他只是把手指勾住她的下巴，讓她的頭微微往後仰，然後用他的嘴封住了她的雙唇。他的舌頭探入了她口中，那股鹹味立刻就和冰淇淋的味道混合在了一起。她不知道自己是尷尬，是震驚，還是興奮，或者三者皆是。

他緩緩地舔過她的下唇，然後才帶著笑意往後退開，那雙深色的眼睛看起來既熱切又朦朧。

「我不敢相信你竟然這麼做。」她慌張地想要再舀一匙冰淇淋，手裡的白色塑膠湯匙卻掉到了桌上。

她本能地伸出手，但他的手卻裹住了她的雙手。然後，他再度地吻了她——甜蜜而閉著雙唇的吻，不過卻依然讓人感到尷尬。同時卻也甜蜜到讓人無法抗拒。冰淇淋店遠去了。周遭的人也消失了。在那一刻裡，只有她和麥可的存在，還有冰淇淋的味道，以及他們溫暖的唇。

當麥可將舌頭停留在史黛拉開啟的雙唇之間時，她口中那股冰涼絲滑和薄荷巧克力的甜味讓他完全地忘我。他忘記自己在誘惑她。他甚至忘記了為什麼要誘惑她。他的腦子裡只有她的味道和她呼吸中的嘆息。他想要吞噬她。

她知道當她在回吻他時發出了一種輕柔的嗯哼聲嗎？她知道她冰涼的手指偷偷地來到了她襯衫的領口，情不自禁地愛撫著他的手腕嗎？

他想要將手滑向她光潔的大腿，將它們探入她洋裝的裙襬裡，好讓自己可以再度地撫摸她。

然而，他上一次這麼做的時候，卻把她完全嚇壞了。

因為她不想讓他感受到她和那三個混蛋在一起時的那種反應。

他的客戶從來都不會像那樣地為他感到擔心。為什麼她會呢？但願她可以不要再這樣了。這讓他的腦子都亂了。

「放輕鬆，老兄。」一道笑聲突然響起。「你可是在公共場合。」

史黛拉瞬間彈開，用顫抖的手指摸著自己漲紅的嘴唇。她今天戴了隱形眼鏡，也把頭髮披散了下來，這都讓他感到了驚訝。她甚至還化了妝，不過，她的唇蜜已經被他吻掉了。不過沒關係。光是現在這個模樣，她就已經美到太不真實了。

當隔壁桌的一群人開始鼓掌和歡呼時，麥可以為她會開始慌亂和發窘。然而，她並沒有。她只是害羞地低下頭，和他們一起笑了起來。然而，她淺淺的笑容和她眼裡綻放的光芒都只是為他而存在，那讓他覺得自己彷彿單手就擊退了千軍萬馬。她的眼裡只有他，她是在對他而笑，而非其他人。

他企圖用誘惑來消除她的焦慮，這個計畫奏效了。他完全相信，等到今晚他帶她回家的時候，她會已經準備好要在她的課程計畫上打勾了。他應該一開始就這麼做的。所有人都知道，如果你想要和一個人上床，你得在進入臥室前就開始行動了。那就是誘惑、浪漫、牽手和跳舞的用意。那就是這些冰淇淋之吻的用意。

問題是，這些事也同樣對他產生了作用。他花越多的時間和她相處，她對他的吸引力就越來越強烈——而且不只是生理上的。如果他不能在接下來的兩週內讓她在所有的框框裡都核實打勾的話，他會覺得自己有義務延長他們的課程，不過，那並不是什麼好主意。他可能會做出什麼蠢事，然後愛上了她。

他從來都沒有想像過，他可以為這種情節寫下童話故事的結局。他們不僅在教育和文化上都處於渾然不同的世界，尤有甚者的是，史黛拉還很富有。如果她知道他父親的事，以及他為了錢所做的那些不入流的事，她就再也無法相信麥可了。蘋果不會自動從樹上掉下來，有其父必有其子，同一個模子印出來的，人們會這樣說並非沒有理由。他一直在對抗，也因此而憎恨他的父親，但是，他的體內卻遺傳了同樣的惡質。他是一顆不定時炸彈，而他不希望當他的忍耐力消耗殆盡、終至爆發，進而傷害他身邊每一個人的時候，史黛拉就在他身邊。

性愛是解決這一切的方法。在框框上打勾，結束課程，繼續他的生活。只不過，現在，在他更了解她之後，他不只想要教她如何在性愛上精進。他想要在這段日子裡，為她的生命帶來最美好的每一個夜晚。

今晚，他將要為她帶來煙火。

10

在一間無國界餐廳結束晚餐之後，史黛拉跟著麥可走過不同的街道，只見街道上林立著百貨公司和以各大知名銀行命名的摩天大樓。過往的人流——觀光客、穿著風衣的城裡人，還有為派對盛裝打扮的年輕人——塞滿了人行道，甚至還擠到了馬路上，讓馬路上的車輛只能以龜速的方式前進。

這就是海灣地區入夜的光景，也是她從來都無意體驗的。不過，出乎意料地，她覺得很開心。談到伴遊，麥可簡直是太完美了。不管在床上或下了床，他都表現得很棒。照理說，他在大庭廣眾下吻她，應該會讓她感到很難堪，然而，她卻很享受。誰不想在別人看得到、讚賞得到，甚至為之嫉妒的情況下被麥可親吻？只要有機會，他就會牽著她的手，而他也擅長和人聊天。她通常並不喜歡體驗新的事物，但是，麥可讓她感到安心。有他在她身邊，她就可以融入舊金山這個繁忙的夜晚，而非只是一個旁觀者。能夠在人群中而不感到孤單，這對她而言是一種新奇而美好的體驗。

他們走近一處圍著紅色天鵝絨拉繩的地方，一群穿著清涼的女人和身著西裝的男人正在那裡大排長龍。一名保鑣冷冷地打量著史黛拉的身材和臉孔，讓她不由自主地靠向麥可。

「這就是那家夜店嗎？」她覺得自己的焦慮又浮現了。

他伸出一隻手臂摟著她，點了點頭。然後對著那名保鑣說道：「我們應該在名單裡。名字是——」

保鑣的平頭朝著入口點了一下。「進去吧。」

麥可在她的鬢邊刷過輕吻，將她的手夾在他的臂彎裡，帶她走向華氏212度的前門。另一名保鑣為他們打開門，在他們經過的時候，朝著麥可點了點頭。

「他們讓我們進來，因為他們覺得妳對他們的生意有幫助。」麥可在她的耳邊低聲地說。她的臉頰瞬間發紅，她試著不要把他的話當真。為了今晚，她特別打理了頭髮和化妝。這並不是真正的她。

夜店裡散落著不少客人，她握緊雙拳，很快地為自己打氣。她參加過慈善晚宴和工作上的晚會。這種場合應該不成問題。人群的談話聲混雜著低迷的電子音樂充斥在她的耳裡。所幸，這兩種聲音都沒有過分喧囂。她還可以思考。

裸露的金屬柱子和鋒利的邊緣，讓這個開放的空間呈現出一種極簡的現代風格。空間的後方有一座巨大的吧檯，一名DJ正在吧檯附近牆上的一座瞭望台裡控制著音樂。包著軟墊的包廂座椅圍繞著低矮的金屬桌擺放，提供了少數的座位。放眼望去，整個場子裡只有四組這樣的座位，而其中兩組已經有人了。

「我想要坐在那裡。」她的聲音聽起來很有信心、也很穩定，那讓她安心了下來，也讓她胃裡的結鬆弛了。她沒事的。

「那不是免費的。」

她把信用卡從洋裝上半身取出來，遞給麥可，在他露出驚訝的笑容時笑著對他說：「我沒有地方可以放。」

他把手滑到她的背上，將她拉近。「那裡面還有什麼？」說著，他瞄了一眼她微微露出的事業線。

「我的駕照。」

「我有口袋的，你知道嗎。你可以把你的卡片和手機交給我保管。」

「我沒有想到。我把手機留在家裡了，因為我放不進去。」不過，她現在知道有這個選擇了……這就是女人為什麼有男朋友的原因。

不過，他並不是她的男朋友。

麥可將指尖探入她洋裝的緊身上衣裡，橫掃過她的胸口。當他不經意地擦過她一邊的乳尖時，她的血液奔流，在他找到她的駕照掏出來之前，她的胸部已經開始腫脹了。從他眼裡閃爍的光芒來看，她發現那完全不是意外。

當他的拇指掃過她駕照上的照片時，他的神情和緩了下來。那張舊照片裡的她看起來非常年輕，而且十分羞澀——這個說法精準地形容了她當時的模樣。她認為自己從那時候起就變得世故了。光是看看她現在置身何處就足以證明她的看法。

「那是我剛完成博士後研究拍的。」

「當時你幾歲？」

「二十五。」

他揚起了嘴角。「你看起來像十八歲。就算現在，你看起來也像才剛過法定年齡而已。」

「我可以喝酒讓你見識一下我有多符合法定年齡。」

帶著一股成就感和無比自信的感覺，她走到一張空桌邊，坐了下來，眼睛看向侍者。麥可把一隻手插在褲子的口袋裡，以一種彷彿在伸展台上走秀的輕鬆步伐，緩緩地走向她。他的外貌完全足以讓他站上伸展台，而他身上那件西裝更發揮了錦上添花的效果。他的西裝看起來不僅昂貴，做工也十分精細，比她在任何男人身上看到的服裝都更加時尚。

他在她身邊坐了下來，貼近的距離讓他們的大腿抵住了彼此，他伸長了腿，將一隻手臂撐在她身後的座位上。她喜歡這樣。非常非常喜歡。這讓她覺得他是在宣告他對她的所有權。

「這件西裝是什麼牌子的？我很喜歡。」語畢，她毫不遲疑地伸手撫過他的衣領和他西裝的肩膀。

他尋找著她的目光，緩緩地露出一抹完美的笑容。「這是訂製的。」

「我得稱讚你的裁縫。」她檢查著西裝內裡，滿意地發現裡面的絲質內襯完全沒有任何粗糙的接縫。

「我會告訴他的。」

「也許我應該要換一下裁縫。他也做女人的衣服嗎？他很忙嗎？」她一邊說話，一邊不由自主地讓手掌滑過他的胸口，他結實的身體就包裹在筆挺而正式的棉質襯衫下，她太喜歡這種觸感了。

「他確實很忙。」

她失望地嘆了一口氣。「我的裁縫還可以，不過她認為我瘋了。她也常常刺到我。我不相信每一次都是意外。」

他的肌肉在她的手底下發緊，他調整了一下姿勢，挺直地坐起身。當他開口的時候，他的聲音裡帶著一絲怒意。「你是說她故意刺你？」

他不高興了嗎……替她感到不高興嗎？這個想法讓她的體內湧上一股暖流，不管她對她那懷抱惡意的裁縫感到什麼不滿，此刻，那些事全都被她拋諸腦後了。

「我得幫她說句話，我是很挑剔的。她說我是她的女王客戶。」史黛拉說。

「這並不表示她就可以刺你。她應該要好好控制她自己的針。這沒那麼困難。即便我十歲的時候，我就——」他閉上嘴，抬起一隻手掠過頭髮。「你對什麼事很挑剔？」

「噢，呃，我……」她把手收回來，交握在一起，這樣她就不會輕扣她的手指了。「我對接觸到皮膚的東西很敏感。標籤、扎人的東西、不平整的縫線、鬆掉的線頭、布料太鬆或太緊的地方等等。我不是什麼女王，我只是……」

「女王。」他帶著戲謔的微笑說道。

她朝著他皺了皺鼻子。「好吧。」

一名穿著黑色短裙和白色上衣的女服務生從容地來到桌邊，上衣上面還印有夜店的標誌。

麥可把史黛拉的信用卡遞給她。「我們今晚要預訂這張桌子。給我水。史黛拉？」

他也不喝酒嗎？她不確定自己是否要一個人喝。「我要喝點甜的。」

女服務生揚起一道眉毛，不過還是很專業地點了點頭。「馬上來。」

在女服務生走開之後，麥可對她解釋道：「我要開車。」

她笑了笑。「我喜歡你有責任感的這一面。」

「麥可向來都很有責任感的，不是嗎？」一個陌生人不知道從哪裡冒了出來，他逕自在他們對面的沙發上坐下，讓史黛拉看傻了眼。那鬥牛犬般的肩膀上套了一件黑色的緊身T恤，頭髮短到幾乎貼在了頭皮上。那雙滿是肌肉的手臂和脖子上爬滿複雜的刺青，雖然，她試著不要無禮地盯著他看，但是，她實在很難做到。她從來都沒有近距離看過那麼多的刺青。

麥可往前靠了一下。「闞——」

那個陌生人狠狠地看了麥可一眼。「別說，我明白。你一定是手機掉了或什麼的。」說著，把注意力轉向史黛拉，然後說：「我是闞，麥可最喜歡的表哥和最好的朋友。」

表哥。最好的朋友。她的神經高度地緊張起來。她把手伸過桌子。「史黛拉．蘭恩。很高興認識你。」

他面露有趣的表情看著她的手，然後握了一下，才攤坐回沙發裡。「所以，他真的有女朋友。我來猜猜，你是個醫生。」

當她張開口準備糾正他的兩個猜測時，麥可用一隻手臂摟住她，將她拉到他旁邊。「史黛拉是計量經濟學者。」

她困惑地看著他，直到她意識到他一定是擔心她會對他的表哥透露他在伴遊她的事。因此，她在心裡默默地翻了個白眼。她的社交技巧的確很糟，但是也沒有糟糕到那樣的程度。

闞突然帶著明快的神情向她傾身靠近，這讓她嚇了一跳。「那和經濟有關，對嗎？」

「對。」

「她見過珍妮了嗎？」他問麥可。

誰是珍妮？

不過，麥可似乎沒有聽到這個問題。他的注意力集中在坐在吧檯的一名嬌小的金髮女子。當她拍了拍她身邊那張空著的吧檯椅時，他低聲地詛咒了一下，然後站起身來。「我馬上回來。」

史黛拉望著他走向吧檯，身體頓時發冷。他在那張吧檯椅上坐下，那名金髮女子的手指立刻就滑過他的手臂。他們在交談，但是，在音樂和越來越多的人群所製造的噪音下，她根本聽不到他們談話的內容。

什麼時候來了這麼多人？人群的數量幾乎已經比她剛進來時多了一倍。還有更多的人正在魚貫而入。

「那……是珍妮嗎？」她問。

「我不知道那是誰。不過，那不是珍妮。」在看了史黛拉的臉龐一眼之後，關微微地笑著回答。「他顯然不想和她講話，好嗎？你完全不用擔心。」

然而，她並不覺得自己完全不用擔心。那個金髮女子正在對麥可說的話大笑，並且向他靠得更近。那對讓人嫉妒的豐胸直接就壓在了他的手臂上。越來越多聚集在吧檯周圍的人擋住了他們接下來的互動。

「這裡通常都這麼多人嗎？」史黛拉問。

「不是的。」關揉了揉後頸，然後把脖子左右伸展了一下。「這個受歡迎的DJ今晚要大顯身手，所以，這裡才會比平時更多人。這裡的音響效果真的很好。準備好接受震撼吧。」

她困難地嚥了嚥口水，心裡閃過一股不祥的預感。接受震撼什麼時候變成了一種好事？現在，好幾百個人已經將夜店擠滿了。遠遠超過她的預期。

天花板上的喇叭突然爆出一道刺耳的隆隆電子聲，史黛拉的心臟猛然收縮了一下，導致她的胸口都感到了疼痛。在火焰開始爬升到牆壁之前，室內突然一片紅光閃爍。群眾興奮地尖叫，但史黛拉卻覺得呼吸困難。雷射光和煙霧。刺耳的電子聲遠去，在短暫的空檔裡，交響樂的聲音瀰漫在室內。在她來得及放鬆以前，背景響起了一陣節奏，並且緩緩地堆疊著速度。

「不要那麼害怕的樣子，」關扯著嗓門喊道。「那不是真的火。只是LED燈和投影而已。」

女服務生又憑空出現了，只見她把一杯飲料放到桌上，然後說了幾句話，史黛拉根本聽不到她在說些什麼。才幾個眨眼的工夫，女服務生就消失在了扭動著身體的人群裡。音樂逐漸來到了某個高潮點，群眾也隨著激動了起來。

史黛拉拿起飲料，喝了一大口。檸檬、櫻桃和杏仁的味道。但願那是伏特加，如果是單純的酒精就更好了。這樣比較省事。

關饒富趣味地看著她。「很渴嗎？」

她點點頭。

尖銳的電子警笛驟然劃過，隨即是五秒鐘的靜默，然後，天花板上的喇叭迸出了一陣音樂。在毫無預警之下，低音電吉他以一種狂暴的、催升腎上腺素的速度炸了開來。群眾瞬間為之瘋狂。

她的心臟急速地跳動，一股恐懼就要將她淹沒。太吵了。太瘋狂了。她壓抑著自己的情緒，將之深深埋藏在內心深處，強迫自己慢慢地呼吸。只要她看起來夠冷靜，她就贏了這場戰爭。音樂不停地在加速，然而時間卻過得極其緩慢。

在人群的移動下，她終於可以清楚地看到吧檯。那個金髮女子正在把玩麥可的衣領，她靠得實在太近了。

她的唇封住了他的嘴。

史黛拉畏縮了一下，彷彿被人甩了一巴掌一樣。她等待著他將那個女子推開。她等待了很久，彷彿過了好幾個世紀，直到群眾再度遮擋住她的視線。

酸味和杏仁的味道爬上了她的喉嚨。

她需要找一個地方嘔吐。她強迫自己走進群眾裡，穿過一具具在快速的節奏中搖擺的身體。音樂轟炸著她。燈光刺著她的眼睛。人群的酸臭味，古龍水味，眾人吐出的酒精味。硬邦邦的四肢和尖銳的關節。

麥可還在吻那個女人嗎？

她的淚水氾濫。四周的人牆彷如一具牢籠般地將她圍住。她無法移動。她無法求救。

一隻手抓住了她的手。

麥可？

不，是關。

他推開了人群。一名女子手中的飲料在被推開時灑了出來，只聽到她大聲詛咒著關。一個男人也推了他一把。關只是用手肘將男子撞到一邊，然後快速地從他面前走過。在這些過程中，他握住她的手沒有一絲一毫的鬆動。他帶著她穿過群眾，打開一扇門，沁涼甜美的空氣瞬間朝她撲面而來。

門在咔嗒一聲下緊緊地關上，阻斷了音樂。有人正在大聲地喘氣。那些閃爍的燈光也不見了。她遮住自己的眼睛，一屁股坐在了冷冷的水泥地上。她那雙顫抖的腳再也無法支撐她的重量。

「謝謝你。」她強迫自己發出聲音。

「你還好嗎？」

「快吐了。」她的指甲扣在人行道上，她需要找一個妥當之處嘔吐。不管怎麼呼吸，她都無法吸入足夠的空氣。

「放輕鬆，放輕鬆。慢慢呼吸。」他動了一下，彷彿打算碰她，卻在她退縮的同時停下了動作。「坐直。就是這樣。鼻子吸氣。嘴巴吐氣。」

是誰喘成那樣？重重的喘氣聲讓她都要瘋了。

「等一下。我去找麥可。」

「別去。」她抓住他的手腕。「我沒事。」她再度靠在牆上，然後把臉轉向牆壁。冰涼的牆壁抵在她發燙的額頭上感覺很舒服，讓她可以分神不再去想麥可和那個金髮女子的事。麥可吻了那個女人。

在她的嘴幾乎就要貼在牆壁的同時，那道喘氣聲也越來越大，她這才發現喘氣聲來自於她自己。

她緊緊地咬著牙，雙手握拳，繃緊了身上每一吋肌肉。喘氣聲終於停止了。

「你需要什麼嗎？」關問道。

「我沒事。我只是受到過度的刺激而已。」她已經覺得好多了，雖然她的太陽穴還在噗噗地顫動。

關把頭歪向一邊。「我弟弟以前也常常受到過度的刺激，就像這樣。他有自閉症。」

他的話讓她的胸口緊縮了一下。她不應該用過度刺激這個字眼的。大部分的人都不會用這個字眼。他們為什麼要用？當他瞇起眼睛時，她幾乎可以看到他腦子裡聯想到了什麼，她看到了他腦子裡已然成形的問題。

她屏住呼吸，希望他不會開口問她。她可以不說實話，但是，她從來都不知道要如何說謊。

「你有嗎？」

她的肩膀往下垂落，羞恥讓她的喉嚨彷彿在燃燒。她點了點頭。

「麥可不知道，對嗎？如果他知道的話，他絕對不會帶你來這裡的。你應該要告訴他。」

她只能搖著頭。人們只要知道了她有失調的問題，就會開始小心翼翼地對待她。那讓他們的關係緊繃，直到對方找到離開她的方法。她再也不告訴別人這件事。很顯然地，就算她不說，還是有人會自己發現。

「我可以向你借一百元嗎，拜託你？我想要回家。」她的信用卡在夜店裡面。

「你要走了？麥可可能正在找你。」

她懷疑他會找她。他太忙了。當她站起身時，身體和大腦的不協調讓她感到了驚愕。她的腦子感到如此地疲憊和空洞，然而，她的四肢居然還可以聽從大腦的指揮？「我保證會把錢還給你的。」

「是因為那個女的吻了他嗎？我希望你有看到麥可企圖把她推開。他很不擅長拒絕女人，簡直遜斃了。」

希望又重新燃起，明亮卻癡傻。「真的嗎？」

夜店的門突然打開，電子音樂的節奏瞬間竄出。

「你們在這裡。」麥可走到室外，大門隨即在他身後關上，音樂再度消失得無影無蹤。他的目光從她身上跳到關，然後又重回她的臉上。「發生什麼事了？你沒事吧？」

「我需要一點新鮮的空氣。」

關皺起了眉頭，彷彿想要說些什麼，讓史黛拉屏住了呼吸。

不要告訴他。不要告訴他。不要告訴他。

他會因此改變。一切都會改變。而她還不希望出現改變。

「她正要向我借錢。她看到你和那個金髮女人卿卿我我，所以就想要走了。」關說道。

她不知道自己應該要因為這番話而感到鬆了一口氣還是緊張。他讓她聽起來好像很情緒化，而且佔有慾很強。她真希望自己不是那樣。

「你打算要離開？就那樣走人？」麥可的聲音裡透露出不可置信的味道。

她低頭盯著人行道。「我以為你和她——你——」

「不是的。我會在你面前這麼做嗎？你就不能相信我嗎？老天，史黛拉。」

他抓起她的手腕，把她拉向他。他的味道，他緊摟著她的那雙手臂，他真實的存在。天堂。

她閉上眼睛，癱靠在他身上。

「你要再進去嗎？」他問。

「不要。」腎上腺素鑽過她的體內，讓她在他懷裡放鬆的肌肉再度緊繃。彷彿補充說明一樣地，她追加了一句，「拜託你。」

「那我們回家吧。」

11

當他們穿過幾條街道，走向她的白色Model S時，一路上，史黛拉都很小心。麥可數度停下來幫她按摩太陽穴，不過，當他詢問她是否頭痛時，她只能低聲含糊地做出反應。他一定以為她是在對他的欺騙行為進行沉默的報復，可是，那並非她的風格。

不，她的風格是不發一語地離他而去。當關告訴他，她打算把他獨自留在夜店時，麥可覺得自己的肚子彷彿被重重揍了一拳。上一次離他而去的那個人是他的父親。不過，麥可的父親留給他的是一堆有待清理的混亂，然而，史黛拉卻打算把她的車和信用卡留給他。有誰會做這種事？

更糟的是，他不值得受到如此的對待。不管是他父親還是史黛拉。

今晚，他忙著避免讓他的前客戶在史黛拉面前大吵大鬧。艾莉莎是個貨真價實的女王，而且喜歡各種形式的戲劇性。現在，她終於成功地和她的百萬富翁丈夫離婚了——拿走了他財產淨值的一半——她想要找回麥可。為此，她願意付出一切代價。

她拒絕接受麥可寧可過著潦倒的生活，也不願意回到她床上的事實。她不讓麥可離開，在提出巨額的報酬之後，她用嘴封住了他的嘴。

肉桂口香糖、香菸和威士忌的味道，永遠都會讓他聯想到艾莉莎。

而史黛拉卻完全不同，她的味道就像……薄荷巧克力碎片冰淇淋。

他們上了她的車，她隨即啟動座椅的暖氣，陷入靠背，望著窗外，漫不經心地用手指輕敲著自己的膝蓋。為了打破沉默，他打開收音機，但她立刻將收音機關上。手指又重新敲打著膝蓋。雖然有點催眠的效果，卻也讓人心煩。

他尖銳地看了她一眼，不過，她卻完全沒有注意到。

在他把車開出市區，駛上車流並不擁堵的101S公路之後，他終於受不了地開口，「當你敲打手指的時候，你是在彈奏一首歌曲嗎？就像在彈鋼琴那樣？」

她停下敲打手指的動作，把手壓在臀部下面。「那是德布西的〈阿拉貝斯克〉。我真的很喜歡三連音和八分音符的組合。」

「你會彈鋼琴？」當他到她位於帕羅奧圖市中心的房子去接她時，他無法不注意到一架黑色的大鋼琴佔據了她那幾乎空無一物的客廳。除了聰明、成功和漂亮之外，如果她還在藝術上如此有天賦的話，那她真的就是他活生生的夢中情人了。她是他所望塵莫及的，他想要配得上她，簡直就是貽笑大方。

即便沒有和他父親有關的那些狗屁倒灶的事情橫梗在他們之間，他幾乎也不具備像她這樣的女孩想要的東西。他有的就是這張臉和這副身材，不過，任何人只要口袋夠深，都可以擁有這些。也許，她會被過去的他所吸引，當時的他還能自由地實現他的激情。他曾經擁有許多的優勢。麥可幾乎不再認得過去的自己了。

「我會。」史黛拉回答他。「我在會說話之前就開始彈琴了。」

他挑了挑眉。除了是他的夢中情人之外，她顯然還是莫札特。

「我沒有聽起來那麼厲害，」她雙唇扭曲地說。「我很晚才學會說話。」

「我很難想像。在我看起來你似乎很完美。」

她低下頭，重重地嘆了一口氣，不過，就在他準備開口問她怎麼回事的時候，他前面那輛緩慢行駛的小巴士吸引了他的注意。他變換了車道，無聲地加速超越了那輛車。順滑得像奶油一樣。他太喜歡跑車了。

不過，一想到車子，他就不免想到自己現在的車子，那輛耀眼的黑色BMW M3，以及他是怎麼得到那輛車的。

「她是我那個瘋狂的前任客戶。」他說。

他可以感覺到史黛拉的眼光落在他側面上的壓力。「夜店裡的那個女人。」

「是的。」

她抬起手伸向鼻梁。當她發現沒有眼鏡可以調整的時候，便轉而把手扣在脖子上。「你喜歡吻她嗎？」

「我沒有吻她。是她吻我。不過，不，我不喜歡。」

「你可以很誠實地回答我一個問題嗎？」

有好戲了。「可以。」

「你和我在一起的時候是不是變成了另外一個人？」

「你是說，當你不再是我的客戶時，如果我遇到你，我會不會表現得像個混蛋一樣？」當她不再是他的客戶時，她可能會和另一個男人在一起。一抹苦澀的味道在他的嘴裡升起，讓他扭曲了雙唇。「不會。」

「你說謊是為了讓我好過一點嗎？」

「史黛拉，我從來沒有對你說謊過。你得要決定是否相信我。」

接下來的路程上，他們沒有再說過話。他把車開上她那幢精巧、重新裝修過的小屋前，房子外面圍著迷迭香的圍籬，屋頂上還裝置了太陽能板。他將車子停在宛如外科手術消毒過的無菌雙車庫裡。車子才熄火，她立刻就睜開了眼睛。

「你到家了。」

她用一隻手撥了撥因為睡著而蓬鬆的亂髮。「我幾乎累到下不了車了。」

「我可以抱你。」

她朝著他露出一絲帶著睡意的笑容，顯然認為他是在開玩笑。

「我是認真的。」抱她上床的念頭此時對他充滿了吸引力。他喜歡抱著她，然後像之前那樣，他想要在那些課程計畫的框框上打勾。三年來，他從來不曾鋪陳這麼久而還沒上床完事，看著穿著那身洋裝的史黛拉，他只覺得渾身都因為壓抑著慾火而發疼。

「別傻了。」她打開車門，笨拙地下了車。當他把車鎖好，走到她家的門口和她會合時，她的眼神十分堅定。「今晚我沒有力氣上課了。」

「不一定非得是上課。」說著，他的指尖滑過她的手臂，她的皮膚立刻起了一陣雞皮疙瘩。她的眼皮半垂，眼神是那麼地性感。美麗的史黛拉。「我可以單純地讓你覺得舒服。」他搓揉著她的手掌，於是，她舒展了手指，接受他的撫摸。「你已經為今晚付過款了，史黛拉。」

她突然握住拳頭，將臉轉向大門。「我想和你談談這件事。請進。」

在把鞋子放進她的衣櫃歸位之後，史黛拉拖著步伐經過她深愛的史坦威鋼琴，來到她的餐廳，冰涼的實木地板讓她發痛的腳得到了緩解。麥可靜靜地跟在她身後，她懷疑他可能也注意到了這個空間有多麼地空蕩。

她的餐桌上沒有什麼裝飾。整個空間的陳設也沒有經過什麼藝術設計。這裡什麼都沒有，除了……她不知道那張桌子是什麼木頭做成的，不過，觸感很輕柔就是了。她一邊走向桌子最遠的盡頭，手指一邊滑過光滑的桌面，那是她慣坐的位置。圍繞在餐桌旁的幾張椅子，是整間屋子裡僅有的座椅。

「你剛搬進來嗎？」他問。

她為他拉開一張椅子，笨拙地揉了揉手肘。「不算是。」

他沒有坐下來，反而把手插在口袋裡，然後踱步到相連的廚房，檢查著瓦斯爐、不鏽鋼冷藏設備，以及擺設在這個會產生回音的空間裡的其他東西。冰冷，灰色，空曠，廚房是這間房子裡她最不喜歡的地方。至少，過去一直如此。

當麥可置身其中的時候，廚房變得不一樣了。氣氛變得親密而愉快，低垂的吊燈也像閃爍的星星一樣，而不再只是節能的LED燈。廚房給人的感覺再也不孤單。

「『不算是』是什麼意思？一個月？兩個月？」他帶著一絲逗趣的笑意問她。「一年？」

「五年。」

他的臉整個垮了下來，然後開始重新看著她的房子。「所以，你喜歡這麼空蕩？」

她聳聳肩。「大部分的時間，我都在辦公室，所以，我不覺得這有什麼關係。我在這裡有床，有一台不錯的電視，還有網速很快的網路。」

他搖搖頭，輕聲笑道：「那些是必需品。」

「那很奇怪嗎？」就像很晚才學會說話，或者在夜店裡受到過度的刺激一樣奇怪嗎？

「不，我想我還滿喜歡這樣的。」他帶著一絲笑意說道。「不過，你還是可以擺一點藝術品，還有一兩張沙發。也許加上一張咖啡桌。此外，你不太需要什麼了。」

她的喉嚨哽住。就在那一刻，有他站在她的廚房裡，在她的房子裡，她覺得自己在這個世界上再也不需要其他東西了。而他們在一起的時間很快就會結束了。

她還沒有準備好要迎接結束。

「你介意坐下來嗎，這樣我們才可以談一談。」

他嚴肅地點點頭，繞過超大的中島，然後在她為他拉開的椅子上坐下。他的靠近就像磁鐵一樣地吸引著她，她很快地讓自己坐好，以免做出什麼分心的動作，例如伸出手去摸他。她需要集中注意力。如果她說得夠具說服力的話，也許他會同意她的新計畫。

她把緊張的手放在桌上，不出幾秒，她的手指就開始輕扣起桌面來了。

一隻溫暖的手蓋住她的手，捏了一下。「和我在一起的時候，你永遠都不需要緊張。你知道的，對嗎？」

當他沒有把手挪開的時候，她分析著他給她的感覺。這是一個隨意的、冒昧的碰觸，通常，這樣的碰觸會讓她想要躲進自己的軀殼裡。然而，她現在所能感受到的，只有麥可的溫暖，以及他粗糙的皮膚和他的重量。她不懂何以如此，不過，她的身體接受了他。唯有他。

這樣的覺醒讓她的思緒因為下定決心而銳利了起來，於是，她鼓起勇氣開口。「我要向你提出一個新的方案。」

他審慎地歪著頭。「你的意思是，你想要在下週五之後，讓我們的課程繼續延續下去？」

「我的意思是，我不要再上課了。我們今晚在一起的時間──好的部分和……不是那麼好的部分──讓我了解到了一些新的事情。我雖然在性愛上表現很糟，但是，我的人際關係卻更糟糕。我想，我最好要花時間在那上面。在今天以前，我從來沒有和別人分享過冰淇淋，也沒有在人行道上行走的時候和別人手牽著手。我的晚餐對話若非充滿了令人痛苦的沉默，就是瀰漫著讓人尷尬的氣氛，因為我會在無意中得罪對方，把他們嚇跑。」

他用拇指輕輕地摸著她的指節，然後帶著堅定的眼神注視著她。「我看不出你有什麼人際關係的問題──除了你試圖要把我丟在夜店之外，不過，如果我真的吻了她的話，那也是我活該。今晚你的表現沒有什麼問題。」

「那是因為我和你在一起。」

他若有所思地想了一會兒。「也許是因為當你和我在一起的時候，你覺得一切都在你的掌控之中。因為你付錢雇用我，所以就比較沒有壓力，而且你也比較放鬆。」

「不是這樣的。我和你在一起的時候之所以放鬆，是因為你對待我的方式，因為你就是你。」她很確定地說。

他緊蹙雙眉，幾秒鐘都沒有動一下。「史黛拉，你不應該告訴我這種事。」

「為什麼？是真的。」

他臉上的情緒變化得如此之快，快到她來不及看懂。他搖搖頭，嚥了嚥口水。在他把手從她的手上撤回來，轉而搓揉著自己的下巴之前，他的唇邊微微地泛起一絲笑意。他清了清喉嚨，不過，當他開口的時候，聲音聽起來還是有點粗糙。「告訴我這個新方案是什麼。」

她低頭注視著自己的手背，她已經開始想念他的撫觸了。「我希望你教我要如何和男人交往。不是性愛的部分，而是兩個人共處的部分。就像今天晚上。聊天、分享和牽手。我很害怕新的事物，可是，和你在一起，我就可以面對得了，甚至還覺得很愉快。我想要雇用你當我的全職練習男友。」

他張開了嘴，但是，卻久久說不出話來。「『不是性愛的部分』，你指的是什麼？」

「我想要排除性愛。我不想和夜店裡的那個女人一樣，強迫你和我發生親密關係。我所希望的是，如果我可以在男女關係的共處部分表現良好的話，男人就不會介意和我進入性愛的部分。」

「誰說你強迫我了？」他瞇起了眼睛。「到目前為止，我和你所做的事都是出於自願的。」

她壓抑著愁容，十指交錯，這樣她就不會再敲扣手指了。「下次，當一個男人吻我的時候，我需要他是因為想要吻我而吻我。」而不是因為金錢的關係。在目睹麥可和他的前任客戶在一起之後，他們至今所做的每一件事都在她的嘴裡留下了一股令人厭惡的味道。當她雇用一名伴遊來教她如何進行性愛時，她對此事的理解顯然過於單純了。「我知道你一開始的時候，對重複接客並不感興趣，而我的新方案會需要更多時間來見面。因此，我願意先預付給你五萬元，作為第一個月的酬勞。也許，我們可以嘗試三到六個月——以同樣的月費？這樣的時間框架對練習相處來說，算不算得上理想？當然，一切都可以商量。我不知道對於這種安排，業界的標準是什麼。」

「五萬……」他搖著頭，彷彿對自己所聽到的有所質疑。「史黛拉，我不能——」

「在你拒絕之前，你先考慮一下。」她的心在狂跳。「拜託了。」

他從桌邊站起身。「我需要一點時間。」

「當然。」她也跟著起身，屏住了氣息，緊張到不知所措。「你要考慮多久都行。」

他伸出手抓住她一邊的上臂，朝她走近半步，隨即往下彎了幾吋，卻又突然止住。他注視著她的嘴，指尖沿著她的唇線滑過，一股警覺的顫抖油然而生。「我下週五會給你答案。可以嗎？」

「可以。」

他咬住下唇，彷彿正在思考著要吻她，光是這樣就足以讓她的嘴唇感到了刺痛。「晚安，史黛拉。」

「晚安，麥可。」

在一陣透不過氣來的麻木下，她目送著他走了出去。

12

刺拳，刺拳，直拳。刺拳，刺拳，直拳。直拳，直拳，直拳。

汗水流進麥可的眼裡，刺痛著他，他用前臂拭去臉上的汗水，隨即又朝著沙袋揮出一拳。每當思緒爬回他的腦海時，他的拳就揮得更重。太多亂七八糟的念頭，太多亂七八糟的情感。

刺拳，閃躲，勾拳。刺拳，直拳。

他的手臂彷彿在燃燒，他喜歡這種痛苦，喜歡藉由這樣的方式，將他腦子裡的一切都燃燒殆盡。除了沙袋的阻力和震撼著他四肢的反作用力之外，什麼也沒有。

刺拳，刺拳，刺拳，直拳，直拳，直拳。用力再用力。他能把沙袋直接從鏈子上打落嗎？也許。直拳，直拳，直拳，直拳──

一陣巨大的敲門聲讓他揮在半空中的拳頭停了下來，他往前門瞥了一眼。他的煩躁很快地化成了擔憂。可惡，是房東嗎？

他把毛巾掛在脖子上，走過去開門。

「喝酒，表弟。」闕刷地經過他身邊，逕自將一盒六罐裝的啤酒放在他的咖啡桌上，然後把他的摩托車夾克扔到沙發上。他看也沒有看麥可一眼，兀自走進廚房，開始在冰箱裡翻找。「有吃的嗎？」

「你自己不是在餐廳工作嗎？」麥可說著，從門口走回他的沙袋旁邊。

沙袋因為先前的擊打還在空中晃來晃去，他把沙袋扶穩，然後對準沙袋表面褪色的皮革揮出一拳。在他重新開始猛烈擊打的同時，他聽到微波爐在一陣嗶嗶聲後轉動的聲響。

「我要吃你的剩菜。」關大聲地對他說。

麥可無視於他在說什麼，只是繼續揮拳。

微波爐又發出了嗶聲，很快地，關就端著一只冒著熱氣的碗走到沙發邊上坐下，開始吃麥可的晚餐。製造出不少噪音。

當麥可再也受不了那些呼嚕呼嚕的吸食聲時，他停了下來，然後說：「大部分的人會在廚房的桌上吃飯。」

關聳了聳肩。「我比較喜歡沙發。」他又了一口麵條塞進嘴裡，繼續發出呼嚕呼嚕的咀嚼聲，同時揚眉看著麥可，一臉發生了什麼事的模樣。

麥可咬咬牙，企圖重新回到揮拳的節奏。

「你最近一直都這麼用力在練拳？你的手臂變壯了。老兄，它們看起來就像葡萄柚一樣。」

麥可扶穩沙袋說道：「你為什麼來這裡？」

「你要向我道歉還是什麼嗎？因為你是全天下最可惡的表弟，麥可。你真的是。」

他閉上眼睛，吐了一口氣。「對不起。」

「是啊，我得要你再說一次。」

他推開沙袋，讓自己坐到他表哥旁邊的沙發上。「我真的很抱歉。只是情況現在有點複雜，而我——」他把手肘支撐在膝蓋上，雙手蓋住自己的臉。「對不起。」

「我不知道你為什麼要騙我說你沒有女朋友。『她們都不夠特別』這種屁話。你是害怕她會不喜歡我們家人還是什麼？」關嘲笑地問道。

麥可壓抑著內心的焦躁不安。「我不想談這件事。」

「去你的，麥可。」關把手中的碗放到咖啡桌上的啤酒旁邊，然後拿起他的夾克。「那我走了。」

說著，他走到門邊，握住了門把。

「今天是很糟糕的一天，好嗎？」他開始拆下手上的拳擊綁帶。「我的每一天都很糟糕，但是，今天尤其嚴重。我以為我媽死了。當我到那裡的時候，她趴伏在她的椅子上，看起來似乎沒有了呼吸。我嚇死了。」

關轉過身，臉上寫滿了憂慮。「她沒事吧？早先的時候，為什麼我都沒有聽說這件事？那和你以前兩度在浴室裡發現她的情況一樣嗎？她現在在醫院嗎？」

卸下一隻手的綁帶之後，麥可開始鬆綁另一手的帶子，重新經歷著恐懼、鬆了一口氣和尷尬的感覺。「她沒事。只是睡著了而已。當我失去理智的時候，她醒來了，然後對著我大叫。」

關的表情從鬆了一口氣轉成了愉快。「你真是個媽寶，你知道嗎？」

「你自己也是。」

「這句話你應該告訴我媽。也許她就不會再那麼刻薄了。」

麥可翻了翻白眼，一邊把綁帶重新捲起來。「在那之後，有人來找我爸。他們想要把他抓進牢裡。我不確定那是不是以前那個人，或者國稅局的人，還是什麼從來沒出現過的人。每當我告訴別人我是他兒子的時候，那些人臉上出現的表情，總是讓我覺得很有趣。我可以看得出來他們在打量我，然後暗自在心裡做著各種假設。等我告訴他們，我不知道我爸爸在哪裡，也不知道他是否還活著的時候，他們若非懷疑我，就是同情我。之後，我媽在那一天裡，就會重複地說著他有多麼糟糕的故事。」

「她只會對你說，你知道嗎？她甚至不會對我媽說這些，而她們就像這樣。」關交叉起兩根手指。「你只能讓她說。」

「是啊，我知道。」他知道說出來對他母親比較好，而且，大部分的時候，這種場面他都可以處理得很好。然而最近，這種事對他來說卻越來越困難了。因為他是一個自私的混蛋。有其父必有其子。

他想要接受史黛拉的提議，即便他的內心告訴他不應該這麼做。她應該要和科技大亨或諾貝爾獎得主在一起比較好——那些真的適合她、而且即便她沒有付錢給他們，也有能力和她在一起的人。

不像麥可。他願意付出任何代價將金錢從他們的關係裡排除，然而，接踵而來的帳單卻讓他無法這麼做。

「你要我走，還是要我留下來？」關站在門口問。

麥可從紙盒裡拿出兩瓶啤酒，用一瓶撬開了另一瓶的瓶蓋，然後把打開的啤酒瓶放在咖啡桌上。「留下吧。」

關走過來拿起那瓶啤酒，坐到麥可旁邊的沙發上。在喝了一大口啤酒之後，他拿起那碗沒有吃完的麵，放下啤酒轉而吃起麵來，只不過這回吃得比較小聲了。

麥可用桌角撬開了自己的那瓶，然後打開電視，心不在焉地轉台。

「關於你的馬子……」關開口說道。「你和她交往多久了？」

麥可牛飲了一大口啤酒。如果他要談這個話題的話，他得先把自己灌醉。「史黛拉不算是『我的馬子』。不過才幾個星期而已。」

「無所謂，老兄，你對女人很有吸引力。如果你想要一個女人的話，沒有得不到手的。」

麥可嗤之以鼻地又喝了更多的啤酒。「我不想要一個只因為我能在床上滿足她就喜歡我的女孩。」

他想要一個喜歡他本質的女孩。

「你的廢話太多了。」關把空碗挪開，然後暢飲了一大口啤酒。「當那個金髮女把自己貼到你臉上的時候，她都快哭了。她愛上你了。」

關的話讓麥可的心跳彷彿歷經了所有誇張的體操動作一般，他注視著自己的啤酒瓶，嚴厲地在腦子裡搖搖頭。那可能不是他想的那樣。他不應該妄下結論。「那太酷了。」

「那太酷了？」關揚了揚眉。「你已經不是七年級的中學生了。你應該說，那真是太棒了，老兄，謝謝你告訴我，我自己都沒看出來。你需要和女人上床的建議嗎？因為我很在行。」

麥可忍不住笑到喘不過氣來。「不用了，我很擅長給人性愛的建議。謝啦。不過，如果你需要任何小竅門的話……」

關用手指撫摸著瓶身上凸起的字體，彷彿有話要說，不過卻正在考慮要怎麼說才好。「你有沒有想過，她有點像凱？」

麥可微微笑道：「是啊，不過只是一點點而已。」史黛拉在社交上的笨拙確實和凱有些相似，不過，她比凱更能表達自己，也更敏感。「你為什麼這樣問？」

關拱起雙眉，喝了一口啤酒。「沒什麼。」經過一番思考之後，他把手中的酒瓶指向麥可。「那麼，你們兩個有沒有……你知道的？」

麥可慢慢地喝了一大口。「沒有。」

「真的？」關做了個鬼臉。「她還是處女嗎？該死，她是要把貞操保留到結婚嗎？那你還是快溜吧。」

麥可聳聳肩。「她需要我慢慢來。我也不介意。我還滿喜歡這樣的。」他從史黛拉身上所得到的每一個新的反應都讓他感到很特別，就像eBay的舊廣告裡演的那樣。當你得到的時候，你才會覺得那個東西更美好。也許，過去，女人對他來說都太容易到手了。

「騙誰呢。你可能一天要手淫個十次吧。」

「我可沒說我不會手淫。」

關突然彈到沙發前端。「噢，天啊，我是不是坐到被你摧殘過的椅墊上了？」

「你真的想知道嗎？」麥可帶著壞笑地問。

「你實在太噁心了。你知道嗎？」關站起身，改坐到咖啡桌上，拍了拍自己的身體，彷彿遭到了污染一樣。

麥可不禁大笑，之後，兩人各自注視著自己的啤酒。

當他實在無法忍受下去時，麥可打破了沉默。「你覺得史黛拉怎麼樣？你喜歡她嗎？」他已經準備好要聽答案了，同時發現自己很在乎關的想法。

他是不是太蠢了？就算他接受史黛拉的方案，他也只是她練習交往的假男友。只要她獲得自信，可以和一個更好的人展開一段真正的關係時，他們的練習關係就會結束。

「喜歡，她很可愛，比你以前交往的那些女孩都甜美多了。你媽一定會很喜歡她的。」

麥可喝光瓶子裡剩餘的啤酒。不可能。她們得先見面，而那是絕對不會發生的事。

「她姓什麼？史黛拉什麼？」關說著拿出他的手機。

「幹嘛？」

「我想要看看她是不是有LinkedIn的個人檔案。我妹妹約會的每一個對象，我都會先查查他們的背景。你不好奇嗎？」

是啊，他很好奇。「蘭恩，史黛拉．蘭恩。」

一陣持續不斷的嗡嗡聲把史黛拉從另一個有關麥可的火熱夢境中拖出來。過去一整個星期以來，她一直都在想他。

上班的時候，她試著要讓自己專注在數據上，但是，那些字和數字卻以奇特的方式組合在一起，變成了身體的各部分。她幻想著他的手，他的嘴，他的笑容，他的眼睛，他說的話，他的笑聲，他的存在。

當她睡覺的時候，有關麥可的夢不斷地糾纏著她，讓她的身體在午夜時分因為過度的渴望而醒來。

上週五的事讓她越線了。毫無疑問地。

史黛拉真的迷戀上了麥可。

他們可能再也不會見面了。現在已經是週五了，而他還沒有傳簡訊給她，也沒有來電。這是那種沒有消息就代表拒絕的情況嗎？她的心沉到了谷底，她的四肢因為悲傷而感到沉重。

那道嗡嗡聲還在持續，讓她分神了過來。她伸出手在床頭櫃上摸索，直到摸到了她的手機。她瞇著眼睛看著手機螢幕，來電顯示是她的幫傭。

她咳了幾聲，想要讓自己的聲音從性愛的夢境中回復正常。「哈囉？」

「蘭恩女士，我今天不能過來了。我女兒生病了，日照中心不願意讓她待在那裡。」

「噢，沒關係。謝謝你打電話通知我。希望她很快會好起來。」

「我可以下週再來嗎？」

「當然，沒問題。」她瞄了一眼時鐘，心跳差點就停止了。快要八點了。通常，這個時候，她已經坐在她的辦公桌後面了。

當她的幫傭再度開口時，她幾乎已經要掛斷電話了。「噢，蘭恩女士，你要記得把你的衣服送去乾洗，因為我沒辦法幫你送去了。」

「噢，好的。謝謝你提醒我。」

「沒問題。再見。」

史黛拉考慮著放棄乾洗這件事。因為，她不只不知道她的衣服向來都送去哪一家洗衣店，而且，她也不想讓這件事毀了她每天早上的例行公事。那……會讓她感到不安和焦慮。新的地方。新的人。經過夜店那場災難之後，她對新事物的忍受度已經來到了史上的新低點。

最後，由於想到不送乾洗的結果會打亂她掛在衣櫥裡的裙子和襯衫的數量，她只好在Yelp上搜尋附近的乾洗店。她選了一家評價最好的洗衣店，即便地點有點不順路。

脫離她的例行習慣、再加上沒有準時出現在辦公室裡——她的老闆可能會在一進辦公室卻沒有看到她的情況之下打電話報警——她往東開往皇家大道，離開了帕羅奧圖，進入山景城。大約五分鐘之後，她轉進一條小商業街的停車場，商業街的木板房維護得很好，前面的人行道上還種植了一排橡樹。商業街上有掛著老式招牌的咖啡店、武術教室、一家賣三明治的店面，還有巴黎乾洗和裁縫店。

她把皮包和一袋衣服揹在肩上，走向乾洗店，鞋跟在柏油路面上發出了咔嗒咔嗒的聲響。一名佝僂著背、有著花栗鼠般雙頰和鬆弛嘴唇的嬌小老婦站在店門前。她的頭上包裹著一條折成對角的佩斯利花園巾，園巾在她的下巴打了一個結。她很可能是史黛拉見過最可愛的大人了。

她粗糙的手裡拿著一把巨大的園藝剪刀，對著店前的橡樹毫無成效地揮舞著。

當史黛拉帶著困惑和驚異停下腳步時，那名老婦突然把剪刀轉過來，並且差點在這個危險的過程中割到自己的腳，她把剪刀的握柄遞向史黛拉。然後指著史黛拉，再指了指那棵樹。

史黛拉轉頭望了身後一眼，但是，一如她所懷疑的，那名老婦真的是在指她。「我想我不應該……」

老婦指著橡樹上一根低矮的樹枝。「把它剪掉。」

史黛拉張望著停車場，但是，停車場裡空無一人。她踩在人行道上，從老婦手中接過那把巨大且無比沉重的剪刀。這一定會發生意外的。「也許，我們應該打電話給園藝公司。他們可能很樂意派人過來……」

那名老婦人搖了搖頭。然後再次地指著史黛拉的胸口，隨即指向那棵樹。「剪掉。」

「剪這個嗎？」她用剪刀的刀尖指著那根矮枝。

「嗯。」老婦人熱切地點點頭，那雙黑色的眼睛在佈滿皺紋的臉上發亮。

史黛拉顯然別無選擇。如果她不剪的話，只怕老婦人會試圖自己動手，結果很可能傷到了自己。老婦人是怎麼握住那把剪刀卻沒有傷到她的椎間盤，這實在令人費解。

她笨拙地踩著高跟鞋，肩膀上還揹著她的袋子，手上握著那把巨大的剪刀，準備踩進樹底下的花圃裡，這樣她才能近距離地剪下那根樹枝。

「不不不不不。」

史黛拉的腳凝結在半空中，她的心臟彷彿墨西哥跳豆一樣地在胸口亂撞。

只見老婦人指著那個花圃，在她的仔細注視下，她發現那根本不是花圃。看起來像是……一座香草花園。

史黛拉搖搖欲墜地把一隻腳踩在了植物之間的泥土上。

「嗯，」老婦人喃喃自語地再度指向那根樹枝。「剪。」

不確定是奇蹟還是腎上腺素產生的超人力量，史黛拉把剪刀舉過頭，揮向那根小樹枝的底部，用力把它截斷。那根樹枝咔嗒地掉落在人行道上，宛如一隻摔下來的小鳥。當老婦人用一隻手支撐著膝蓋，準備彎身拾起地上的樹枝時，史黛拉急忙離開橡樹旁邊，把樹枝撿起來遞給她。

老婦人接過樹枝，微笑地拍了拍史黛拉的肩膀。然後，她看著史黛拉的洗衣袋，一把拉開袋口，探頭往裡瞧了瞧，再把手放在洗衣袋的繩子上，將史黛拉轉向乾洗店的前門。老婦人隨即以驚人的力氣推開那扇玻璃門。在史黛拉走進乾洗店之後，老婦人從她手中拿回園藝剪刀，藏在自己身後，彷彿這樣就沒有人會發現一樣，然後穿過櫃檯後面的那扇門，很快地就不見蹤影。

史黛拉環顧著空無一人的店內，只見櫥窗裡站著兩具沒有頭的人形模特兒，其中一個套了一件做工精細的黑色燕尾服，另一個則展示著合身的蕾絲新娘禮服。店裡漆著冷靜的藍灰色，垂掛著柔軟的白色布簾，還有大量的自然光灑進室內。

有人正在相連的隔壁房間裡試穿衣服。一名看起來很體面的婦人身穿一件無袖連身褲，正站在一座凸起的平台上，平台的前方還架著一面三折鏡。

史黛拉驚訝地無法動彈。

蹲在那名女子腳畔的人竟然是麥可。

他穿了一件寬鬆的牛仔褲，純白色的T恤裹住他的二頭肌，健美的模樣看起來賞心悅目，一派輕鬆自在的樣子。一條量尺套在他的脖子上，垂掛到了胸前，雕像般的手腕上套著一只小巧的針插，上面插滿了幾十支突起的針。此外，他的右耳上還插了一支藍色的粉筆。

「你打算穿什麼鞋子配這件褲子？」他問。

「其實，我打算就穿這樣。」那名女子拉起褲腳，露出了一雙普通的白色平底鞋。

「你應該要穿露腳趾的鞋子，瑪姬。而且比這個高上一吋。」

瑪姬抿著嘴，調整著腳的角度，從一邊換到另一邊。過了一會兒之後，她點了點頭。「你說得對。我有那種鞋。」

「那我就把褲腳加長一吋。腰身感覺如何？」

「太舒服了。」

「我猜你打算穿這套衣服吃東西。」

「我的裁縫想得真周到。」她原地半轉過身，看著鏡子裡別著針頭的腰線。

麥可翻了翻白眼，不過臉上卻帶著笑意。「別忘了唇膏。」

「是啊，是啊，我怎麼可能忘記呢？鮮紅色。下週五之前，你可以修改好嗎？」

「會的，下週五之前會好的。」

「太棒了。」

語畢，她穿著那套連身褲裝溜進了更衣室，麥可轉而拾起一件披掛在椅背上的印花外套。他調整了插在上面的幾根針，然後從耳朵上拿起那支粉筆，在布料上做著記號，他的眼神專注，動作十分熟練。

那些遺漏的碎片在史黛拉的腦子裡拼湊在了一起。這就是麥可的自然狀態。在他不當伴遊的時候，這就是他所做的事。麥可是一名裁縫。

他把外套抖了一下，然後掛在自己的手臂上，才轉身去拿另一件同樣別著針頭的衣服。

他從眼角餘光瞥見了她，隨即開口說道：「我馬上就過來幫你——」他的眼神和她相遇，他的臉瞬間垮了下來。

他僵住了。

她也僵住了。

「你是怎麼……？」他往前看了看前面的窗戶，彷彿可以從窗外為他沒有問完的問題找到答案。

她的心臟咚咚地狂舞。這看起來一定很糟糕——跟蹤狂。不公平，這不公平。她今天才發現自己迷戀上了他。她根本還沒有時間像個狂熱分子一樣地跟蹤他。不管她可以雇用他當全職練習男友的機率有多麼小，現在，她都要賠上這樣的機率了。

她立刻往後退一步。「我現在就走。」

他很快地越過房間，在她離開之前抓住她的手。「史黛拉……」

她整隻手臂下意識地甩開他的手，她好想哭。「我只是想要乾洗我的衣服。我不知道你在這裡工作。我—我沒有跟蹤你。我知道這看起來很糟糕。」

他的表情和緩了下來。「看起來你確實有衣服需要乾洗。」他把那袋衣服從她肩膀上取下。「讓我幫你算一下。」

他把她的東西拿到前面的櫃檯，帶著專業的效率開始數起衣服的數量。不過，他的臉頰卻不尋常地微微泛紅。

「這很尷尬嗎？」她問，她討厭自己讓他覺得不自在。

「有一點。不管你信不信，這是我第一次在這裡遇到客戶。七件襯衫。我猜裙子也有七件吧。」他一邊數著裙子，一邊將裙子和襯衫分開堆疊，然後看著她的臉。「你每天都上班？」

她羞澀地點點頭。「我喜歡在週末的時候待在辦公室。」

他的嘴角微微往上揚。「我想也是。」他沒有評斷她，沒有諷刺她，也沒有告訴她那樣做對她的健康和她的社交生活都不好。史黛拉真想越過櫃檯，把自己投向他的懷抱。

他開始把洗衣袋放到一邊，不過卻注意到袋子裡還有東西。當他把袋子倒過來抖動時，一件藍色洋裝從袋子裡掉了出來。

他抬起頭看著他，目光開始燃燒。

當冰淇淋的回憶閃過她的腦海時，史黛拉緊緊地抓住了櫃檯。冰涼絲滑的嘴唇、薄荷巧克力碎片，還有他嘴巴的味道。以及在滿是顧客的冰淇淋店裡那個徐徐的吻。

「這些衣服，你有什麼清洗上的特別要求嗎？」他聲音粗糙地問。

她眨了眨眼，推開腦子裡的回憶，強迫自己回到現實裡。「不要上漿。我不喜歡那種感覺在——」

「在你的皮膚上。」他幫她把話說完，一根拇指輕撫過她的手背。

她點點頭，試著要找話說。她的目光落在那件藍色的小禮服上。「我買這件洋裝是因為我喜歡這個顏色和布料。」這種硬挺的絲質布料和設計，想必和麥可帥氣的西裝很相配。「那件西裝，」她小聲地問。「是你自己做的？」

他的目光立刻往下垂落，一絲孩子氣的笑容浮現在他的臉上。「嗯。」

她張大了嘴。如果他可以做出那樣的西裝，為什麼還要當伴遊？

「我祖父是個裁縫。很顯然地，我遺傳到了這份天賦。我喜歡做衣服。」

「你可以幫我做衣服嗎？」

「你得要站很久，而且動也不能動。那一點都不性感。你真的想那麼做嗎？」他的語氣聽起來十分地實事求是，不過，他的眼神卻一點都不是這麼回事。史黛拉花了一點時間，才了解到那是一份脆弱。

麥可是否不相信除了他的肉體以外，有人還會對他的其他部分感到興趣？

「我以前也訂製過衣服，記得嗎？我知道那是怎麼回事。我覺得很值得。你很有天賦。我想要你幫我設計。」

「是啊。我忘了。」那抹孩子氣的笑容重新回到他的臉上，看起來幾乎有點羞怯，讓她想要對他敞開雙臂，永遠地抱住他。

「我一直在等你的消息。」她說。

他的笑容褪去，表情瞬間嚴肅了起來。「我需要考慮。」

「你會接受我的方案嗎？」*求求你不要拒絕。*

「你確定你還要這麼做嗎？」

「當然。」她實在想不出她為什麼要改變心意的任何理由。

「沒有性愛？」

她吸了一口氣，點點頭。「對。」

他往前靠，壓低了聲音問：「這樣，你就可以確定下一個吻你或碰你的男人是出於真心的？」

「是──是的。」她往他靠近，期待著他的答覆，害怕到幾乎不敢吐氣。

「我接受。」

她如釋重負地笑了。「謝──」

他把一隻手放在她的下巴上，輕輕托起她的頭，然後吻了她。一陣通電的快感流竄過她。如果沒有那個櫃檯的話，她一定就要摔倒了。在她的喃喃聲中，他吻得更深了，他的舌頭俘虜了她的嘴，一如她想要的那樣──

櫃檯後面的那扇門突然打開，有人走了出來。

彷彿做錯事的青少年一樣，他們立刻各自退開。麥可清了清喉嚨，讓自己忙於整理櫃檯上的衣服。史黛拉則抿著嘴唇，品嚐著麥可留在她唇上的味道，然後用手背擦了擦自己潤濕的嘴唇。

從那名年長女子的表情看來，她一定看到了……而且感到了好奇。一副圓框眼鏡以反重力的角度架在她的頭頂上，那頭黑髮在腦後梳成了一束馬尾，不過，還是有幾縷髮絲散落了下來。她穿了一件千鳥格的針織衫，搭配著一件綠格子的長褲。一如麥可一樣，她的脖子上也吊了一條量尺。

那名女子拿出一件拆解開的衣服，指著上面一道接縫的部分。他們兩人開始用一種快速的聲調和語言溝通，那應該是越南話。

當他帶著那種性感的思考神情俯身在那件衣服上時，那名女子分心地朝著史黛拉笑了笑，然後又拍拍麥可的手臂。「我在他小的時候教他，現在則是他在教我。」

史黛拉勉強地笑笑。他母親剛抓到了他們在接吻嗎？她試著要在他們之間找出相似之處，不過，卻什麼也看不出來。麥可的五官既有東方的特質，也有西方的稜角，並且在東西之間取得了超乎尋常的平衡，散發著一股迷人的魅力。寬闊的肩膀，厚實而充滿活力的身體，讓他在那個嬌小的婦人身邊顯得十分高大。

史黛拉把眼鏡推高，用手撫平自己的裙子，突然希望自己身上能有一件白袍和聽診器。

在那扇敞開的門後面，只見成堆縫製中的衣服和各式商用縫紉機塞滿在一個偌大的工作空間裡。房間遠處的左邊有一具機械式的圓架，上面吊滿用塑膠膜套起來的衣服，還有無數的線軸，捲了各種你所能想像得到的彩色縫線，成排地排列在牆壁上。稍早見到的那個老婦人坐在右邊角落的一張破舊沙發裡，正在看著調成靜音的舊式顯像管電視。那把園藝剪刀則完全不見蹤跡。

「你是做什麼工作的？你是醫生嗎？」那名女子帶著掩飾不住的希望問道。

「不是，我是個計量經濟學者。」史黛拉的十指指尖相對，低頭看著自己的鞋尖，等著女子出現失望的反應。

「那是經濟學嗎？」

史黛拉驚訝地抬起目光。「對，是的，不過數學的成分更多一點。」

「你女朋友見過珍妮了嗎？」她問麥可。

麥可從衣服上抬起頭，面上帶著一絲憂慮。「媽，沒有，她沒有見過珍妮，而且她也不是我的——」他停了下來，眼神從他母親的身上跳到史黛拉。

他進退兩難的處境再清楚不過了。現在，他們在公開的情境下要怎麼稱呼彼此？

「她不是什麼？」他母親困惑地問。

他清了清喉嚨，重新把注意力集中在手中的衣服上。「她沒有見過珍妮。」

史黛拉的體內湧起一陣出乎意料的暖意。他沒有糾正他母親。這表示他們會以男女朋友的身分出現在公開的場合裡？

一股強烈的嚮往攫住史黛拉，那種熱切的程度讓她自己都感到驚訝。

「珍妮是誰？」史黛拉企圖問道。她記得以前也聽過這個名字。

「珍妮是他妹妹。」他母親的眼裡掠過一抹若有所思的神情，不過很快地就轉為愉悅地說：「你今晚應該來我們家吃飯。和珍妮聊聊經濟學，啊？她在史丹佛念經濟學，正在找工作。他其他的妹妹也會想要和你見面的。我們不知道他有新女友了。」

她被當作麥可女友的那股樂昏頭的暈眩，立刻被他母親的話所淹沒。家。晚餐。妹妹。那些話在她的腦子裡乒乓作響，讓她完全反應不過來。

「你來就是了，啊？就算你們倆有其他計畫，你也還是得吃飯。麥可可以做越南米線。他做的越南米線很好吃……我忘了問。你叫什麼名字？」

她帶著暈眩地回答：「史黛拉，史黛拉．蘭恩。」

「叫我Mẹ[1]就好。」那個字聽起來像是美，不過中間有一個不太尋常的音調。

「Mẹ？」史黛拉重複著。

他母親露出首肯的微笑。「你來之前不要吃任何東西，啊？我們有很多食物。」語畢，她拍了拍自己的手，就像解決了什麼事情一樣，隨即填寫好史黛拉的洗衣收據，將收據遞給她。「週二上午就會好了。」

史黛拉驚慌地把收據塞到皮包裡，彷彿喃喃自語般地說了一聲謝謝，隨即走出店裡，經過他祖母的香草園——至少，她假設那名老婦人是他的祖母。當她上車在駕駛座上坐下來之際，他母親的話又在她的腦海裡響起。

家。晚餐。妹妹們。

乾洗店的前門突然打開，麥可衝到了她的車邊。她打開車窗，他立刻將雙手撐在她的車側。

「如果你不想來的話，你可以不用來。」他猶豫了一下又說，「不過，也許……」

「也許什麼？」她聽到自己在問。

「也許那是你會想要的練習。」

「你要讓我和你的家人練習？」他願意讓她和他生命中重要的人相處，這個事實讓她受到了連自己都不明白的感動，讓她覺得失去了平衡，稍早的那股嚮往又重新湧起。

「你會好好和她們相處嗎？」他帶著搜尋的目光問她。

「會，當然會。」她向來都很努力在和別人好好相處。

「還有，我們之間的約定，你也會保密？她們不知道……我在做的事。」

她點點頭。那還用說嗎？

「那我就沒問題了。如果你想來的話。你想嗎？」

「想，我想去。」不過，那並非因為她想要練習。

「那就這麼做吧。」他的目光落到她的唇上。「過來一點。」

她向他靠近，不過眼光卻看向乾洗店門口。「她一定在看——」

他輕輕地在她的唇上一吻。只是一個吻，他隨即退開。「晚上見了。」

---

❶ Mẹ，越南語讀音ㄇㄟˋ，母親、媽媽的意思。

13

當麥可走回店裡的時候，他的母親正雙臂交叉地看著他。透過展示的櫥窗，她可以清楚地看到史黛拉那輛白色的特斯拉倒車離開停車場。他很確定他母親看到了那個吻。那就是他為什麼只是輕輕一吻，而不像他真正想要的那樣，吻到史黛拉雙眼呆滯為止。

她讓他如此糾結，他幾乎無法看清事情，更遑論要清楚思考了，而她又在他毫無防備之下出現在店裡。這說明了他為什麼原本已經說服了自己要把事情做對、要拒絕她，但最終卻還是接受了她的提議。她沒有戲謔他，她甚至連笑都沒有笑。相反地，她對他的手工和他——真正的他，感到了佩服。只有史黛拉才會這樣。在那脆弱的一刻裡，他不顧一切地把他的顧慮全都拋開了。他之所以答應她，只是為了想要和她在一起。

現在，一切都失控了。界線變得模糊，他已經無法區分他的工作和他的個人生活了。他母親以為史黛拉真的是他的女友，而他也喜歡這種想法帶給他自己的慰藉。答應她是一個極大的錯誤。他已經開始後悔，也感覺到了這實在是大錯特錯，儘管他並不全然了解為什麼。然而，一切為時已晚。只是一個月。他夠專業。他可以應付得了一個月。

「史黛—拉。」他的母親說道，彷彿在測試這個名字的發音一樣。

麥可拿起史黛拉的衣服，走進了工作區。

她卻緊跟在他身後。「我喜歡她勝過於你三年前交往的那個脫衣舞孃。」

「她是個舞者。」好吧，沒錯，她也是個脫衣舞者。他當時還年輕，而她的身材那麼迷人，更別說那些鋼管舞的動作了。

「她把她的髒內褲放在了一個杯子裡，好讓我來的時候可以發現。」

麥可搓了搓自己的脖子。即便當了三年的伴遊，他依然不懂女人之間的那種奇怪的權力遊戲。「我和她分手了。」

反正那段交往只是基於性愛。他的父親是個騙子，為了不承諾也不傷害別人，麥可在二十出頭的時候，對一切都保持漠然的態度。老實說，那段日子他過得很多采多姿，甚至有點瘋狂，舉凡對他有意的女人，他幾乎都和她們上過床。那段記憶對他而言，就像是女人的內衣褲所組成的一道朦朧的彩虹。

當災難發生、他的財務面臨短缺時，他想到了一個方法，何不從女人身上賺錢？在他以前的工作裡，他曾經遇到過許多富有的年長女性一次次地向他求歡。他所需要做的只是接受就好。此外，這也是打臉他父親最好的方式——他父親就是災難最早的起因。

「史黛拉開的那輛車很昂貴。」他母親說。

麥可聳聳肩，自顧自地把史黛拉的衣服和其他需要送去乾洗的東西放在一起，然後在他的縫紉機前面坐了下來。

他母親改用越南語對他說：「她是真的喜歡你，這種事我可以看得出來。」

「誰喜歡他？」正在電視機前面看著《神鵰俠侶》的姥姥突然開口問道，這部由劉德華主演的神鵰俠侶她已經看了一百萬次了，劇中那隻會功夫的神鵰其實只是套上了一件巨大鳥裝的演員而已。

「一個客人。」他母親回答道。

「那個穿灰色裙子的？」

「你看到她了？」

「嗯，我第一眼看到她的時候就注意到她了。她是個好女孩。麥可應該要娶她。」

「別忘了我才是當事人。」麥可說道。「我不會娶任何人的。」在他必須當伴遊的情況下，結婚是想都不用想的選項。他還記得小時候，每當他父親離開時，哭泣總是伴著他母親入眠，他母親雖然因此崩潰，卻依然為了麥可和他的妹妹們堅強度日，從來沒有因此而放下工作。麥可絕對不會讓任何女人因為被騙而受傷。絕對不會。

而史黛拉根本也不會想要嫁給他。他幹嘛要想這些事？他們已經約會過三次了。不，不是約會。是上課。是會面。他們只是練習的關係。這不是真的。

「我把你養這麼大，是要你像那樣去吻別人的女兒，而不打算娶人家嗎？」他母親又問。

他沮喪地抬起頭看著天花板。「不是。」

「她配得上你，麥可。」

太荒唐了。這話說得好像他是什麼稀世珍寶一樣。

姥姥同意地發出她的嗯嗯聲。「而且也很漂亮。」

麥可聞言笑了。史黛拉是很漂亮，但是她自己並不知道。她也很聰明，很甜美，很體貼，勇敢，而且——

他母親指著他笑道：「看看你自己的臉。不要告訴我你不喜歡她。這清楚得像白天一樣。我很高興你對女人的品味終於變好了。你得把這一個留在身邊。」

姥姥又發出了嗯嗯嗯的聲音。

麥可的笑容凝結。她們說得沒錯。他確實喜歡史黛拉，然而，他卻希望自己並沒有喜歡上她。他知道自己無法擁有她。

史黛拉把車停在麥可簡訊給她的地址，擔心著她帶來的花和巧克力是否完全不適合這個場合。她在谷歌上搜索過越南的禮儀，上面顯示她確實需要帶點伴手禮，雖然網路上推薦的那些禮物讓她很困惑，因為那些建議的範圍太廣了，從水果到酒都有。不過，綜合看來，吃的東西似乎是最好的選擇。因此，她的乘客座上才會放著一盒Godiva巧克力。

但是，萬一他們不喜歡巧克力呢？

她原本想要詢問麥可，但是，他不需要知道她有多神經質，也不需要知道和陌生人見面對她而言是多麼大的一件事。而這些人並非一般人。他們是麥可的家人，是重要的人，而她想要給他們留下好的印象。

結果，她花了一整天的時間在腦子裡設計了一堆對話樹，這樣，她就可以把社交互動的即興需求降到最低，因為那些互動對她而言，向來都沒有好的收場。如果她被問到她的職業，她可以很快地解釋，並且準備好了後續問題的答案。如果他們問起她的興趣和嗜好，她也有所準備了。如果他們問到她是怎麼認識麥可的，她就會讓他來解釋。因為她太不會說謊了。

在一陣緊張的胃痙攣之下，她在腦子裡把那份準社會化的提醒清單複習了一遍：開口之前先想一想（任何事或者每一件事都可能得罪到別人；心裡出現懷疑的時候，就閉嘴不要說話），親和，把手壓坐在自己的臀下、以免焦躁不安，要感覺很舒服，和別人眼神交流，微笑（不要露牙齒，那太嚇人了），不要又開始想工作的事，不要讓自己聊工作（沒有人想聽），說請、謝謝和對不起的時候要帶著感情。

她拿起那束非洲菊和黑巧克力太妃糖，下車看著那棟有著兩層樓的東帕羅奧圖洋房。五年前，她剛搬到帕羅奧圖時，這一帶還是貧民區。在矽谷不斷地成功擴張下，東帕羅奧圖的土地價值已經不可同日而語。現在這附近動輒都是價值百萬的房產——包括這棟車道水泥地面破裂、花園凌亂的簡樸灰色小屋，仔細一看，那個花園裡居然還種有茂盛及膝的香草。

大門的前廊燈下圍繞著幾隻嗡嗡作響的蒼蠅和飛蛾，她走向前門，忍不住伸手撫過刮手的植物頂部，呼吸著植物散發出來的新鮮氣息。她喜歡那種閒不下來的老奶奶。

她按了門鈴，等待著有人來開門。沒有人出現。她緊張地腸子都打結了。

她敲了敲門。

沒有動靜。

她再用力地敲了一下。

還是沒有動靜。

她在手機上確認著地址。是這個地方沒錯。麥可的M3甚至就停在車道上。就在她因為不知道如何是好而快要發瘋時，大門打開了。

麥可朝著她笑道：「很準時。」

她抓緊了手中的東西，心裡的不確定讓她幾乎就要崩潰。「我不知道自己是不是帶對了東西來。」

他帶著一絲奇怪的表情，從她手中接過鮮花和巧克力。「你不用帶任何東西來。真的。」一股恐慌油然而生。「噢，我可以把它們收回來。讓我把它們放到——」

他把東西放到一張邊桌上，用拇指揉了揉她的臉頰。「我媽媽會喜歡你的禮物的。謝謝你。」

她這才鬆了一口氣。「現在要做什麼？」

他揚起了嘴角。「我想，最普通的打招呼方式就是擁抱。」

「噢。」她笨拙地伸出雙手，向他踏近一步，她相信這些動作她一定都做錯了。直到他展開雙臂擁住她，將她拉近。他的味道、他的溫暖，以及他紮實的擁抱。這是百分之百錯不了的。

他退開一步，帶著一絲溫柔的眼神看著她。「準備好了嗎？」

在她的點頭下，他帶著她穿過鋪著大理石的入口，經過一個正式的餐廳區，然後走進和起居室相連的一間廚房。起居室裡巨大的廂型電視引起了她的注意。一對穿著傳統中國京劇服裝的男女，正在輪唱著相似的曲調。在一陣充滿激情的重複演唱之後，麥可的姥姥立刻報以掌聲。他的母親和她同坐在廚房桌邊，一邊削著芒果，一邊發出讚賞。

當她注意到史黛拉和麥可的時候，他母親揮了揮手中的削皮器。「哈囉。我們很快就可以吃飯了。」

史黛拉也回以一笑，然後揮揮手。她已經準備好要面對這個令人神經緊張的社交之夜了。她走向她們，然後問道：「我能幫忙嗎？」

一抹笑容在麥可母親的臉上蕩漾開來，只見她把手中的削皮器和她用來盛放芒果皮的盤子放到她左邊的一張空椅子上。當史黛拉解開袖釦時，麥可朝她笑了笑，隨即打開瓦斯爐火。

她在廚房水槽洗手的同時，一邊看著他把一只大鍋加熱，然後倒油入鍋，隨意地加進配料，但是，他的態度看起來卻儼然是一個知道如何做飯的人。等到她在他母親旁邊坐下來時，空氣裡已經瀰漫著濃濃的烤牛肉、蒜頭、檸檬草和魚露的味道。他把他的衣袖捲到手肘，在他翻炒鍋子裡的食材時，她忍不住欣賞起他雕塑般的前臂。

她努力地把注意力重新放回芒果上面，當隔壁傳來一陣鋼琴聲吸引她的注意時，她才正要開始削他母親遞給她的那只大芒果。〈給愛麗絲〉的前奏和電視裡的顫音重疊在一起，將她的腦子往好幾個不同的方向拉扯，史黛拉眨著眼睛，覺得自己難以思考。

「那是珍妮在彈琴，」他的母親說道。「她彈得很好，啊？」

史黛拉漫不經心地點點頭。「是啊。不過，那架鋼琴有點走音了。特別是低音的部分。」每當那個琴鍵被按下的時候，她的心裡就縮了一下。「你們應該幫它調一下音。太久不調音對鋼琴很不好。」

他母親饒有興趣地揚起眉毛。「你知道要怎麼幫鋼琴調音嗎？」

「不知道。」她笑了。一想到要親自幫她的史坦威鋼琴調音，她就覺得很可笑。她的笨手笨腳很可能會毀了她的鋼琴。「你絕對不能自己幫鋼琴調音。」

「麥可的父親曾經幫我們的鋼琴調音過，」他母親皺著眉頭，一邊說，一邊專注地切起已經削好皮的那只巨大的芒果。「他調得很好。他說，既然他知道怎麼調音，再找人來做就太浪費錢了。」

「他在哪裡？他什麼時候可以調音？」

他母親帶著一絲緊繃的笑容從桌邊站起來。「我有個東西要讓你試試。我來加熱一下。」

當麥可的母親在冰箱裡找東西的時候，他的姥姥指著那只裝了成塊芒果的碗。史黛拉遵從地從碗裡拾起一小塊芒果，放進嘴裡，享受著芒果甜美的風味。他的姥姥發出嗯嗯的聲音，然後又繼續開始削她的芒果。

史黛拉放鬆地吐出了一小口氣，她的胃已經不再緊張了。她最喜歡和老奶奶坐在一起。語言的障礙讓交談幾乎成為不可能的事，然而，這對史黛拉來說卻再完美不過了。〈給愛麗絲〉結束了，她的頭腦也因為聲音的來源從兩個減少成一個而平靜了下來。

一個穿著牛仔褲、T恤、胡亂綁著一束馬尾的妹妹跳著走進廚房，從中島上的一支濾網裡挑起一根豆芽菜，扔進了嘴裡。當她注意到史黛拉的時候，她揮了揮手。「史黛拉，對嗎？我是珍妮。」說著，從濾網裡又挑起一根豆芽，不過，卻被她母親從手背上拍了一下，她叫了一聲，縮回了手。她母親把一個容器放進微波爐，然後操著很快的越南語將她喚到桌邊。

珍妮露出一絲自在的笑容在她對面坐下，她一邊的嘴角顯然高過另一邊——那是麥可式的笑容。「你喜歡越南戲曲嗎？」

史黛拉不置可否地聳聳肩。

珍妮笑著吃了一大塊芒果。「很棒吧，哈？」

史黛拉還沒來得及想出要怎麼回應之前，麥可的母親走過來，將一個塑膠容器放在桌上，打開了蓋子。一股蒸氣瞬間從一塊淡綠色的海綿蛋糕上冒出來。「吃吧，啊？這是白糖糕。很好吃的。」

史黛拉放下手中的削皮器和水果，朝著容器伸出手，不過卻發現那是個便宜的塑膠容器，就像外賣盒一樣。「你不應該把這種容器放進微波爐加熱。裡面的食物現在可能有雙酚A了。」基本上那就是毒素了，這讓史黛拉感到擔心。

他母親把容器拿近，聞了聞那塊蛋糕。「沒有，沒事。沒有雙酚A。」

「玻璃或耐熱玻璃貴很多，不過它們比較安全。」史黛拉說道。怎麼沒有人告訴麥可的母親這點呢？他們想讓她生病嗎？

「我向來都用這個，而且也沒什麼問題。」他母親快速地眨著眼睛，把容器的蓋子拿在胸前。

「你不會立刻注意到的。那是長期累積下來的。你真的應該要投資——」

珍妮從她母親手中拿走那個容器，然後剝了一塊有毒的綠色蛋糕放進口中。「這是我最愛吃的。我愛死了。」說著，尖銳地看著史黛拉，又捏了一塊放進嘴裡。

麥可走到桌邊，在他妹妹吃第三塊之前，把容器從她手中拿走。「是真的，Mẹ。這種容器是真的不好。我從來都沒有想到這點。你不應該用這種東西。」

當他把容器丟進垃圾桶時，他的母親用越南語抗議著。這個女人之所以沮喪，是因為史黛拉不希望有人吃到毒素嗎？

就在珍妮倏地起身離開廚房時，有兩個女孩衝了進來。她們看起來都是二十多歲的模樣，留著深棕色的長髮，有著淺橄欖色的肌膚和修長的身材。若非史黛拉已經知道這種問題會讓人心煩，不然的話，她一定要問她們是否是雙胞胎。

「你這隻肥母牛，你把它拿走、把酒灑在上面之前，你為什麼不先問我？你幹嘛和我男朋友親熱？」其中一個女孩大聲叫道。

史黛拉畏縮了一下，那顆原本就已經感到擔憂的心現在彷彿在緊縮。吵架絕對是她最不喜歡的事。當人們吵架的時候，總是讓她覺得他們是在對彼此做人身攻擊。即便只是個旁觀者，她也感到不舒服。

「你說你們兩個已經結束了，而我又很好奇。還有，如果它合身的話，我也不會把酒灑得到處都是。誰才是肥母牛？」另一個女孩大聲地回嘴。

老奶奶拿起電視遙控器，斜眼看了一下上面的按鍵。當螢幕上綠色的音量標示直線上升之際，電視的聲音也越來越大，原本令人心煩的音樂頓時讓人感到了不快。

「夠了。我要把我給你的那些牛仔褲都收回來。」第一個女孩的聲音超過了電視聲。

「儘管拿走吧。你這個自私的賤人。」

老奶奶咕噥著再度調高了電視的音量。

史黛拉雙手顫抖地放下削皮器，試著要平緩自己的呼吸。這對她來說已經快難以承受了。

另外兩個女孩也走進了廚房。其中一個比其他女孩都要矮小，膚色也更黝黑，看起來大約和史黛拉年齡相仿。另一個則看似高中生的模樣。她們一定都是他的妹妹。一、二、三、四，總共五個。

那個矮小的女孩朝著雙胞胎伸出一根手指。「你們兩個不要吵了。」只見兩人訕笑一聲，幾乎以一模一樣的方式，將雙手交叉在胸口。

「自從你搬出去、把媽媽的問題留給我們之後，你就沒有權利再對我們說什麼了。」第一個女孩對她說。

那個矮小的女孩往前走來，彷彿一輛坦克一樣。「她現在已經穩定了，也是我過自己生活的時候了。你們也該為別人想想了。」

「所以，我們才是自私的人嘍？」第二個妹妹說道。「你出去參加工作的派對、喝酒尋歡，而我們卻在家照顧因為化療而嘔吐的媽媽。」

「她現在並沒有在接受化療……不是嗎？」矮小的女孩看著麥可尋求確認。

他母親從老奶奶手中抓起遙控器，把電視的聲音開到最大，然後才走到水槽邊，慢條斯理地繼續做她的事。史黛拉把濕漉漉的手掌搭在玻璃桌面上。這終將會結束的。她只需要忍耐下去就好。

「她做過化療，但是反應不好，所以，他們把她換去做臨床的藥物試驗。」麥可回覆道。

「為什麼沒有人告訴我？」

「因為你忙著在做你那些重要的屁事，為什麼？媽不想增加你的壓力。」雙胞胎其中一人對她說。

「用這種方法發現實情對我的壓力更大。」

「哭吧，安琪。」另一個雙胞胎說道。

就在她們爭吵不休時，一陣刺耳的嗶聲響起，他母親從微波爐裡拿出了一只白色的容器。她拿起一把鉗子，把冒著熱氣的米線、麥可炒好的牛肉和各式綠葉蔬菜夾到一只大碗裡。

她把碗放到史黛拉面前，露出一絲禮貌的笑容。「麥可的越南米線。你會喜歡的。」

史黛拉笨拙地點點頭。「謝——」她突然升起一絲懷疑，然後偷偷瞄了那個容器一眼。她把碗推開。「那個容器是塑膠做的。大家都不應該吃這個。」

他母親僵在原地，她漲紅著臉先看看史黛拉，然後又看著那個碗。「我來煮新的米線吧。」

在他的母親還沒碰到碗之前，麥可一把拿走了碗。「我來。坐下吧，Mẹ。」他繃緊了臉，把有毒的食物從碗裡倒出來，史黛拉立刻感覺到一絲說錯話的恐懼，她不知道應該要如何處理這種場面。

他母親坐了下來，看著麥可的姊妹繼續在冰箱旁邊的角落爭吵。她嘆了一口氣，拾起她的削皮器，繼續剛才沒有削完的那顆芒果。

史黛拉專心地想要完成手中的工作，隨著時間分分秒秒的過去，她也越來越緊張。她痛苦地察覺到她們之間沒有對話，而本能卻催促著她要打破這份沉默——如果這個場面可以用沉默來形容的話。他母親沒有說話，不過，他的姊妹們正在說話，而電視的音量從剛才就一直爆表。當鋼琴聲再度響起時，她的神經已經繃緊到了臨界點。那個降A調的音符響了一次、兩次、三次、四次。有什麼事情比這個更讓人心煩的呢？

「你的鋼琴真的應該要調音了，」她說。「你丈夫在哪裡？」

當他母親自顧自地削著芒果而沒有回答她的時候，史黛拉以為她沒有聽到問題。

她再問了一次。「他在哪裡？」

「他走了。」他母親以一種堅決的語氣回答。

「那是說……他死了？」她應該要表示哀悼嗎？她不確定現在應該要說什麼。

他母親嘆了一口氣，眼光依然在手中的芒果上面。「我不知道。」

這個答案讓史黛拉愣了一下，然後，她皺著眉問道：「你們離婚了？」

「如果我找不到他的話，我就沒辦法和他離婚。」

史黛拉看著麥可的母親，她完全懵了。「你說你找不到他是什麼意思？他發生意外了，還是——」

一隻大手抓住了她的肩膀，緊緊地施壓在上面。麥可。「米線快好了。你吃花生嗎？」

突如其來地被打斷，讓她眨了眨眼睛。「當然，我沒有過敏。」當他點點頭走向廚房中島時，她重新把注意力放回他母親身上。「他離開多久了？你有通報失蹤人口——」

「史黛拉。」麥可的聲音滑過空氣，那是一聲嚇人的斥責。

他的妹妹們停下了爭吵，所有的眼光都集中在她身上。她的心臟跳得比電視和鋼琴都要大聲。她做了什麼？

「我們不提有關我父親的事。」他說。

那完全不合理。「可是，萬一他受傷了或者——」

「當一個人沒有心的時候，你是傷害不了他的，」他母親打斷她。「他為了另外一個女人離開了我們。我想要和他離婚，但是，我不知道要把文件寄到哪裡。他換了電話號碼。」他母親說著把椅子往後推，然後站起身。「Mẹ累了。你們這些孩子自己吃吧，啊？也許去買點什麼給麥可的女朋友吃，如果她不喜歡我們的食物的話。」

語畢，他母親就離開了，鋼琴的聲音也驟然停止。他姥姥也關掉了戲曲，房間裡除了電視的靜電聲，其他什麼聲音也沒有。突來的安靜算是一大安慰，然而卻讓人感到不祥。她的血液在奔流，她的腦子在抽動，她的呼吸也變得急促了起來，彷彿她跑了很久一樣。或者她正準備要跑。

珍妮匆忙進到廚房裡。「發生了什麼事？媽為什麼在哭？」

沒有人回答，不過，七雙眼睛都在指責她。這比剛才那些噪音都還要可怕，可怕太多太多了。

她把麥可的母親弄哭了。

史黛拉的臉在尷尬和愧疚下漲紅，她立刻站起來。「對不起。我得走了。」

她低下頭，拿起她的皮包，轉身逃開。

看著史黛拉衝出門口，麥可覺得自己彷彿目睹了一場慢動作的車禍。一股混合了罪惡的情緒在他的血管裡流竄。憤怒，恐懼，羞愧，難以置信，震驚。剛才到底發生了什麼事？他現在要怎麼做？他的本能要他去追她。

「你最好去看一下媽媽。」珍妮說。

沒錯。他的練習女友剛把他母親弄哭了。他真是個好兒子。他不發一語地去找他母親。拖著沉重的腳步和更沉重的心情，他爬上樓梯，走過鋪著地毯的走廊，在他母親的臥房門外停下了腳步。房門沒有關上，他從門邊往房裡瞧，發現他母親正坐在床上。他不需要看到她的臉，也知道她在哭泣。她意氣消沉的坐姿和低垂的頭已經說明了一切。

這個畫面把他給擊倒了。沒有人可以傷害他的母親。他的父親不可以，他過去的女朋友們也不可以。甚至史黛拉也不可以。「Me？」

當他進到房間裡，輕手輕腳地來到她的床畔時，她並沒有發現他在身邊。

「我很抱歉她說了那些話。」他試著要壓低聲音，然而，說出口的話卻異常地大聲。「鋼琴，食物，爸……」

他不知道史黛拉是怎麼辦到的，但是，只不過幾分鐘的時間，她就找到了他家人最敏感的每一個痛處——他們拮据的財務狀況、他母親的教育程度低落，還有他那糟糕的父親——然後精準地戳中了這些問題。意外地。顯然是一場意外。

老天，她與人相處的技巧是很糟。然而，直到今晚，他才知道有多糟。當他們獨處的時候，情況完全不是這樣。

他母親抓住他的手。「你覺得你父親還好嗎？」

「我相信他很好。」他扭曲著嘴唇，想像著他父親和他的新老婆躺在加勒比海的遊艇上。

「你可以幫Me發電子郵件給他嗎？」

「不行。」他絕對不要再和他父親聯絡。

他母親激動地吸了一口氣，然後用手蓋住了臉。「你的史黛拉說得沒錯。他可能會受傷。他壞到沒有人願意幫他，他的新女人更不可能幫他。她只會在他還有錢的時候和他在一起。」

一股熟悉的憤怒鑽過他的肌肉，讓他握緊了雙拳。「那樣的一筆錢夠用很久了。」

「以他花錢的方式用不了多久的。他自以為是什麼了不起的人物。他永遠都不會滿足的，記得嗎？」

又來了。

麥可咬牙切齒地聽著母親又開始講述他已經聽了上千次的故事。他在她身邊坐下，漫不經心地聽著，如此，當她暫停下來的時候，他才可以適時地應和。

諸如利用女人、壞人和騙子這樣的字眼陸續自他母親口中吐出，他不禁發現這些字眼套用在他身上也完全不違和。看看他曾經說過的那些謊言。看看他為了支付帳單所做的事。看看他收了史黛拉的錢，做的卻是任何男人都會——

冰冷的恐懼浸透了他。這就是為什麼接受史黛拉的提議讓他感覺到是個大錯的原因。這是錯的。他在佔她的便宜。什麼樣的男人會向一個天真的女人收錢，去教她那些她完全無須付費就可以學到的事？

他終究跨出了最後那一步，變成了像他父親那樣的人。那不是對的。那不是他。他比這種人要好多了。

他們的約定現在就得結束。她在哪裡？可惡，她正在屋外等他嗎？

他母親的故事才說到一半，但他卻倏地起身。「我得走了，Mẹ。我很抱歉，關於……今晚，關於所有的一切。」

「不需要道歉。如果你愛她的話，我們也會試著去愛她。」

光是那樣一個字，就足以讓麥可的眉心汗濕了。「我不愛她。」那會讓他的行為看起來更糟糕，不是嗎？

他母親對他的抗議揮了揮手。「改天再帶她回來吧。她在這裡的時候，Mẹ不會把塑膠的東西放進微波爐裡的。」

「無論什麼時候，你都不應該把塑膠的物品放進微波爐加熱。」

「是啊，是啊。」她的態度讓他知道，即便她已經被告知那樣做有害健康，但是，她還是會繼續按照她自己的方式做事的，麥可暗自發誓，一定要把她所有的塑膠容器丟掉，換成其他安全的材質。等他和史黛拉談過之後，他就會付諸行動。

「晚安，Mẹ。」

「小心開車。」

他以最快的速度走出房子，然而，才踏出大門，他就停下了腳步。

她已經走了。

他抓住陽台上的一根木柱，不斷地深呼吸，直到他的心跳緩和下來，頭腦也冷靜下來為止。沁涼的空氣、嗡嗡的蟲鳴，還有遠處某輛車子傳來的引擎呼嘯聲。

也許，她不在這裡反而是最好的。他需要時間來編織一篇體面的道別說詞。簡短卻友善。原因在他身上，而不是她，況且——

不管他要說的是什麼，她都會哭的。這個念頭讓他心裡打了好幾個結。她會認為那是她的錯。因為她無論是否在床上都同樣笨拙。因為今晚這場無意的災難。

他走向他的車，坐了進去。引擎啟動之後，他的雙手停留在方向盤上。他不知道要去哪裡。她家還是他家？他們需要談一談，但是，在看到他母親哭泣之後，他還沒準備好要立刻再看到史黛拉的眼淚。

乘客座上那盒新的保險套吸引了他的目光。過去三年以來，他買過無數這樣的盒子。他從來都沒有像這次一樣，如此渴望著要把盒子打開——因為史黛拉不同於其他女人。現在，他又要把這個盒子裡的東西，用在每週五將會遇到的不同女人身上，回到為公平的交易提供單純服務的狀況。那不會對任何人造成傷害，也不會佔任何人的便宜。那比他父親所做的事要好多了。麥可可以那樣做，而仍然還是他自己。遺憾的是，他並不想要那些女人，不像他想要史黛拉那樣。

他把那個盒子推到椅子底下，推到他看不見的地方，然後才朝著自己的公寓而去。明天。他明天會做出對的事情。

14

史黛拉在麻木的恍惚中完成了睡前的例行公事。直到把頭靠在枕頭上，她才開始哭泣。

事情已經結束了。他要求她要好好和他的家人相處，而她卻讓他母親哭了。這種事情是沒有辦法重新來過的。

她的內心要她把實話告訴麥可。雖然，他並沒有發現他們延長合約的真實原因，但是，他已經知道她的問題了：她對味道敏感，對聲音和觸摸也同樣敏感，她迷戀於她的工作，她對於遵守例行習慣的需求，還有她和人在相處上的笨拙。他所不知道的是，她的這些行為表現有既定的標籤，而且已經受到了診斷。

然而，同情會比憎恨好嗎？現在，他認為她既遲鈍又無禮，不過，他也還把她當作一個一般人，只不過剛好有些怪癖而已。那些標籤可能會讓他比較了解，但是，那會讓他不再將她視為史黛拉．蘭恩，一個喜歡他的吻、卻事事笨拙的計量經濟學者。在他的眼裡，她會變成一個自閉症的女孩。她會變得……微不足道。

換成別人的話，她不會在乎他們的想法。

但是麥可，她迫切需要被他所接受。她確實失調，但是，那並不能定義她是個什麼樣的人。她是史黛拉。她是一個獨特的人。

沒有什麼可以挽救得了這個局面。她留不住他了。

她還是得向他母親道歉。她從來不曾把別人弄哭，這讓她對自己感到厭惡。在知道他父親的事情之後，她現在明白他母親為什麼迴避她的問題了。史黛拉希望自己能早早明白這點，在她傷害了那個女人和毀了一切之前，但是，她只能控制自己未來的行為，她無法改變已經做出的事。

隨著時間過去，史黛拉不停地在腦子裡建構道歉的說法，一遍又一遍地背誦和演練。當太陽升起的時候，她從床上爬起，讓自己準備好面對新的一天。

她開車到昨天的那條商店街，把車子停在巴黎乾洗和裁縫店門口。等他們把營業的牌子掛上，她就進門去道歉，然後立刻離開。

一夜的無眠讓她的腦子昏沉，她的焦慮所造成的痛苦壓力，也讓她的心在發痛。她的手指緊抓著方向盤太久，以至於她的關節都僵硬了。她滿身大汗，希望可以趕快完成這件事，然後，她就可以去上班，讓自己迷失在工作裡。

八點五十五分的時候，店門上的牌子從休息中翻面到營業中。史黛拉深深地吸了一口氣，拾起第二盒巧克力和一束桃色的玫瑰，然後下車。只見珍妮正坐在店內的櫃檯後面。

她的目光從腿上的課本抬起，看到史黛拉讓她驚訝地眨了眨眼。從她緊抿的嘴看起來，那並不是好的那種驚訝。「嗨，史黛拉……麥可週六不上班。」

「我不是來找他的。」找他做什麼？他們已經完了。她舉起手中的玫瑰和巧克力。「我帶這個來給你母親。她在嗎？」

珍妮的表情柔和了一些。「嗯，她在。」

「我可以和她說話嗎，麻煩你？」

「她在後面工作。我帶你過去。」

她跟著珍妮走到後面，在一台綠色的商用縫紉機前面停下腳步，麥可的母親鼻端上架著一副眼鏡，正以快速的效率，忙著把布料推進針腳底下。

史黛拉的肌肉緊繃，心臟跳得有如雷鳴一樣。是時候了。但願她不會把事情搞砸。希望她這次能說對話。

珍妮以越南語低聲地說了什麼，麥可的母親抬起頭來。目光從珍妮身上落到史黛拉臉上。

史黛拉嚥了嚥口水，然後往前一步。「我來為昨天晚上道歉。我知道我太沒禮貌了。我不……擅長與人相處。我想要謝謝你邀請我去你家。」說著，她把花和巧克力遞出去。「我帶了這個來給你。希望你喜歡巧克力。」

珍妮在她母親碰到盒子之前，一把抓走了太妃糖。「我喜歡。」

麥可的母親接受了她的花，同時嘆了一口氣。「我們昨晚還剩下很多食物。你應該再來的。」

史黛拉低頭看著自己的腳。如果麥可看到她今晚出現在他母親家的話，他一定會嚇壞的。

「我得走了。昨晚的事，我真的很抱歉。再次謝謝你。」

她轉身離開的時候，瞥見了麥可嬌小的姥姥正坐在沙發上。看到老太太對她點點頭，史黛拉又是屈膝又是點頭地跌跌撞撞走出了店裡。

麥可走進練習室，一把將他的圓筒包丟在鋪著藍色墊子的地板上，和地板上的另外兩個袋子放在了一起。

練習室中央兩名正在打鬥的身影分了開來，各自往後退了五步，並且把劍換到他們的左手上，然後朝彼此鞠躬。

「看看誰來了。」右邊那個人開口說道。那是關。雖然頭盔罩住了他的臉，但是，他的聲音和繡在他黑色練習配件上的白色名字，讓麥可認出了他。此外，關也比他的弟弟要矮一吋。

凱用戴著手套的手朝他揮了一揮，然後以鏡子裡的自己為對象，從剛才的對打流暢地轉換成攻擊的演練。十下對頭部的攻擊，十下腕部的攻擊，十下肋骨的攻擊。然後再重新開始。另一個十下的頭部攻擊……當凱鍛鍊的時候，他就真的是在鍛鍊。沒有什麼暫時休息的時間。他單一的注意力讓人佩服。這也讓麥可聯想到了史黛拉。他不禁重重地嘆了一口氣。

「你週六通常都不會出現。怎麼了？」關問道。

「我想要做點練習。」麥可撓撓耳朵回答。通常，他會在週六的時候跑步和舉重——做一些他可以單獨做的事情，因為在結束他每週五晚上所做的事情之後，他實在不想再和別人相處。然而，今天，他並不想要獨處。他知道他只會不斷地想起史黛拉。在經過昨夜和今天大半天的深思熟慮之後，他依然不知道要如何在不傷害她的情況下和她結束一切。雖然，他勢必得這麼做。而且他很快就得這麼做了。他應該要在結束練習之後打電話給她，安排一次見面。面對面會是最好的選擇。

「那就換裝吧，」關對他說。「還有一小時就要上課了。老師今天請假，所以，輸的人要代課——幼童班的課。」

那是打贏比賽的最佳動力。亂揮棒子的小孩是最可怕的。你以為小孩會比較不具危險性，但是，他們其實才是最恐怖的。他們像龍捲風一樣地在練習室裡狂奔，拿著棒子擊中你的盔甲下面，或者刺中你的蛋蛋，當然都不是故意的。因為他們什麼都不懂。有點像社交場合裡的史黛拉那樣。

還有凱。

當麥可把他的裝備穿上的時候，他的眼神不停地被反覆練習著攻擊動作的凱所吸引。總是同樣的次數，同樣的順序。如果史黛拉也會劍道的話，麥可可以想見她也會做一模一樣的事。經過昨晚之後，他覺得她和凱之間的相似性，似乎比他原本想像的還要多很多。凱也從來都不會發現自己挑起了敏感的話題。此外，他也誠實到嚇死人，並且充滿了奇怪的創造力，還有……

一絲突如其來的懷疑讓他的目光跳到關身上。「你曾經問過我，我是否覺得史黛拉和凱很像。」

關解開綁在後腦的繩子，拿下他的頭盔。深色的眼睛定定地看著他。「是啊，我是問過。」

「她告訴了你什麼我應該要知道的事嗎？」他想起了那天晚上，當他在夜店外面找到他們兩人在一起時，當時的感覺就像是他打斷了什麼一樣。

「她因為受到太多刺激而換氣過度，在那之後，對的，她告訴了我一件事。」關說。

「她換氣過度？」他聽到自己在問。他的胃墜落到谷底，一陣寒意爬過他的全身。他是什麼混蛋，他居然不知道而且也沒有陪著她？他應該是那個在那裡陪著她的人。而不是關。

「太多人了，麥可。太吵，太多閃爍的燈光。你不應該帶她去那裡。」

一切都湊在一起了。「她有自閉症。」

「你很失望嗎？」關歪著頭問。

「不是。」他聲音沙啞地回答，隨即清了清喉嚨繼續說，「但是，我希望她有告訴我這件事。」她為什麼不告訴他？她為什麼讓他強帶她去夜店？她一定知道那會對她造成什麼影響。還有昨晚。該死，那一定很可怕。電視震天價響的音量，鋼琴聲，他妹妹們的爭吵，所有新的事物……

「她只是希望你喜歡她。」

這句話彷彿一記重拳狠狠地打在了麥可的肚子上。他確實喜歡她，而知道事實對此並不會有任何的影響。她還是同一個人。只不過他現在比較了解她了。至少，在某個嚴肅的程度上，他比較了解她了。

下意識地，他覺得自己彷彿一直都知道。因為，他和凱一起長大，他知道如何和她互動。他甚至連想都不用多想。那一定就是她和他在一起的時候，為什麼會感到放鬆的原因，而那是她和別人在一起時無法做到的……

一股奇怪的情緒流過他的體內，讓他的肌肉繃緊，寒毛直豎。也許，他不需要結束他們的約定。

也許，接受她的提議並不是在佔她便宜。因為她有自閉症，也許，在她進入一段真正的關係之前，她真的可以用得上一段練習的關係。也許，他是她練習的完美對象。也許，他真的可以幫上她。

他不需要收取五萬元的全款。仔細想想，他不需要收取任何的費用。他有信用卡。他可以在下個月補齊差額。在不具金錢的動機之下幫助她，終將可以證明他和他父親不一樣。

他扯下他的裝備，隨便往地上一堆。「幫我收起來，好嗎？我得走了。」

史黛拉的手機發出了嗶嗶的聲響，把她從她的數據世界裡拖了出來。她的辦公室變得具體了起來，她的辦公桌，電腦螢幕上的命令提示字元和她所寫的那些巧妙的代碼，她的窗戶，以及窗戶外的那片漆黑。

她手機上的提示顯示著，「晚餐時間。」

她打開抽屜，拿出一根能量棒。如果她母親看到史黛拉吃這個當晚餐的話，一定會很生氣的，但是她不在乎。她只想要工作。

她漫不經心地咀嚼著那根紙板一般的巧克力混合物，一邊在她的計算程式上進行微小的修改和調整。很好。這也許是她最好的設計之一。

她的手機嗡嗡地在震動，發亮的螢幕上顯示是麥可的簡訊。

你的辦公室是在週六下午六點還亮著燈的三樓嗎？

她扔下她的能量棒，站起身望向窗外。只見一抹熟悉的身影靠在停車場的一根燈柱上。她立刻閃開，被看到就太丟臉了。

她的手機又響了。下來。我們需要談一談。

她坐回椅子上。時候到了。他來結束一切了。她用顫抖的拇指輸入一句簡短的回答：簡訊告訴我就好了。

我要和你面對面談。

她把手機丟在桌面上，在胸前交叉起雙臂。她既疲憊又窘困。她不需要親自見證他們的約定受到解除。或者，他有什麼額外的事情要對她說的嗎？她還做錯了什麼嗎？

也許，她不應該去向他母親道歉？那樣做太讓人毛骨悚然，而且也太擾人了嗎？為什麼她什麼都做不好？她需要為了去道歉而道歉嗎？

手機又震動了，她伸出一根顫抖的手指把手機翻過來。

我會待在這裡，直到你下來為止。

她搓揉著太陽穴。她的頭好痛。汗水讓她的衣服黏在了身體上。她需要回家洗澡。

也許也需要終結這一切。

她把吃到一半的能量棒丟進垃圾桶，存好工作檔案，隨即關掉電腦。然後揹上皮包，關掉辦公室的燈，離開了房間。

空蕩蕩的走廊和一間間燈光昏暗的小辦公室向來都能讓她感到慰藉。今晚，它們卻讓她感到孤單和悲傷。當她走向電梯時，她不禁懷疑這股感受要多久才會消失。一星期？一個月？但願一切都能回到正常——就像她遇到麥可以前那樣。這些高低起伏的情緒讓人筋疲力盡。

她的高跟鞋踩在大理石地板上的聲音迴盪在櫃檯的區域，她強迫自己推開前門，走出了大樓。

麥可立刻在燈柱邊站直，把手插進口袋裡，街燈下的他看起來就和平時那個俊帥的他沒有兩樣。「嗨，史黛拉。」

「嗨，麥可。」她的胸口緊縮，甚至開始發痛。她的十指不停輕敲著大腿，直到發現被他看到了，才轉而握拳。

「我母親告訴我，你去店裡了。」

該來的總是會來。她真的做錯了。她的心跳加速，她的臉就要抽筋了。她企圖讓自己看起來冷靜。「如果我不該那麼做的話，我很抱歉。我無法忍受我傷害到她的事實。我從來都不想傷害別人，但是，我卻一直都在傷害別人。我正在努力要改正，可是，這太複雜了，我就是——就是——我就是……」

他往前走向她，直到他們之間只剩下一隻手臂的距離。「你在說什麼？」

她低頭看著自己的鞋子。她好累。這什麼時候才會結束，她什麼時候才可以回家睡覺？「你生氣了。因為我去看你母親。那打擾到她了。」

「事實上，我沒有生氣。」

她抬起目光，發現他看著她的眼神裡流露著悲傷。「那……我不懂。」

「身為你的練習男友，我不應該在這裡嗎？時間已經很晚了。」

她驚訝地吸了一口氣。「在我對你母親說過那些話之後，你還願意和我維持練習的關係嗎？」

「是的。我的家庭是有點複雜，而且，我也應該要事先讓你有心理準備的。我很抱歉，我沒有想到這點。」

當他的一隻手臂繞過她的腰將她拉近時，她震驚到無法言語。他在向她道歉？

「你沒事吧？你看起來像要暈倒了一樣。」

他如此地靠近讓她緊張，不確定要怎麼做才好。「我沒事。別擔心。」

「你最後一次吃東西是什麼時候？」

「我不記——噢，在你傳簡訊給我之前，我剛吃了一點東西。」

「你吃了什麼？」

她不要告訴他。他的反應可能會和她母親一樣，然後開始斥責她。她現在最不需要的就是被罵。

他的手指輕刷過她的下巴，直到他的手掌勾住她的臉龐，讓她的頭微微往後仰。一抹蝴蝶般輕盈的吻落在她的唇上。「你聞起來有巧克力的味道。你吃了糖果當晚餐嗎，史黛拉？」

「不是糖果。是能量棒。那含有維他命和其他的營養素。」

「你得和我走。不要和我爭辯。我要餵飽你。」他陪她走到她的車邊，雖然她的車就停在不遠處，不過，等她走到車子的時候，她已經累得無法抗議了。

車門在感應到她皮包裡的遙控鑰匙時瞬間解鎖，她立刻坐進了乘客座。就在她摸索著安全帶的時候，他堅定地幫她拉起安全帶，喀噠一聲地扣上。然後走到另一頭的駕駛座，將車開出了停車場。

穩定行駛的車速讓史黛拉昏昏欲睡地進入了半睡眠的狀態，過了好幾分鐘，她才發現到他已經駛出了市區，正在行經高速公路。「我們要去哪裡？」

「回我媽家。」

突然激升的腎上腺素讓史黛拉的睡意全消，她立刻在座位上坐直了身體，她完全清醒了。

「什麼？為什麼？」

「那裡有很多吃的。我媽昨晚讓我煮了看似一百人份的食物。」

她調整了一下眼鏡，心臟跳得彷彿就要起飛一樣。「我真的想要回家。」

「你家有吃的東西嗎？」

「我有優格。我會吃的。我保證。」

他搖搖頭，用力地吐出了一口氣。「我會很快餵飽你，然後送你回家。」

在她來得及想到合適的反應之前，他已經把車開上了那幢灰色小屋的車道。當他打開車門時，她可以聽到風中傳來微弱的音樂聲，和昨晚一樣的音樂。她抓住了安全帶，彷彿抓的是一條救生索一樣。

「我今晚沒辦法承受那個電視節目。」她痛苦地低聲承認。經過昨晚之後，她正常的忍受力已經消磨殆盡。她會崩潰，然後嚇死所有的人。麥可也將會改變他的決定——她仍然無法相信他不打算取消。或者，他會開始小心翼翼地對待她，那才是更糟的狀況。

「等一下。」他從他的口袋裡掏出手機，然後在螢幕上輸入著什麼。

不出幾分鐘，音樂就停止了。

「你要他們關掉？這樣你媽媽和姥姥難道不會不高興嗎，這樣她們就不能看她們的節目了？」尷尬讓她渾身都在發燙。她討厭別人因為她而必須做出改變。

他打趣地看著她。「不過就是電視而已。」

「我不喜歡別人因為我而必須改變他們的行為。」

「我們不介意。」他走到她旁邊，打開車門，伸出他的手。「你要進來嗎？」

當史黛拉小巧的手落在他的手掌上時，麥可內心裡的緊繃才終於放鬆下來，然而，一股可怕的罪惡感和悲傷卻持續地吞噬著他。

她看起來嚇壞了。她的髮髻已經偏離了中間的位置，幾縷散亂的髮絲垂落在她憔悴的臉頰上。那雙向來明亮有神的眼睛不僅黯淡、浮腫，還蒙上了一層烏雲。他的心往下沉了一下，因為她一定哭了很久，才會讓眼睛變成這副模樣。他讓她哭了。

這不是他的史黛拉。

不過，那隻汗濕的手仍然是史黛拉。他輕輕地捏了捏她的手，帶著她走上前廊。

當他打開房門，準備進屋時，她渾身僵硬地定在原地。「我忘了帶東西來。谷歌說我應該要帶禮物來的。讓我去——」

「沒關係的，史黛拉。」他伸出一隻手臂繞過她的腰際，推著她走進了屋裡。

「你知道當你對任何事情感到困擾的時候，你隨時都可以告訴我，對嗎？就像昨天的電視……或者上週的夜店。」

她突然瞪大眼睛，不過，她並沒有看著他，而是看向旁邊，身體瞬間又緊繃了起來。「關於你說了什麼嗎？」

麥可猶豫著要如何回答。他有一種感覺，對她而言，他不知道實情是很重要的一件事，因此，他做了一件從他父親身上學到的事，即便他向來痛恨如此。他說謊了。「他只說那些噪音和群眾讓你無法忍受。你為什麼不告訴我呢？我希望你當時有告訴我。」

「我已經告訴過你，我不喜歡別人因為我而改變他們的行為。」

「我們可以做其他的事啊。」他有點惱怒地說。他最不想要做的事，就是傷害她或者讓她感到不自在。

「這裡為什麼有橘子？」她指著門邊那張桌上的一盤橘子問道，盤子旁邊還擺著一只香爐和一尊銅製的佛像。

「不要改變話題。」

她嘆了一口氣。「好吧。那讓我覺得很丟臉。非常丟臉。」

所有的那些自我折磨……都因為她覺得承認自己和別人不一樣是很丟臉的事？他的內心融化了，他抓起她的手，緊緊地捏在自己的手中。

「你現在可以告訴我關於橘子的事了嗎？」

她執意的態度讓他浮現了笑容。「那是供奉逝者的。據說，他們在死後會感到飢餓。」他不自在地聳聳肩。像她這樣科學家型的人，一定覺得這實在很傻。他自己也這麼覺得，但是，姥姥和他母親喜歡這麼做。

她的唇邊泛起一絲淺淺的笑。「你們也會給他們不一樣的食物嗎？如果一直吃水果的話，我會覺得很煩的，我是說我自己。換成糖果呢？」

他大笑道：「你今天吃太多糖果了。」

「那些拿來供奉的水果現在要怎麼辦？我猜死掉的人不會真的爬起來吃……」

「我們會吃掉的。我不是太清楚要等多久才能吃，不過，至少一兩天吧，我想。」

「嗯。」她審視著那尊佛像，然後調整自己腦袋的角度，好看清佛像的背面。從她的神情看來，她應該覺得很神奇，他記得她很喜歡那些功夫電影和DramaFever這個線上平台所提供的影視節目。她並沒有帶著優越感，也沒有感到無聊或者看似勉強的模樣。她的反應和他父親完全不一樣。

「你覺得自己走進了一齣亞洲連續劇的現場嗎？那是你現在的感覺嗎？」他問。

「這比連續劇好多了。這是真實的生活。」她指著被藏在佛像後面的一盒香。「我可以點一根嗎？你可以告訴我要怎麼做嗎？我一直都想這麼做。」

他揉了揉後頸。「我不太清楚要怎麼做。我是說，我不記得點香、行禮和其他細節的順序。我小的時候拒絕做這種事，後來，姥姥就不再要求我這麼做了。」

「這要花很多時間嗎？」她皺著眉頭問。

他不好意思地揚起嘴角。「我想應該不會，不會的。我們去和我媽媽及姥姥打個招呼，然後，我就讓你吃飯。好嗎？」

「好吧。」

她跟在他身後穿過餐廳，走進廚房，蘇菲和艾維正在把米線、切碎的薄荷和生菜，以及烤牛肉裝進大碗裡。她們看似回到了友好的狀態。只要知道她們向來是一天敵人一天朋友的相處方式，這個畫面就沒什麼好奇怪的了。姥姥和他母親在非正式的座位區切著芒果，那也是她們吃飯的地方——正式的餐桌只是放著好看而已。姥姥穿了一件她最愛的黑色針織開襟衫，他母親的身上則是一件聖誕節的毛衣，儘管現在並非聖誕節假期。

「Hi，Ngoai❷，Me。」麥可和她們打招呼。

他母親對他點點頭，然後才看著史黛拉。「歡迎回來。晚餐很快就好了。坐下來吃，啊？」

史黛拉雖然報以微笑，但她的手卻用力地抓住他的手。「好的，謝謝你。看起來很好吃。」

「她們是蘇菲和艾維。她們不是雙胞胎。」他說著，帶著她來到廚房中島，只見中島上擺滿了裝在全新耐熱玻璃容器裡的食物。「蘇菲——那個頭髮上有一條紅線的，天啊，你什麼時候弄的？——是個室內設計師。艾維是物理治療師。」

「嗨，史黛拉。」她們同聲說道。他母親一定對她們說過史黛拉道歉的事，因為她們看起來似乎想要重新開始。

史黛拉朝著她們微微地揮揮手。「嗨。」

「安琪在嗎？」他問。

「不在。又是工作的事。」艾維回答。

「週六呢。」蘇菲冷笑道。

「因為大家會在——」

「週六工作——」

「向來如此。」

兩姊妹看著彼此，交換著會心的一瞥。

麥可在史黛拉耳邊低聲說：「她們從小就會接對方的話。我覺得她們是外星人。」

史黛拉的唇顫抖地露出新的笑容，然後靠在了他身上。可憐的女孩，竟然如此害羞。他家人一定讓她難以承受，而這還只是其中的幾個而已。他用力地摟緊她，克制著想要吻她的渴望。她這樣靠著他，彷彿他是她的避風港，這讓麥可內心那股最原始的需要受到了滿足，而他甚至不知道自己也擁有這樣的需求。

他清了清喉嚨問道：「珍妮和馬蒂呢？」

「在樓上做功課。她們餓了就會下來。她們兩個都快要考試了。」

「她們是最小的兩個。」他對史黛拉解釋。「馬蒂是么女。她在聖荷西州立大學念大二。」

「我會忘記每個人的名字。」她看起來很擔心的模樣——這讓麥可心裡有點融化了。她為什麼在乎呢？這些人對她來說不可能有什麼特別。她們只是他的家人而已。

「沒關係。我就希望我可以忘記。」

「真好笑，麥可。」艾維翻著白眼地說。「你只要記得我就好了。我是物理治療師，所以，如果你患了腕隧道症候群或什麼的話，你才會知道應該要找誰。姿勢就是一切。」

「你為什麼不能當個醫生呢，小艾？」他母親一邊削著第十顆芒果，一邊問。「我只是希望家裡能出個醫生，而你們其中一個可以為我做到。」

「史黛拉就是啊。」麥可笑著說。

她的眼睛瞪得宛如鈕釦一樣大。「不，我不是。」

❷ Ngoai，越南語讀音ㄨㄞˇ，指外婆、姥姥。

「是，你是。你有博士學位，反正博士和醫生都叫做doctor。還有，你上的是芝加哥大學，全美最頂尖的經濟學院，也許還是全世界最好的。你還是以極優等的成績畢業的。」

一如他所預料的，他母親饒富興味地振奮了起來。「真是太棒了。」

史黛拉雙頰緋紅，讓蒼白的膚色回復了一點顏色。「你怎麼……」

「谷歌追蹤。」

她搜尋著他的眼神，一絲驚訝的笑容溜上了她的嘴角。「你追蹤我？」

他聳聳肩。換他覺得尷尬了。

「好了，愛情鳥們，晚餐準備好了。過來吃吧。」蘇菲說道。她把一只裝了用剪刀剪短的米線和超薄肉片的碗放到姥姥面前，然後親吻了她的鬢邊，彷彿在親吻嬰孩一樣。

等到他們在桌邊坐下來之後，麥可看著史黛拉小心翼翼地模仿蘇菲準備食物的順序，在盛裝了米線、蔬菜和牛肉的碗裡添加著辣椒醬、醃白蘿蔔和胡蘿蔔、豆芽和魚露。

「你以前吃過這個嗎？」他問。

她心不在焉地搖搖頭，只是把所有的東西都混拌在一起，然後吃了一口。她立刻瞪大了眼睛，笑著用手掩住了嘴。「你真會做菜。」

「麥可的雙手很靈巧。」他母親驕傲地點點頭。

蘇菲翻了翻白眼，然後暗示性地笑了一笑問道：「你同意嗎？他的手很靈巧嗎？」

他母親對蘇菲皺了皺眉頭，不過，史黛拉只是笑著點頭。「我同意。」

蘇菲挑起了雙眉，給了麥可一個她是認真的嗎？的眼神。

在晚餐的過程中，麥可帶著最新的發現觀查著史黛拉。當他們獨處的時候，他從來沒有注意到這麼多，不過，她在眼神的交流上確實有困難。除非有人直接問她問題，不然，她幾乎不會開口，就算回答問題，她的答案也很簡短，而且會直接講到重點。然而，當她聽別人說話的時候，她的專注程度大概就像她在面對複雜的經濟學問題時一樣。她會皺著眉頭，推敲著每一個字，彷彿那是很重要的事一樣。

這些人對她來說很重要，因為她們對他很重要。

「你在哪裡長大的，史黛拉？」當他們吃完米線，轉而吃芒果的時候，他母親問道。

「阿瑟頓。我父母現在還住在那裡。」史黛拉回答。

一聽到加州最富有的地區，他母親立刻揚起了眉毛。「你喜歡嬰兒嗎？」

麥可手中的水果差點就要掉下來，當他開口的時候，粗暴的聲音裡充滿了恐懼。「Mẹ。」

他母親只是無辜地聳聳肩。

「你不需要回答。」他對史黛拉說。

她迎向他的目光，不像她對其他人那樣避開眼神的接觸。她臉上的肌肉放鬆，但是她的專注力卻沒有因此而鬆懈。她美麗的思緒集中在他的身上。麥可不得不承認自己很喜歡這樣的感覺。

史黛拉聳起一邊的肩膀，然後說：「我不知道我是不是喜歡嬰兒。我沒有接觸過什麼嬰兒。雖然我父母想要孫子。特別是我母親。」

「那一定就是她為什麼一直幫你安排盲目約會的原因。」麥可說道。

史黛拉點點頭。「我想是吧。」

「愛瞎攪和的媽媽們。」

他的評語讓史黛拉的唇邊泛起微笑，也讓她的雙眼發亮。這讓他忘了他們正在聊什麼。如果他不能盡快地吻她，那他就要瘋了。

「等你到了我這個年紀，」他母親把手臂交叉在胸口地說。「你就會想要逗弄嬰兒。那是天性。」

蘇菲站起身。「幫忙我收拾碗盤，史黛拉？」

「好，我很樂意幫忙。」史黛拉說。「你有什麼特定的方式嗎？」

「只要能洗乾淨就好。」

於是，艾維清理著桌子，而蘇菲和史黛拉則把碗盤堆到水槽裡。他母親和姥姥帶著嚴肅的表情看著他。他暗自做好心理準備，等待著要聽到什麼不好的事了。

「她今天在店裡贏得我的心了。懂得認錯是一件很重要的事。你應該要留住她。」他母親以越南語對他說。

他搖搖頭，抿著嘴唇。「沒那麼容易。」

「為什麼？」

「我們差太遠了。她很聰明，而且賺很多錢。」

「你也很聰明。」她母親堅持道。

他翻了翻白眼。

「你不像你父親期待的那樣，但是，那不代表你就不聰明。而你沒有賺那麼多錢，是因為你忙著在店裡幫我。我告訴過你，我已經不需要你了。為了我，你放棄了那麼多機會。我不希望你這麼做，麥可，而我也不希望你失去這個女孩。她是個好女孩。留住她。」

「沒那麼簡單。」

「就是那麼簡單。她喜歡你。你也喜歡她。」

如果他不是那麼有自制力的話，他就會指出他母親和父親的關係，不過，那麼做就太卑劣了。他父親愛他母親——以他自己的方式。但是，他也愛偷腥。麥可永遠都無法了解，為什麼他母親總是一再地讓他父親回到她身邊。

「你只要保證你會去試就好，可以嗎？我喜歡這個女孩。」他母親說。

麥可真的想笑。在他所帶回來的女孩裡，她偏偏喜歡他無法擁有的那一個。他的客戶。他那富有、教育程度那麼高的漂亮客戶，為了找到更好的對象，她付錢給他，讓他幫助她學習如何找到更好的人。

「因為她在洗碗，所以你才那麼說。」

麥可太了解什麼可以抓住他母親的心了，那絕對不是食物。而是打掃、洗碗盤。他不需要洗碗，因為他負責煮飯。不知道為什麼，這個屋子裡的女人就是沒有人會煮飯。為了活下去，他只好學著煮飯。

「她不介意幹活。」他母親說。「那很重要。」

「嗯……」姥姥也同意。

他們三人就那麼看著史黛拉洗碗，沖水，然後把它們遞給蘇菲擦乾。她捲起了袖子，專心地在工作，同時在蘇菲和她聊天的同時，漫不經心地聽著和微笑。

「送她回去吧。」姥姥對他說。「她看起來很累了。」

他母親點點頭。「送她回家吧。」

他站起身走向史黛拉，將雙臂圈在史黛拉的腰上。他無法抗拒地低頭親吻她的脖子，讓她不禁顫抖。她手上沾滿肥皂泡的海綿停在半空中，然後帶著一臉困惑地轉頭看著他。他伸出一隻手，撫過她細緻光滑的前臂，將她手上的海綿取走。他就這樣讓她站在自己身前，替她把剩下的炒鍋以及其他的碗盤洗好，偶爾停下來親吻她的耳朵、脖子和下巴。

當他把最後一個濾盆——他已經讓他母親保證過，再也不會把這種濾盆放進微波爐裡——遞給蘇菲的時候，蘇菲斜眼瞄著他，給了他一個去開房間吧的眼神，他可以看得出來，蘇菲恨不得吐出什麼尖酸刻薄的話，但是，為了不讓史黛拉難堪，她還是忍了下來。

史黛拉試著不對他做出反應，然而，她努力的結果卻只能垂下眼簾，讓手指緊緊地抓住流理台。

「準備好要回家了嗎？」他低聲地問。

她點點頭。

他們在向家人道別之後，坐進了史黛拉的車裡，他立刻熟練地按下特斯拉的啟動按鈕。

在史黛拉來得及繫好安全帶之前，他開口問道：「你對住處的安排和見面的頻率有什麼想法？」

「大部分的情侶在關係確定之後都怎麼做？」

「他們都住在一起，而且每天見面。你想要那樣嗎？」聽到自己說出這樣的話感覺上很奇怪。那是他成年之後一直都在避免的事情，然而，面對史黛拉，他也許已經準備好要這樣做了。如果她想要這麼做的話。

她把臉頰在肩膀上搓揉了一下。「那我想要那樣做。我有一間客房可以讓你用。不過，如果你覺得和我待在一起不自在的話，我也可以了解。不是所有的情侶都住在同一個屋簷底下。」

「如果我想要和你共享一張床呢，史黛拉？」他低聲地問。

儘管他很想幫助她，並且證明他不是他父親那樣的人，但是，他依然不確定如果排除掉性愛的話，他是否還能做到。他太想要她了。此外，她大部分的問題都起因於缺乏自信。而床上是克服這種問題的好所在。

「你不需要那麼做。」她說。

「那不是問題所在。我知道我不需要這麼做。」

她望向乘客座的窗外說：「如果你想的話，你可以睡在我的床上，不過，你知道我處於什麼程度。自從我們最後一次在一起之後，那種狀況就一直沒有改變過。」

她的話讓他浮上了一絲笑意。她聽起來似乎很擔心無法取悅他。而那是他的客戶從來都不在乎的。

「那我們就一言為定。」

「噢，好。」說著，她從大腿下面抽出一隻手伸向他。

「我們即將展開一段練習關係。我想，我們應該要用吻來慶祝。」

她驚訝地張開嘴，目光鎖定在他的雙眼上，而那剛好是他所需要的。他俯身越過前座的中線，吻了她。他原本希望這是一個充滿誘惑、緩緩燃起熱情的吻，然而，她發出的嘆息卻讓他瞬間失去了理性。他的舌頭立刻以飢渴的揉壓佔據了她的嘴。她的手指穿過他的頭髮，刮過他的胸口和腹部，伸進了他的牛仔褲裡。*就是這樣。*他們終於可以回到那些需要打勾的項目了——

駕駛座的窗戶響起一陣手指的敲叩聲。隨即是含糊不清的說話聲。

他立刻退回駕駛座上，按下按鈕，降下了車窗。

蘇菲雙臂交叉，赤裸的腳輕拍著車道，然後彎下身，瞇起眼睛，朝著他無聲地做了一個口型*變態*。「媽媽要我來告訴你，你的車頭燈把姥姥的房間照得通明，讓她沒有辦法睡覺。」

「對不起，忘了。我們現在就要回去了。」

她看向車裡說道：「晚安，史黛拉。希望我們很快會再見到你。」

史黛拉撥開垂落在臉上的髮絲，咳了一聲，清了清喉嚨。「晚安，蘇菲。」

蘇菲給了他最後一抹責備的眼神，然後才慢慢地走回屋裡。幾秒鐘之後，他的手機亮起，是蘇菲傳來的簡訊。

天啊，麥可，對她手下留情吧。

你會把她嚇跑的，我們可是真的都很喜歡她。

老實說，在車道上？你幾歲？十三歲嗎？

他忍不住笑出來，把手機遞給史黛拉，好讓她也可以看到簡訊。

她笑著咬咬自己的指甲。「我沒有被嚇到。」

他舉起手掠過頭髮，深深吸了一口氣，調整了一下痛苦地抵在他褲檔上的部位。「我們送你回家吧。」

他完全無視於限速規定地駛過空無一人的住宅區街道，想像著自己扒開她那一身圖書館員的服裝，將她抵在牆上、地上——哪裡都可以，他不在乎。

和史黛拉在一起一定會很棒，甚至會很震撼。他打算——他瞄了史黛拉一眼，試著決定要先做什麼，不過，他的希望卻直線墜落。看來，他只能把她抱進屋裡，直接放到床上。

他們才離開他母親家不到幾分鐘，她就已經睡著了。她的頭靠到一邊，鼻子上的眼鏡也歪了。當她的車庫門打開，輪胎在室內地板上發出尖銳的摩擦聲時，她甚至連動也沒有動一下。

他試著要把她搖醒，但她卻毫無反應。她的呼吸沉穩均勻，她的身體放鬆。他嘆了一聲，將她抱出車子，走向她的臥房——今晚，那是他們的臥房。

15

史黛拉慢慢地醒來。她感受到了臉上的陽光，遠處傳來的狗叫聲，還有麥可怡人的味道。這全都在她身邊，溫暖而集中，她在一聲快樂的嘆息下鑽進了被單裡。

她身旁的一股重量，讓她無法用被單把自己裹得像墨西哥捲餅一樣，她不禁皺起了眉頭。那是什麼？她掀開毯子，震驚地看到一隻強壯的手臂正環繞在她的腰上。她赤裸的腰身。昨晚，她穿著胸罩和內褲入睡了。

她並沒有做她每晚的例行公事。她身上都是污垢。她的嘴。她的嘴裡可能已經形成了一個耐抗生素的細菌生態系統了。她在床上閉上嘴，整個人想要直接衝進浴室。剔牙，刷牙，沖澡，換上睡衣。剔牙，刷牙，沖澡，換上睡衣。

麥可將她拉回床上，親吻著她的頸背。「還不要。」

「我很髒。我得要洗漱。我——」

他吸吮著她的脖子，一邊往前捅，一邊將她的臀拉向自己，讓她明顯地感覺到他那件四角褲底下有一道緊實的力量正抵住了她的大腿後側。

她的身體完全失去了正常功能。她的四肢發軟。一股渴望讓她兩腿之間既潮熱又刺痛。熱切的渴望讓她感到害怕和窘迫。她必須要控制自己，也要控制她的身體。但是，她的控制力已經消失得無影無蹤了。

「早安。」他沙啞的聲音讓她的脊椎起了一陣顫抖。

「早——」她的話還沒說完，一隻手便探入了她的胸罩裡，捧住了她的胸部。他搓揉著她的乳頭，直到她的乳頭發痛緊繃，一陣快感瞬間爆發，竄入了她的腹部。當他往下探索，輕輕撫過她的小腹時，她只覺得自己的胃在痙攣。

「我想要摸你這裡。」他大膽地攫住她的性感帶，掌心發燙的溫度立刻穿透她內褲的棉布，灼燒著她。

她抓住他的手腕，企圖將他的手拉開，但她的手卻拒絕聽話。他的前臂完全不為所動，他的肌膚是那麼地滑順，完全讓她分了神。

「那代表你許可了嗎？」他低聲地問。

昨晚，她准許了他。這是她想要的，但是，她不知道要如何處理自己的這一面。她的身體告訴她要答應。她的理智卻告訴她要拒絕。

她的身體贏了，她的臀微微拱起，抵住了他的手。他拉開了她的褲襠。在輕吻著她的頸背下，他的指尖從褲襠的那道細縫探向了她的身體。她猛然地吸了一口氣。恐慌和歡愉在她體內衝撞在了一起。

「你已經濕了，史黛拉。你就像一輛藍寶堅尼。從零到六十只需要二．七秒。」

「你喜歡藍寶堅尼？」她絕望地想要抓住任何一絲理性。她無時無刻都需要思考，需要衡量她的行動和言語。當她放棄思考的時候，她就會犯錯。她會做錯事，傷害到別人，然後再修正自己。

他繼續輕撫著她，不斷地在她的的私密處瘋狂地畫著圓圈。他在她的脖子上輕咬，然後開始舔舐和親吻。讓她全身都蓋滿了雞皮疙瘩。

「噢，我喜歡藍寶堅尼。不，不要給我藍寶堅尼。」他回應道。

「為什麼？」她的腿在他的小腿上摩擦，她的指甲陷入了他的手臂。把他推開。把他拉近。拿出你的自制力。放手吧。

「那不適合我的生活型態，我媽媽也會非常、非常好奇我是怎麼弄到一輛藍寶堅尼的。」他在強調著非常二字時，只是不斷地搓揉著她的敏感帶。她覺得自己彷彿就要抽筋了，甚至不由自主地在解放的邊緣顫抖了起來。

他咬了咬她的耳垂。「你就要爆發了，是嗎？這樣做就足以讓你爆發了。」

「那是因為自從上週五之後，我就一直幻想著和你在一起。」噢，天啊，她剛說了什麼？

他縮回了手，坐起身。然後，帶著溫柔的神情，撥開她臉上的髮絲。「你幻想中的麥可做了什麼？」

「什麼都做。」

他大笑出聲，眼裡再度充滿熱切。「他用嘴讓你達到高潮了嗎？真實的麥可想要這麼做。」

想要取悅他的渴望和自我的控制在她的內心交戰，讓她輾轉感到了不安。「用嘴」是她幻想中的麥可沒有做的事。「我對幫別人口交比讓別人對我這麼做感興趣。」

「也許，我們應該要試試。」他的口吻充滿了異常的誘惑。「我不是唯一一個喜歡埋首在女人們下半身的男人。」

她咬緊嘴唇，緊緊地抓住了床單。女人們。複數。對一般男人而言，那代表著一到十的任何一個數字，甚至也許是二十。對麥可而言……數以百計。據她所知，甚至還可能上千。一股新的焦慮重重地壓在了她身上。她有辦法比得上他以前的客戶嗎？

「我不想讓你嫌惡。」

「你不會的。」

「我要怎麼讓你覺得舒服？有些女人是否比其他女人更擅長接受男人幫她們口交？她們是怎麼做的？」她渴望自己能表現得好。她想要打敗所有的人——但是，那實在太多人了。

「你那個漂亮的腦袋在想什麼？」他困惑地問。

「我只是——我想要——我需要——我想——」

「不要再想了。」說著，他把拇指放在她的唇上。

他溫暖的手從她的肩膀滑到她的腰際，然後和她十指交叉，讓他們的掌心緊緊地貼在一起。她擔心自己的反應不對，這讓她渾身的肌肉緊繃。她應該要怎麼做？她知道他希望她感到歡愉，她想要把自己給他，想要讓他高興。

「史黛拉，你的身體在抗拒。」他搜索著她的眼神，開始擔心。

「我很抱歉。」她感覺到了他們手上和指尖的汗水，因而畏縮了一下。她的心在狂跳。她搞砸了。

他把他拉進懷裡，擁著她，緩緩地撥過她的頭髮。「是因為口交嗎？我們不需要非得這麼做不可。」

史黛拉把前額靠在他的脖子上，呼吸著他的氣息。慢慢地，她在他的懷裡放鬆了。「我很好勝。」

他在她的鬢邊輕刷過一吻。「好吧，可是，好勝和這有什麼關係？」

「那表示我想要勝過你其他的客戶，讓你感到更愉悅。」

「史黛拉，現在我才是收錢要取悅你的那個人。」

「我付錢給你已經不再是為了性愛，記得嗎？」

他發出了一聲沮喪的咆哮聲，把她抱得更緊了。「我要拿你怎麼辦？你性感又赤裸地躺在了我的懷裡，然而，你卻依然還沒有準備好。」

她輕嘆一聲，依偎著他。懶懶地滑過盤據在他二頭肌上的那條龍。「我們可以刷牙，刷牙，沖澡，然後換衣服。」

他一把掀開床單。「那就這麼做吧。」

「你沒有便服嗎？」

當她注視著自己的衣服，試著選擇今天要穿什麼的時候，麥可撥開她的濕髮，親吻著她的脖子問道。

「當我開始上班的時候，我就不再需要那些衣服了，所以，我把它們全丟了。」她告訴他。

「不過，你以前還是有便服的？或者，你的衣服全都是及膝的裙子和扣領的襯衫？」他說著，手臂圈住她綁著浴袍的腰身，將她抱在自己赤裸的胸前。她的身體無法決定到底應該要放鬆還是僵硬。

她猜他正在引誘她。而這幾乎是有效的。這個動作絕對讓她的腦子發昏，不過，那不是什麼壞事。他讓她從她的頭疼中分神，而她也不再聚焦於她今天的日常例行嚴重脫軌的事實，通常，脫離例行的習慣總是讓她感到不安和沮喪，直到她可以重新把例行公事做過一遍，才能恢復正常。

「我的衣服都是裙子和扣領襯衫。你怎麼這麼了解我？」

他輕笑出聲，溫熱的氣息掠過她的耳邊。「你是我近來最喜歡的謎題。我想要看你穿連衣裙，史黛拉。」

「我沒有連衣裙。」

「今天是週日。我們可以去逛街。」

她轉過身，到公共場合、去新的地方，還要試穿會讓她皮膚發癢、甚至還可能在倉庫地板上沾到老鼠屎的衣服，這樣的念頭讓她的脊椎升起一股焦慮。「你可以幫我做連身裙嗎？我那天說想要訂製麥可設計的衣服時，我是很認真的。反正，就算是我買來的衣服，我也會在穿出門之前大肆修改一番。」

他沒有回答她，只是從衣架上勾下一件粉紅色的襯衫，檢查著衣服內面的縫線。「法式縫線。布料是……」他用手指搓了搓。「純棉。」

「我喜歡棉布。也喜歡絲綢。我不介意合成布料，像是壓克力纖維和萊卡，只要它們夠軟就好，不過，我不能忍受硬邦邦的丹寧布料、毛呢、喀什米爾或者安哥拉羊毛。」

他帶著一絲滿意的微笑，繼續檢查她襯衫的結構。「我的練習女友可能比我還了解紡織品。真令我刮目相看。」

他的讚美為她帶來了溫暖和輕飄飄的感覺，不過，她的理智卻卡在了「練習女友」這個頭銜上。她不喜歡這個名詞——也就是「練習」這個字眼——但是，她也知道，關於她可以擁有什麼以及不能擁有什麼，她得要實際一點。諷刺的是，她對布料的苛求引出了他們共同的興趣，不過，她最好還是把注意力集中在這種諷刺的感覺上。她克制著自己不要再描述布料的種類和質感，以免像個百科全書一樣。

他把她的襯衫整齊地吊回衣架上，然後走到她面前，把手放在她兩邊的髖部上。「我真的希望你可以穿連身裙，史黛拉。我喜歡鉛筆裙。它們在你讓我最喜歡的部位上發揮了神奇的效果，不過，它們也讓我受到了折磨。」

「怎麼說？為什麼？」

「因為它們不讓我這麼做。」他帶著燃燒的眼神，一把掀起了她的浴袍。浴袍擦過他的牛仔褲，發出了摩擦的聲音，她赤裸的大腿隨即暴露在冷空氣裡。他用手掌握住她的大腿外側，再停放在她的髖上，然後把手繞到她的背後，捏了捏她的臀部，讓她的身體受到了一股震撼。

她雙腿之間那片棕色的捲毛清晰可見，她發現他正夾帶著陰沉的目光注視著它們。他沒有開口，沒有猶豫，也沒有給她時間思考，瞬間就將手滑過她的臀，往下貼在了她的恥骨上。他的手指大膽地穿越那些毛髮，按摩著她最敏感的部位。

她的肌膚在他的撫觸下發燙，她的膝蓋也在發軟。她只能讓自己靠在他的肩膀上。

「乖。」他低聲地說著，隨即彎身親吻她。

他清爽的嘴嚐起來彷如天堂，當她回吻他的時候，她的喉嚨不由自主地發出了一聲高八度的悶哼聲。她試著要像他教她的那樣吻他，但她卻無法集中注意力。他的手指正在對她做著邪惡的事情。她只能站在那裡，而且連站都站不好。他的每一個搓揉，都讓她更加地融化了一些。她開始顫抖。

在持續的親吻下，他抱起她，將她帶到了床上。她的背脊陷入羽毛毯上的感覺，將她拉回了現實。他們終於要這麼做了。性愛。沒有事先的安排，也沒有計畫。她一定會表現得很糟，他得要讓她知道如何修正，如何改善，而她也會很努力地接受他的批評，儘管那會讓她很丟臉——

他揭開她的浴袍，將嘴貼在她的乳頭上，深深地含在口中。她拱起身體，當他的手再度滑進她的雙腿之間搓揉的時候，她的一聲喘息瞬間轉成了呻吟。她咬緊牙關地壓抑著渴望，身體因此都發疼了起來。

「噓——」他在她的胸口小聲地說著。

一根修長的手指進入了她的體內，滿足的嘆息和低吟瞬間從她的嘴裡流瀉而出。這正是她所需要的。他探入了第二根手指，一陣緇緊的快感讓她的頭重重地往後仰。不，這就是她需要的。她的腳跟緊緊抵進了床裡，讓自己能夠迎向那股進入她體內的力量。他的手指不斷地進出，為她帶來幾乎窒息的效果。

當他收回手的時候，她忍不住發出抗議，「麥可，我還要，我——」

他將自己沾濕到發亮的手指放到唇邊，伸入嘴裡吸吮。他眼裡的激情和嘴角斜惡的笑容，讓她在小腹緊繃下不禁揪住了毯子。

同樣的愛撫在更深、更緩慢的推進下展開。這種感覺是那麼美好，那麼那麼美好，然而，他並沒有撫摸她想要的部位。她的臀部扭曲，企圖要緩解越來越強烈的痛感。當他再度收回手的時候，她只能沮喪地用自己的手搓揉著腹部，然而，她自己的撫觸卻無法帶給她任何的興奮。

他一把攫住她的膝蓋，將她的兩膝分開，讓她的私處完全暴露在他的眼底。他的胸口在猛然的吸氣下擴張，那條刺青的龍也隨之起伏。他咕嚕地大聲嚥下一口口水。「我早該知道，你一定會有最漂亮的小——」

「麥可，不要說那個字眼。」她很快地制止他。

他停了下來，帶著調皮的眼神打量著她。「你是說……小貓嗎？」

她的臉頰彷彿著火了一樣，她恨不得藏到自己的身體裡。

他的嘴角揚起。「難怪我媽媽那麼喜歡你。對性愛感到那麼羞澀是很典型的越南人反應。我一直到二十歲，才知道女孩子那些部位的越南語要怎麼說。大部分的人都說那裡是一隻小鳥。我嬸嬸把它叫做甜薯。那些形容詞都不適合你。你的是一隻小貓，史黛拉。」

她的臉更燙了，那抹紅暈一路擴散到了她的脖子和胸口，幾乎擴散到了她的全身。「小貓會喵喵叫，而且會抓老鼠。我——我的那裡——不會——光是想到那個畫面就覺得荒唐——我不能——」

「那是一隻小貓，史黛拉，而且已經因為我而濕透了，我也想要嚐嚐它。」他深沉而專注地看著她的雙腿之間，撫摸著她的皺褶，短暫地探入她的體內，然後開始在她最渴望他的那個部位畫著圈圈，不停地搓揉。「這裡，是你的陰蒂。它渴望我的嘴，渴望到都泛紅了。為了讓我們兩個不再痛苦，讓我來一嚐你的味道吧。如果你不喜歡的話，我就會停下來。」

她這才發現他真的想要這麼做，想要她。他喜歡他所看到的。他真的毫不保留地透露出他對她最私密部位的渴望。這是真的。而且是那麼地腥羶。同時也……讓人感到興奮。一個秘密的史黛拉醒來了，她受到了麥可的吸引，受到了他的話所吸引。

「如果我不喜歡的話，如果我的反應不像其他女人那樣的話，你會失望嗎？」她希望自己會喜歡，希望自己能像其他許許多多的女人那樣，在他的嘴下達到高潮，因為她的這些想法，她的情慾開始消退，取而代之的是焦慮。

「如果你不喜歡的話，那我們就繼續其他的部分。」說著，他的手往下撫過她的大腿內側，讓她的雙腿更加地敞開。他的舌尖壓在了他迷人的上唇上。

他彎身靠近她濕透的肌膚，讓她的緊張一下子跳到心跳飛速的程度，她深深地吸進了一口氣。「我開始了解你為什麼對我的味道上癮的原因了。不過，還好你並不是渾身上下聞起來都像這樣。否則的話，我就會頻繁地被撩起了。光是現在這樣，就已經讓我夠困擾的了。」

語畢，一道輕吻落在了她的陰蒂上，讓她的全身瞬間僵硬。她並沒有預期到會這樣。

「你不喜歡？」他問。

「我——我……」

又一個吻，隨之而來的是緩緩的舔舐。他發出滿意的哼聲，讓自己的嘴完全覆蓋住她，他一邊舔舐，一邊讓自己的吸吮在她的肌膚上留下微微的壓迫。柔軟、溫暖而美味。史黛拉四肢癱軟，一股熱浪在她體內爆發。

「我可以感覺到你不喜歡，」他的聲音刺耳。「讓我……」話未說完，他將舌頭探入她的體內，包裹在她湧出的潮水裡。「最後一口。」他回到她的陰蒂，在親吻她之前，他的牙齒輕輕摩擦著她敏感的神經，輕啜著她，舔舐著她。

在不斷起伏的歡愉下，她把臉埋進了毯子裡。他的舌頭太靈巧了，但是，她依然無法釋放。這對她來說太陌生了。那些不斷轟炸著她的快感，讓她的身體處在震撼的狀態中。當他停下來的時候，她幾乎就要哭了。

隨著兩隻手指探入她的體內，她開始翻動白眼。他的舌頭以一種穩定的律動舔舐著她的肌膚，她下意識地提起了臀部，迎接他的每一次推進。噢，天哪，她正跨騎在他的手上，她的私處覆蓋在他的臉上，就要讓他窒息了。那一定很糟。她告訴自己停下來。但是，她卻停不下來。

她突然發現自己的手糾纏在了他的頭髮裡。她的身體更加緊繃地裹住了他的手指，她已經濕到連她自己都可以聽到他每一次進入她體內時發出的摩擦聲。

「我會停下來的，史黛拉。很顯然……」他的舌頭急速而用力地刷過她，讓她無助地夾緊了他的手指。「很顯然地，你不喜歡這樣。」

「麥可。」那喘不過氣來的、充滿渴望的聲音正是她自己的聲音。她不在乎。她讓自己慾火燃燒的身體摩擦著他的舌頭，然後在他的嘴再度取代了手指吻她時，差點哭了出來。

他的吸吮為她的肌膚帶來了完美的壓力，強烈的痙攣感讓她渾身都要散開了。他和她一起來到了高潮，他的舌頭輕快地鞭打著她，為他們雙雙帶來了歡愉的浪潮。在震撼過後的恍惚中，他在她的敏感點印下道別的一吻，然後爬到她身邊，宛如毯子一般的用自己的身體裹住了她。她將臉埋在他的胸口，感到了前所未有的赤裸和脆弱。

她讓他用嘴幫她做到了。她發出了所有的那些聲音，她完全失去了控制。

「你像A片女星一樣達到了高潮，史黛拉。我差點就射在牛仔褲裡了。」

「我用了太久的時間嗎？你花了很大的……力氣嗎？」一想到自己是這個過程中唯一獲得愉悅的人，她不禁感到不安。在施與受之間，她寧可自己是施給的那一方。

他輕輕地笑了。「我是刻意收回手指的，史黛拉。你的性感實在讓人招架不住。」他從她身邊翻滾開，坐到自己的腳跟上，然後從口袋裡掏出一只小小的薄片。「你想要嗎？」

她撐起身，浴袍瞬間從她的肩膀上滑落。她壓抑住想要掩蓋自己裸體的本能，不過，她依然無法迎視他的目光。她的脈搏失去了控制。「想，我想要。」她從他手中接過那個薄片，手指顫抖地將它撕開。

他跳下床，解開牛仔褲的鈕釦，拉開了褲襠的拉鏈。他的肌肉在收縮，當他帶著陽剛的氣息褪去牛仔褲時，他身上那條刺青的龍顯然在對她眨眼。這就是麥可值得驕傲的裸體。他太完美了。即便是他的那個部分。

噢，老天，特別是那個部分。那個部分已經如此硬挺、如此壯碩、爬滿了青筋，和他身體的其他部分呈現著完美的比例。她才剛剛經歷了她這輩子最激烈的高潮，然而，此刻她卻想要更多。她想要它。那讓她垂涎，而她也從來不曾為任何男人口交過。

當她爬下床、用雙手裹住他的時候，她已經記不得要如何呼吸了。他是那麼地火熱、光滑柔軟，然而，那層滑順之下卻又如此地硬實。我要，我要，我要。她要用盡她所能。以任何他喜歡的方式。

「史黛拉，你的表情。」他的聲音沙啞，幾近是在呻吟。他引導著她握住他的手上下搓動，然後說道，「這是我的老二。當你想要它的時候，當你需要它的時候，那就是我要你說出的字眼。」

她無法言語，只是點頭。秘密的史黛拉很喜歡這個「需要他的……老二……而他也會給她」的想法，雖然，她覺得自己的嘴永遠也沒有辦法吐出那個字眼。除非他們是在聊農場的動物。也許甚至連聊農場的動物時，她也說不出口。

「你要幫我戴上嗎？」他指著那個被她遺忘在手裡的保險套。

她舔了舔嘴唇，清了清喉嚨。「好。」

她的手穩定不了，結果，最終是她和麥可一起把它套上了。當他們完成之後，他將她拉近，肌膚的接觸讓她起了一陣寒顫。她的乳頭摩擦著他的胸口，他壯碩而堅挺的男性象徵彷如火焰般地抵住她的下腹。當他側著頭、企圖想要捕捉她的眼神時，他的手不停地在她的背上上下搓揉著。

「你為什麼不看著我？」

她把眼光停留在他喉嚨底部的凹槽上，挺起了背脊。「我覺得很難為情。」

「我也和你一樣一絲不掛啊。」

她不知道要如何解釋她覺得自己的內心是赤裸的。如果他此刻凝視著她的雙眼，他就會看到全部的她，看到那個她一直在隱藏的人。沒有人想要看到那個部分。這應該是充滿樂趣和教育性的，而非靈魂上的負擔。

他勾起她的下巴，在她緊閉雙眼之前，她瞥見了他眼裡的溫柔。

「吻我，求求你。」她說。

溫暖的雙唇佔據了她，讓她嚐到了她和他的味道，以及性愛的味道。他雙手的愛撫越來越急促。他猛然攫住她的大腿，讓她的腿勾住自己的臀部，讓她對他完全敞開。他的臀突然收縮了一次，他直接抵住了她的興奮點。如此的摩擦讓他的血脈賁張，渾身發燙。

「就是現在，史黛拉。」

她用雙臂擁住他，雙唇壓在他的脖子上。「我準備好了。」

他將她放到床上，身體壓在她身上。他的鼻尖蹭過她的下巴和耳朵，一連串的輕吻落在她的嘴上，她的唇上。「你得要和我說話，好嗎？你是否覺得痛，你是否不喜歡，你是否想要更多，這麼做是否完美。把一切都說出來。」

她緊緊閉著雙眼地說：「我會……試試看。」

在毫無預警之下，他把她翻了過來，讓她趴在了床上。「我想，這樣你就比較不會感到難為情了。」

她睜大了眼睛，抓住了皺巴巴的枕頭和木頭的床頭板。他說得沒錯。這樣確實好多了。這樣，他就看不到她了。她立刻就放鬆了。「這樣對你沒問題嗎？」其他的男人都比較喜歡傳教士的體位。

「沒有，甚至還太好了。」他粗糙的手滑過她的背，以令人滿足的動作按摩著她。他用一隻手臂撐在床上，胸口貼在了她的肩胛上面。隨即將另一隻手伸向她的正面，落在了她的大腿內側。他搜尋著她私密處的皺褶，讓手指深深進入她的體內，玩轉到她的臀部不斷地抽動，直到她讓他們兩人都濕透。他抽回手，溫柔地撫摸著她最敏感的部位。

「麥可……」

「史黛拉。」他回應著她，在她的耳畔重重地喘息。

一股硬挺刺進了她的入口，緩緩地向裡推進。史黛拉停止了呼吸。性愛過去向來都讓她感到疼痛，然而，現在卻沒有任何痛楚，有的只是一股綿延不斷的愉悅在伸縮，直到麥可深深進入了她的體內。她試著想要嚥下口水，想要說話。但是，她做不到。他們完美地貼合在了一起。

有好長一段時間，麥可動也不動。她感覺到了他身體的緊繃，於是，她回過頭看著他。

「麥可？」

他的臉孔扭曲，彷彿很痛苦一般。「我等這一刻等了好久。這感覺實在太好了。你讓我……」他吐出一口氣。「如果我現在動一下的話，我就會忍耐不住了。」

她忍不住牽動了嘴角。她不是唯一的一個。「動吧。」她拱起了背，讓自己衝撞著他。這個動作讓他更加地深入，讓他填滿在她的體內。

一道原始的呻吟從他的喉嚨爆出。「史黛拉，我是認真的。給我一點時間冷靜下來。這是我們的第一次。我希望能為你帶來火花。」

我們的第一次。他聽起來彷彿還會有很多次。這個想法讓她感到無比的快樂，她的心都要爆炸了。她不需要火花。她只需要他。

無數個濕吻落在她的脖子上，中間還穿插著戲謔的輕咬和貪婪的舔舐。他撫摸著緊緊裹住他的那些皺褶，然後將他濕潤的指尖滑向更高的位置。當他揉弄著她的那裡時，她緊緊地扒住了他，發出了一道呻吟。

直到此時，他才開始動了起來。他撤出她的體內，隨即又刺入，抽回，進入，一次次地形成了一股節奏。他雙指的進擊和他佔領式的性愛，點燃了她肌膚下的火焰，以熊熊的火勢延燒到她的全身。

「史黛拉，」他在呻吟中說。「你感覺起來真好。甜美的史黛拉，我的史黛拉。」

他的話安撫了她，也讓她興奮。她試著照他的要求開口說話，然而，脫口而出的卻只有喘氣和歡愉的嘆息。她以身體傳達了她的感覺。她再次地敞開大腿，蠕動著配合他一次又一次的挺進。他喜歡這樣嗎？她會不會太放蕩了？那隻撐在床墊上的手抓住了她的手，讓他們的手指纏在了一起。

「就像這樣，」他低聲地說。「完美。」

她緊緊地將他包裹在體內。在彷彿永無止境的時間裡，她瀕臨在崩潰的邊緣，氣喘吁吁，彷彿著了魔，她喜愛這樣的感覺。高潮不停地衝擊著她。他一次又一次地進入她，她的身體也跟著他一起起伏。她試著要迎合他的挺進，然而，那股強烈的痙攣卻緊緊霸佔住她，讓她無法配合。

他的唇從她的脖子游移到她的下巴，在她無意識地轉向他時，他堵住了她的嘴，舌頭深深地探入了她的口中。她雙腿之間的愛撫並未停止，在最後的高潮結束前，她感到了另一次的堆疊。

她的肌肉在他的挺進下顫抖，壓抑，然後再一次地爆發。在一聲沙啞的呻吟下，他最後一次地衝撞著她。

他用下巴摩擦過她的臉頰和脖子，緩緩地讓她顫抖的身體躺回床上，他將她抱近，彷彿她是他的一樣。她用笨拙的手搓揉著環抱住她的手臂，同樣地抱住了他。

直到她想起性愛對他不具任何意義時，她鬆開了自己的雙手。麥可喜歡身體上的親密。如此而已。

然而，一股強烈的情感仍然讓她的喉頭發緊。如果這只是練習的話，那她永遠也不要真正的戰場。她可以活在一個幻想裡多久？

16

麥可摟著一個渾身癱軟、心滿意足的史黛拉，他的心在胸口狂跳，彷彿喝醉了一樣。

那不是練習關係中的性交練習，也不是為了要證明他不像他父親的無償性交。

他和數以百計的女人上過床，然而，他從來都沒有和任何一個女人的身體如此合拍。他從來都不曾如此渴望著想要取悅一個女人，或者在她哭喊著他的名字、一次又一次地達到高潮時如此興奮。

他不知道那是什麼，但是可以肯定的是，那絕對不是單純的上床。

她將他擁抱得更緊，慵懶地吻著他的肩膀和脖子，抬頭對著他笑。她的手指在他的胸口輕扣——很顯然地，這個動作並非總是不好的徵兆——讓他覺得癢到難以忍受。

他把她的手指壓平在心臟的位置，讓它們在輕扣中安靜下來，然後試著讓自己的思緒轉換到專業狀態。「看看你。我很期待得到一個五星評價。」

「六星。」她的笑意加深，巧克力色的雙眼發亮地看著他，完全忘記把眼光挪開，讓他得以在這個早晨第一次真正地凝視著她。這讓他覺得自己好似贏得了什麼無價之寶，讓他幾乎無法呼吸。

「這樣對我的自尊心不好。我本來就已經夠自負的了。」他以輕淡的語氣說道。

「你表現出來的並不自負。你很謙虛，不過卻很有自信。那是我愛你的眾多特質之一。」

愛？

他的胸口閃過一陣尖銳的劇痛。

她絕對不可能愛他。他身上的每一絲纖維都很確定這件事。愛需要信任，而只有傻瓜才會相信他。他是他父親的兒子。

然而，如果他在這件事情上做對了的話，他就可以證明自己並非他想的那樣。他只求如此。

他瞄了一眼時鐘，驚訝地發現甚至還不到上午十點。今早發生的事感覺起來就像人生出現了重大的改變，然而，他們醒來到現在也不過才兩個小時而已。

「我餓了，我需要咖啡。」他說。「我也得去開我的車。我所有乾淨的衣服都在車上。」

更重要的是，他需要一些空間。她已經離他越來越近了，他需要在他們之間保持一點距離。他下了床，套上牛仔褲，很清楚地意識到他的觀眾投來了讚賞的眼神。這讓他覺得有點荒唐，不過，也許他是刻意放慢了動作。也許，在他拉上褲襠的拉鏈，扣上褲子時，他的小腹和二頭肌都在收縮。因為，穿上褲子真的需要很大的力氣。

「快點準備好，史黛拉。」

她皺起眉頭。「為什麼？」

「我們要去逛街。情侶都會在週日逛街的。」

史黛拉抿著嘴唇，看著自己在鏡中的倒影。麥可剛剛為她打開了服裝的新頁。瑜伽服。

特別是瑜伽褲。

她很可能來到了天堂。這件褲子完全不癢，而且十分合身。她喜歡能將她擁抱的衣服。不只如此，它們還讓她的腿和臀部看起來很出色。她看起來宛如一名舞者。或者瑜伽老師。或者這兩者的混合體。

「出來讓我看看。」麥可在更衣室外面說道。

為了隱藏笑意，她咬著嘴唇打開了更衣室的門，走了出來。

他的臉上立刻展開了一抹壞笑，臉頰上的酒窩彷彿在眨眼睛一般。「我就知道。」

「你喜歡嗎？」她用手撫摸著腹部，然後慢慢地轉了一個圈。

他從椅子上站起來，走向她，帶著欣賞的眼神打量著她的曲線。他的手滑過她的脖子，落到她的肩膀，越過緊貼在她手臂上的長袖，最後和她十指交叉地握住了她的手。「我愛死了。」

「這衣服讓我看起來很性感。」

他用一隻手抱住她的腰，將她拉近。「非常性感。」他的雙唇輕刷過她的嘴，一路挪向她的耳朵和脖子，讓她不禁微微蠕動，忍住了想要咯咯發笑的衝動，因為那絕對就太不性感了。

從她的眼角，她看到一個女店員正帶著嫉妒的眼神看著她。看到那個女孩無聲地說了一句真幸運，史黛拉無法自已地笑了，儘管她的感覺很複雜。這些全都不是真的。是她付錢得來的。她並非在意那些錢。因為麥可完全值得她所花的每一分錢。

「我猜你要買下來？」

「每一種顏色都要一件。」

「我反對。不要那件有黃色斑點的螢光橘。那太傷我的眼了。」他皺了皺眉地說。

「不要螢光橘有黃色斑點那件，明白了。噢，他們還有洋裝。」她瞪大了眼睛看著其他的可能性。

當他們在史丹佛購物中心一家小型的法式甜點店停下腳步時，三個裝滿服裝的大袋子已經佔滿了他們腳邊的人行道地面了。他堅持他們要吃加州最好的非亞洲式三明治，這讓史黛拉覺得很有趣，因為她根本不知道有亞洲式三明治這種東西。

她預期他們點的三明治會夾滿了熟食，但是，當他端著他們的午餐回到他們在戶外的座位時，那卻是夾著火雞肉、瑞士乳酪和奶油的法棍。而且，他還多買了一個杏仁可頌。讓她驚訝的是，當她第一口咬下法棍的時候，竟然發現真的很美味。

「秘密就在好的麵包和奶油。你所需要的只是品質絕佳的基本成分而已。」他對她眨了眨眼，讓她覺得他的話帶有言外之意，而不只是在說食物。

當下午的購物人潮多了起來，街道上也灑滿陽光的時候，史黛拉相信，自己也許會想要再這樣出來逛街。她週日的例行安排已經被毀了，不過，對於發展出一種新的週末生活型態，她保持著開放的態度。她的適應力很強，尤其是和麥可有關的事。

穿著一件休閒卡其褲和一件白色扣領襯衫，領口敞開，衣袖捲到手肘，麥可看起來就像雜誌裡的帥哥一樣——一如既往。她突然想起來，他們花了一整個上午都在採購她的東西。她實在太自私了，只關心她自己。

「你要看看男士的服裝嗎？」她看著周遭的商店，不知道他對哪一家有興趣。

他帶著一絲好笑的神情搖搖頭。「不了，謝謝。」

「你確定嗎？要不要我買什東西給你？」一見到他不自在的表情，她的心跳立刻加速，然後試著要讓氣氛輕鬆起來。「因為你不讓我買輛藍寶堅尼給你。」

他目光銳利地看著她。「如果我要的話，你真的會買輛藍寶堅尼給我嗎？」

她低頭看著三明治包裝紙上的麵包屑，點了點頭。「我負擔得起，如果你是在問這個的話。我不太了解要怎麼談論金錢的話題，不過，我賺很多，但我想要買的東西並不多。我會很樂意幫你買一輛車。特別是，如果──」在說出可能會讓他生氣的話之前，她頓時停了下來。

「如果什麼？」

「我寧可不要說出來。我很確定不太適合說那種話。」

他把頭歪向一邊，表情開始陰暗了下來。「我想要聽。」

「我打算說……」她不安地吸了一口氣。「特別是，如果別的女人買了你現在開的那輛車給你的話。」

他專心把他的三明治包裝紙折疊成一個正方形。「你是在問，那輛車是不是一份禮物？」

她很確定一定是，而那讓她覺得惱怒。「對。」

「是的，沒錯。」

「夜店那個金髮女送你的。」

他皺起了眉頭。「你怎麼知道的？」

「她就是那個不肯對你罷休的客戶。」那個女人吻他的畫面又浮現在她的腦海，讓史黛拉的憤怒油然而生。不只如此，他還和她上過床——也許還不止一次。她的指甲緊抓著桌上的玻璃杯，呼吸也開始變得急促而痛苦了起來。

他把一隻手放在她的手上，她的心跳瞬間就和緩了。「我不喜歡收到那種禮物。所以，請你不要送我，好嗎？」

「好。」但是，她無法不認為他之所以留著那份禮物，是因為他喜歡送那份禮物給他的那個女人。當某個人對你具有特別意義的時候，你不都會這麼做嗎？你會保留他們給你的東西？

她想要他留有來自於她的東西。而他不讓她送他任何東西的事實，讓她幾乎感到絕望。

「如果你開始嫉妒我以前的客戶，你會讓你的練習變得很辛苦，史黛拉。」他的眼神平靜，聲音嚴肅，彷彿他的伴遊經驗是一個他們必須接受的傷感事實。

一個又一個的問題堆疊在她的口中。如果他不喜歡的話，那他為什麼要當伴遊？他那麼會做衣服。他為什麼不多做一些衣服，而不是幫人乾洗和修改衣服？他把他當伴遊賺來的錢都用在了哪裡？他有什麼見不得人的癮嗎？他遇到什麼危險了嗎？

他為什麼不能真的屬於她？

不過，他現在是屬於她的。他不想要那個金髮女子。今天早上，和他在一起的人不是那個金髮女子。

等他們結束午餐之後，稍早的那個問題依然盤旋在她的腦子裡。

他為什麼不能真的屬於她？

她唯一能夠想到的合理答案是：他不想要她回到他身邊。

不過，這種事並不是無法改變的。在這一切開始之初，她原本準備要學習一些技巧來幫助自己誘惑男人——也許是菲利普．詹姆士。不過，當她可能可以擁有麥可的時候，她為什麼要滿足於菲利普？她能把他教她的一切，用在……他身上嗎？她可以誘惑她的伴遊嗎？

17

她應該要工作的。那個線上內褲的企劃還滿有趣的。正常來說，她現在應該已經把工作做完了。但是，她就是無法看著內褲，而不想起麥可，即便只是內褲這個字眼。

她放在辦公桌抽屜裡的手機在向她招手。她想要傳簡訊給他。那樣做是……可以的嗎？除了那天晚上在她的辦公室以外，他們只有在安排行程的時候才會簡訊彼此。

當她發現自己的手指又在輕扣桌面的時候，她立刻握緊了拳頭。如果她連發送一個單純的簡訊給他都這麼緊張的話，那她要如何誘惑他？她把手機掏了出來。

嗨。

在發出去之前，她刪掉了這則簡訊。

我想你。

光是看到這幾個字，她的掌心就開始流汗。太直接了。刪掉。

我想要確認我們今晚的計畫。

她按下傳送，然後把手機放在桌上，她的目光雖然看著電腦螢幕，卻什麼也看不進去。她的手機螢幕在沒有反應之下暗掉了。他可能很忙。

她的手機震動了，然而，那並非是簡訊通知的嗡嗡聲，而是持續不斷的響聲。那是一通來電。

她瞄著手機螢幕，一看到來電者是麥可的時候，她的心跳瞬間加速。她把手機抱在胸前，然後才接了電話。「哈囉。」

「嗨，史黛拉。」她聽到手機那頭的背景裡傳來他母親在說越南話的聲音，還有縫紉機轉動的聲音。「我需要用到雙手，所以，我決定回電給你，而不傳簡訊。今晚我們還是照常碰面。在山景路的那家泰式餐廳。」

「好，我們在那裡見。」

「完美。」

縫紉機的聲音停了一下，電話兩頭頓時陷入一陣安靜。她希望他會開口。她想要再度聽到他的聲音。

「記得衣服。要帶去我家的衣服。除非你不想待在那裡。你不一定要去。」她匆忙地說道。

「不，我可以的。我只是忘記了。謝謝你提醒我。」他輕笑著，而史黛拉只是緊緊地握住了手機。她真的、真的很想他，而她不過昨天才見過他而已。

他母親不知道說了什麼，只聽到他嘆了一聲。「我得掛電話了。期待今晚的來臨。我想你。再見。」

她屏住呼吸，喃喃地回應了一句，「我也想你。」不過，電話已經掛斷了，她的話只是說給了自己聽。

其他人在如此想念另一個人時，他們是如何度過他們的一天？她想要見他。

她點擊著手機裡的照片庫，找到了照片庫的頁面，一如她所預期的那樣，那裡是空的。在一股衝動下，她再次簡訊了麥可。

我想要在手機裡存一張你的照片。

拜託你。

她等待著回應。

就在她放棄希望，認為他不會回覆，而將手機放到桌面上時，手機震動了。

那是一張在匆忙中拍攝的自拍特寫，照片裡的他揚起了眉毛。他看起來有點滑稽，不過依然很迷人。她嘆了一口氣，拇指撫摸著照片裡的臉頰。

她的手機又震動了，另一則來自他的簡訊。

我的呢？

我要你把頭髮放下來。

她不可置信地笑了。你是認真的嗎？

頭髮放下來。自拍。現在。

還有，解開襯衫最上面的兩顆釦子。

她覺得好笑，不過，還是抓起綁在後腦勺的橡皮筋，試著要拉開。不過，橡皮筋纏住了，當她用力扯的時候，橡皮筋竟然斷掉，從她的頭髮上直接掉落到了地上。她用手指撥散髮絲，接著解開襯衫的釦子。她手機螢幕上的那張臉盯著自己，她看起來……很不一樣。她看起來不像平常的史黛拉。她看起來像是秘密史黛拉，那個今晚要和情人相見的女孩。

她的手指不小心按到手機上的拍照按鍵，在她突然領悟到某一件事的瞬間，鏡頭捕捉下了她的影像。她領悟到了他們的關係。他們是情人。她喜歡這個字眼，很喜歡。

她把照片發給了麥可。

她的手機幾乎立刻就震動了。

該死，史黛拉。

太性感了。

她恣意地笑了，她原本就有意要發給他很性感的照片。只不過，她完全不知道要怎麼做。她得要刻意調整相機的角度和身體的姿勢，然而，她的辦公室全部都是玻璃，毫無隱私。如果不想要引發同事側目，她就得找出一個辦法，把手機塞進她合身的衣服裡，才能拍到所謂的性感。

她挫敗地放下手機，讓自己集中精神在工作上，她依然喜愛她的工作。當她閱讀數據的時候，她發現了一件有趣的事：大部分的已婚男人不會購買內褲——即便是自己的內褲。他們的老婆會幫他們買。她過濾篩選著數據，檢查著多年以來累積的數據，然後發現這些男人甚至在檔案資料呈現他們的婚姻狀態為已婚之前，就已經停止購買內褲的消費行為了。

這是怎麼一回事？這是什麼人類學的現象？

一股新的謎題所帶來的顫慄感擴散在她的血液裡，魅惑著她。她根據不同的變量來繪製數據，分析著曲線和看似隨機的散布圖，並且再度看了看統計數字。但她卻看不出個所以然。她很喜歡這種無法想通的感覺。

她的手機嗡嗡地響了一聲，螢幕上出現幾個字：*和麥可晚餐。*

她留戀地看著她的電腦螢幕，不過，她並沒有讓自己的手指再接觸到鍵盤。對她來說，沒有

「再五分鐘」這種事。如果她又開始工作的話，那麼，她下一次從那些數據裡抬起頭來的時候，就會是午夜時分了。那就是她為什麼要設鬧鐘提醒的原因。

此外，麥可就和這些數據一樣有趣，況且，他還會讓她開懷地笑。他聞起來很香，觸感很怡人，味道嚐起來也很棒，還有……她抱住自己，她的雙腳在地毯上輕快地舞動著。這幾乎太完美了。白天有令人興奮的工作。晚上有令人興奮的麥可。她希望每天都這樣，永遠都如此。

她把工作檔案儲存起來，關掉電腦，收拾著她的東西。她很少在別人還在辦公室上班的時候走過走廊，不過，她的同事從來都不會多想。然而，今晚，當她行經走廊的時候，那些不尋常的注意力讓她感到了困惑。那些一流的計量經濟學家在各自的辦公室裡，停下了他們正在白板上寫著程式的手。原本埋首在小方塊隔間裡的那些年輕分析師，也向她投來驚異的眼光。

當她走過菲利普的辦公室時，他從他桌面上的文件堆裡抬起頭，看了她兩眼。她向他揮揮手，朝著電梯走去。就在電梯門要關上的同時，菲利普閃了進來。

「你今天這麼早就下班。」他說。

在調整眼鏡的過程中，她意識到自己的頭髮垂散在肩上。這就是為什麼大家的反應那麼反常的原因。她不禁翻了個白眼。「我晚餐有計畫。」

菲利普淺色的雙眼將她徹底打量了一番。「和人有約？」

她把頭髮塞到耳後。「對。」

「你採納了我的建議？」他帶著一貫的冷笑說道。

「對，事實上是的。謝謝。」

他眨了眨眼，揚起了眉毛。「你真令人驚訝，史黛拉，還有，你的頭髮放下來很好看。」

他那抹鑑定的眼神讓她感到不自在，讓她不安地想要把襯衫最上面的兩顆鈕釦扣回去。「謝謝。」

「他是誰？我認識嗎？你們是認真的嗎？」

她在大腿上輕敲著手指。「我想你不認識他。我希望是認真的。我是認真的。」

「不要太快就開口要他娶你，好嗎？那會把男人嚇死的。」

她怒視著她。

他清了清喉嚨才又說：「抱歉，我說錯話了。慢慢來。我的意思是慢慢來。」

當電梯叮一聲地打開時，他把一隻手抵在電梯門的感應器上，好讓電梯不會關起來。「女士優先。」

她走出電梯，希望加快的腳步可以把他拋在後面，但他卻快步跟了上來。

「你們兩個要去哪裡？」

「一間泰式餐廳。」她看見了自己停在停車場裡的車子，恨不得自己可以瞬間移動，直接坐進車裡。她絕對不會在公司裡把頭髮再放下來。

「你喜歡吃辣？」

「對。我會告訴你這間餐廳好不好，這樣你就可以帶海蒂去。」

「我不再和海蒂約會了。她對我來說真的太年輕了。沒有共通點。她說，我得要改善我和別人溝通的方式。很顯然地，我給人的印象太高高在上了。真是讓人氣餒。沒辦法，我就是那麼博學多聞。」他咳了一聲。「把我最後一句給忘了吧。」

那讓她猶豫了一下。她知道在溝通上有問題是怎麼回事。那表示海蒂和他吹了嗎？在他令人討厭的言行下，菲利普感到傷心嗎？他有傷心的能力嗎？「哦。」

「你和我就有共通點。」從他的眼神看起來，他是認真的。他現在真的對她有興趣了。

史黛拉在車子旁邊停下腳步。「我們是有共通點。」

她母親認為他們兩個是天生一對。如果他不曾提出那個狗屁忠告，建議她要跳脫框架思考的話，她也許真的會重新對他感到興趣。至少，她可能會讓他成為她第四個災難性的性愛對象。

不過，再也不會了。現在，她唯一想要的人就是麥可。

「我得走了，不然我就要遲到了。」

他往後退開一步。「祝你今晚愉快，史黛拉。不過，也不要太愉快。明天見。」

在她上車繫好安全帶之後，她看到他上了他自己的車。一輛全新的鮮紅色藍寶堅尼。那完全不是她的菜。若非麥可喜歡藍寶堅尼，她一定會很討厭看到這種車。

她嘆了一聲，驅車前往他們的目的地。路程很快，不多久，她就已經踏進了餐廳充滿濕氣的室內了。他正坐在窗邊一張雙人座位上等她。黑色的長褲、條紋的扣領襯衫，還有完美貼合在他腰際上的黑色絲質背心，這讓他看起來簡直秀色可餐。

當他看著她穿過成排的桌子走向他時，他的眼睛在閃爍，手指也輕輕地敲著自己的雙唇。等她來到桌邊時，他起身將她緊緊地擁在了懷裡，將嘴唇貼在了她的脖子上，手指纏繞在她鬆散的髮絲裡。「這些頭髮，我的史黛拉今晚看起來真是美麗動人。」

她呼吸著他的氣息，讓自己靠著他。一個正確的感覺在她心裡鎖定，強化了她的決定。她要勾引他。只要她可以想出要怎麼做。「稍早，我把橡皮筋拆下來的時候，橡皮筋斷了。現在，辦公室裡的每個人都以為我在學跳脫衣舞了。」

他的肩膀在大笑之下抖動著。

服務生在此時走了過來，他們只好不情願地放開彼此坐下。

「你可以的，你知道嗎。你有那樣的身材。」他帶著一絲戲謔的笑容對她說。

「我這種協調感，可能會讓自己因為撞到桿子而腦震盪。」

他很明智地在協調感的話題上保持了沉默。

「這是另一件麥可原創嗎？」她指著他的背心問，她很高興可以分散注意力。

「當然。從你的眼神看起來，你一定很想摸摸看吧。我的作品很完美。」

直到此時，她才發現自己的手已經朝他伸了過去，她立刻收回手，把手坐在自己腿下，隨即又皺了一下鼻子調整眼鏡。

「稍後你可以看得更仔細。」說著，他將一隻手掌放到桌面上，歪著頭看著她，等待著，她這才明白他想要握住她的手。

他可以如此輕易地就誘惑她，相形之下，她要如何勾引他呢？

她把手從腿下抽出來，放在了他的手裡。他闔上手指，將她的手包在自己的掌心裡，拇指輕輕地揉著她的手背。

「你今天過得——如何？」話才說出口，她就發現這是她第一次這麼問他。這不是她第一次想要知道。這會不會太私人了？她可以問他這種問題嗎？

他的嘴唇微微扭曲，表情看似介於微笑和鬼臉之間。「現在是畢業舞會的季節。這不是一年中我最喜歡的時候。」

「很多衣服要修改嗎？」

「還有一堆愛尖叫的青少女。」

「她們一定立刻就迷上你了。」那一定很讓人筋疲力盡。

「大部分的試穿，我都讓我母親去做，所以也沒那麼糟。不過，那些細肩帶的禮服都快讓我變成了鬥雞眼。你的照片是我這一天的亮點。」

那聽起來真恐怖。她的那張照片甚至沒有拍得很好。「你希望你可以多做點男士的衣服嗎？」

一想到他做的事並非他所愛的事，就讓她感到如坐針氈。如果她需要一整天、每一天、每一週都做她不喜歡的工作，那她絕對需要接受心理治療。

他聳聳肩，不過神情看起來若有所思的樣子。「我喜歡這份工作有創意的那一面，製作一些新的東西。我不介意實際的縫製和修改，不過，那沒什麼挑戰性。」

「你有想過開創你自己的品牌嗎？」一個念頭讓她蓋住了自己的嘴。「你可以去參加那種電視真人實境節目的時裝競賽。你會贏的。」

他低頭看著他們相握的手笑了笑，不過，那並不是一個開心的笑容。「三年前，我被那類的一個節目選中了。我想，他們喜歡我的臉孔勝過我的作品，不過無所謂。機會就是機會。然後，發生了一些事，加上我母親生病。我只好拒絕。」

心碎的感覺讓史黛拉的臉頓時失去了血色。當然了，他會為他母親那麼做的。

他抬起頭看著她，表情柔和了許多。「不要看起來那麼難過的樣子。她近來很好。」

「那是……癌症？」她隱約記得他妹妹們在吵架的時候提到過化療，不過，當時她太過震驚，以至於沒有真的聽進去。她怎麼會那樣聽過就算了？她是個什麼樣的人啊？

「第四期，沒有辦法治癒，也不能開刀，肺癌。不，她從來不抽菸。她只是運氣不好。不過，她最近接受的療法有效。她的狀況看起來還不錯。」他帶著鼓勵的微笑說道。

她凝視著他，緊緊地抓住他的手。他可知道他自己有多好嗎？無法言喻的好。

當服務生來到他們的桌邊時，麥可問她：「要我來點菜嗎？」見她點點頭，他看也沒有看菜單地就說出了一串陌生的菜名。

「你今天過得如何？」

「還不錯。」

他笑著捏了捏她的下巴。「細節，史黛拉。」

「噢，呃……我在工作上遇到了一個有趣的難題。這個不可思議的現象，我無法解——你為什麼那樣看我？」

他歪著頭，臉上掛著溫柔的笑容。「你在談論工作的時候，真的很性感。」

「工作和性感並不搭。」

他笑了。「在你身上就很搭。繼續說吧，那個有趣又不可思議的現象。」

「等我想通的時候再告訴你。我會想通的。我們等著瞧。還發生了什麼事？噢，我老闆對我施壓，要我雇用一個實習生。還有，我今天第一次自拍。」她沒有提及菲利普的事。沒有必要提起那段不愉快的對話。

「你老闆認為你花太多時間在工作上了？」

她聳聳肩。「誰不這樣想？」

「如果喜歡的話，就不會太多。就像你這樣。」

「正是。請你告訴我媽這點。」

「如果我見到她的話，我會的。」他說。不過，從他的語氣判斷，他認為他見到她母親的可能性很低。

「她會在一個月後舉辦一場慈善晚宴。如果你想和我一起去的話，就可以見到她。你不一定要去。」她很快地補充。

他下巴緊繃地打量著她。「你希望我去嗎？」

她點點頭。「她威脅我，如果我找不到伴的話，她就要幫我湊對。」而她只想和麥可一起去。除了麥可以外，她誰都不要。

「確實很可怕。什麼時候？」

「某個週六傍晚。要穿正式服裝。那對你來說應該不是問題。」

他的嘴角雖然揚起，但他眼角四周卻依然緊繃。「好吧，我會在我的日程表上做記號。我會很樂意去的。」

「真的嗎？」

「嗯。」

她咬著嘴唇，猶豫著，不過依然決定說出來。「你可以幫我做衣服嗎？」

他凝視著她很長一段時間，才回答：「好。」

「我會付錢的，當然——」

「等你看到再說吧。」他說著，將她的手捧到嘴邊，吻著她的指節。

「我一定會很喜歡的。」

他笑著搖頭。「我想你會的。」

晚餐送到了，他們享用著搭配檸檬草、馬蜂橙葉、羅勒和紅色辣椒的辛辣美食，而他們的對話——真正的對話——也以一種穩定的節奏持續著，那些辣椒辣到她的嘴唇彷彿都著火了。她問了麥可誰是他最喜歡的設計師——讓・保羅・高提耶、三宅一生和伊夫・聖羅蘭——也得知了他曾經在舊金山念過時裝學校。他問她是何時發現自己喜歡上經濟學的——高中時代——以及她什麼時候交了第一個男朋友——從來沒有。他在四年級的時候和一個女孩穩定交往過，基本上他們的相處都是在校車上。史黛拉吃的比她平常的食量還要多。她希望這頓晚餐的時間可以拖久一點。

當帳單送來的時候，她一把拿起帳單，不過，麥可卻嫻熟地把他的信用卡遞給了服務生。這讓她瞇起了雙眼。

這不是他和她在一起時第一次堅持買單，這讓她覺得很不自在。像這樣的生活費對她而言無足輕重，而他顯然有財務上的困難。他為什麼不讓她付錢？他們要怎麼處理這件事？她不知道要如何討論金錢上的事情，才不會羞辱到他。

在他們走出餐廳時，麥可對她說：「我需要先回我的住處去拿我的衣服。稍早你提醒我的時候，我才想起來。」

「那表示我可以看到你的住處嗎？」她這是在暗自假設他們今晚會共度良宵嗎？

「如果你真的想看的話。那沒有什麼特別的。」他揉揉自己的後頸，那份不自在的感覺看起來十足迷人。

「那不會比我家更糟了。」

「你所指為何？」

「我的地方空蕩蕩的，而且……枯燥乏味。」就像別人對她的評價一樣，而且他們還以為她聽不到。

他伸出手，手指撫過她的臉頰和頭髮。「你家只是需要傢俱而已。走吧。我住的地方離這裡很近。」

與其說很近，他大可說他就住在餐廳隔壁的公寓大樓。這樣，她就不需要把車開出停車場，然後再另外找地方停車了。在擁擠的停車場繞了一圈卻找不到任何停車位之後，他叫她把車停在他的專有停車位，並且讓她在公寓大樓的水上花園邊等他，而他則把自己的車停到街上的一個出口。

他牽著她的手，帶她爬上戶外的樓梯，走向自己位於三樓的公寓。「我出門的時候沒有打掃，所以，你要做好最壞的準備。不要心臟病發作，好嗎？」

她準備好了。「我保證不會。」

18

當史黛拉踏進他的一房公寓時，麥可屏住了呼吸。公寓裡並不髒——事實上，他還是個超級愛乾淨的人——不過，也不是太體面。

他試著透過她的眼光來看這個空間。一座棕色的宜家小沙發在客廳裡靠牆而放，沙發對面是一台大小適中的平面電視。客廳後方是他的健身長凳和排放整齊的自由重量區。而那個明目張膽地違反了公寓租約的沙袋，則懸吊在一個角落邊上。

擁擠的廚房裝有層壓板的流理台、一座電爐，以及一張小木桌，還搭配了四張同型的椅子。為了色彩的平衡，他在桌面中央放了一盆植物，沒錯，他就是喜歡玩顏色這種事。還有一座金屬檔案櫃貼著客廳後面的牆壁，櫃子上堆滿了他還沒有時間處理的帳單和雜物。

史黛拉脫掉高跟鞋，把高跟鞋放在了他其他的鞋子旁邊。然後心不在焉地把皮包放在他的沙發上，檢視起排放在電視櫃裡的光碟片。

為了看得更清楚，她傾身靠近那些光碟片，這個姿勢恰好讓他將她渾圓的臀部曲線盡收眼底。「你是按照字母順序排的。」

他忍不住地笑了。她的舉止向來都超乎他的預期。「我讓你很驚豔嗎，史黛拉？」

「這是什麼？笑傲江湖？」她打開玻璃門，抽出那個一吋厚的光碟片盒子。

「不過是有史以來最棒的武俠電視劇而已。」

她瞠目結舌地從盒子上抬起頭，看起來宛如找到了聖杯一樣，那讓他要很努力地自制，才不會笑到失態。他以前的女朋友從來沒有人知道武俠是什麼，更遑論和他分享他愚蠢的秘密癖好了。

為了保持冷靜，他踢掉腳上的鞋子，把它們放到她的高跟鞋旁邊。「如果你想的話，可以借你看。」

她一把將她的寶貝抱在胸口。「好，謝謝。」

「不過，小心點。很容易上癮，而且總共有八十集左右。」他揉揉嘴角，不再那麼得意，然後用手指掠過頭髮。「我打包的時候，你自己隨便參觀吧。」

不過，當他走進他的臥室時，她並沒有留在客廳裡，反而跟在他身後也走進了臥室，並且在好奇地觀察之前，面帶微笑地靠在床邊看著他。她身上那套價值不菲的商業服裝，在他廉價的公寓裡顯得有點格格不入，讓他不禁覺得自己幹嘛要帶她來此。

為了折磨他自己吧，也許。

這裡是客戶和女人禁止進入的區域，是他讓自己的腦子恢復正常的地方。如果當這一切結束之後，他卻忘不了她曾經坐在他的床上、以只屬於他的那種笑容笑看著他的話，那他要怎麼讓自己的腦子保持清醒？

他避開她，走進自己的步入式衣帽間，注視著他的西裝和襯衫，讓眼前的畫面提醒自己當他的脖子還沒有被繩索套住的那段時光。他在心裡挑選著要帶哪些衣服到史黛拉的地方，然後從上櫃拿下一個黑色的運動袋。當他走出衣帽間的時候，他仔細地估算著要收拾多少襪子和四角褲。

一週的話應該要——

史黛拉蜷縮在他的毯子裡，臉上帶著一種忘我的神情埋在他的枕頭裡。這實在太奇怪了。這不應該會讓他起心動念。

但是，這卻讓他起心動念了。

他把袋子扔在地上，俯身看著她。「你現在有了我的枕頭和床單，你再也不需要我了。是嗎？」他低聲地說。

她的眼睛突然睜開，一臉緋紅地說：「它們好好聞。」

「你不擔心它們很髒嗎？」

她瞪大了眼睛，立刻掀開蓋在胸口的毯子。她看起來就像她可能會生病一樣，彷彿她遭到了背叛似的。

在她尚未過度換氣之前，他在床上躺了下來，將她拉到自己身邊。「我是唯一一個睡在這裡的人，史黛拉。我是開玩笑的。還有，我通常會在晚上洗澡。」他得在睡覺之前，把他的客戶留在他身上的痕跡沖洗掉。他絕對不可能把她們帶到他的床上。

除了眼前這個客戶之外。他所有的規則都不適用於史黛拉。

她軟綿綿地把拳頭落在他的胸口上。「那一點都不好笑，麥可。」

「對不起。」他為她撥開臉上的髮絲，調整好她的眼鏡。「我只是在作弄你而已，我並沒有想到……其他人……直到你出現那樣的反應。」

「你真的沒有帶她們到過這裡？」

她在嫉妒嗎？他希望她嫉妒嗎？是的，他希望她嫉妒。「從來沒有。」

她抿著嘴唇，彷彿在咬著嘴唇內側。「我該走了。我闖進了這裡，不是嗎？謝謝你讓我參觀。我很喜歡。我應該要買個盆栽。」

語畢，她準備起身，他也告訴自己要讓她離開。這個空間不是讓客戶進來的地方，他也不需要更多有關她躺在他床上的記憶。

讓她走吧。

然而，他的手臂卻拒絕聽話。它們將她拉近，讓他們的身體彷彿客製般地完美貼在了一起。

「在我的腦子裡，我沒有把你和她們歸類在一起，史黛拉。」

「你沒有嗎？」

她看起來充滿了希望，麥可忍不住說道：「沒有。對我來說，你並非只是我的另一個客戶。」

「以一種好的方式，對嗎？」她帶著不肯定的笑容問。

「以最好的方式。」他搓了搓她散開的頭髮，在他的撫觸下，她閉上了雙眼靠著他，那種信任的感覺讓他感到了自卑。

當他摘下她的眼鏡，將之放在床頭櫃上時，她睜開了眼睛，吞了吞口水，下巴下方瘋狂起伏的脈動吸引了他的注意。她的雙頰泛紅。她想要他。他從來沒有這麼喜歡過被渴望的感覺。

「你好漂亮，史黛拉。」

說著，他的拇指輕刷過她的下唇，她在嘆息聲中吻著他的拇指，隨即讓他大感驚訝地吸吮著他的拇指。她的舌頭輕撫著他，然後咬了一口，一股慾火瞬間竄向了他的胯下。

「你這是從哪裡學來的？」

她放開了他的手指。「我只是想要這麼做。不過，我打算明天要研究一下咬手指的情色方式。」

「你可以問我，你知道的。」他拾起她小巧的手，放到自己嘴邊，在她的掌根上輕咬了一下。她的手指立刻彎曲，她的呼吸頓時化成了一聲長長的喘息。「我想要知道所有你最喜歡的事情。」他把他的手拉到自己嘴邊。皓白的牙齒輕啄著他的皮膚，讓他渾身的寒毛都豎了起來。

「我喜歡吻你。」他承認地說。

她的指尖在他的唇上游移。「那表示我可以吻你嗎？」

「你不需要問。」她是唯一這樣問他的人。也許，這就是他之所以為她如此瘋狂的原因。

「你允許我隨時都可以吻你嗎？」她看著他的嘴，彷彿他說的話聽起來好到不像是真的。

「是啊。」

她吻了他，吻得宛如他是她所缺乏的氧氣一樣。他的手滑下了她的背，停在她的臀上，捧住了她的雙臀，一把將她拉向他硬挺的下身。她掙扎著想要更貼近他，在忘我的吻中，她將十指纏住了他的頭髮。

她的每個部位都是如此的柔軟。不過卻被衣服覆蓋住了。麥可喜歡衣服，但是，它們卻綑綁住了史黛拉。他從來都沒有像此刻這樣急切地想要把鈕釦扯下來。他止住了吻，空出一隻手來解開她手腕上的袖釦。

「脫掉衣服。」他咆哮著。

在他解開她的袖口之後，她無聲地為他解開他的，他突然發現，這是她第一次幫他脫衣。他曾經被數以百計的人脫過衣服。然而，在這一刻裡，他完全記不起任何一張臉孔。眼前只有史黛拉。

他們同時為對方寬衣，彼此的手臂在相互拉開鈕釦、褪去襯衫、為他拉開背心時交織在了一起。她蒼白的手撫過他的胸口，輕搓著他的乳尖，讓他的肌膚彷彿著了火一樣。

他的手指沿著她的鎖骨而下，撫過她胸罩下雙峰之間的那道低谷，經過她平坦的腹部，來到她裙子的腰帶上。在解開裙側的鉤子之後，他沿著她臀部的曲線將裙子的拉鏈拉下。

「脫掉裙子，史黛拉。如果我不能碰你的話，我會瘋掉的。」他需要把手探進她的雙腿之間，他需要嚐到她的滋味。

她屈膝坐直，拉下了她的裙子。然後在床上坐好，將裙子完整地脫了下來，放在床頭櫃上。她把雙腿蜷縮在身體底下，把玩著敞開的袖口，然後透過睫毛偷偷看著他。她那件膚色的胸罩和內褲，以及奶油般細緻無瑕的肌膚暴露在了敞開的襯衫下。

「你身上的衣服還是太多了。」他說。

她害羞地聳了一下肩膀，抖落襯衫，然後解開胸罩，讓它自然地從她的胸部上滑落。那對挺直的玫瑰花苞讓麥可幾乎發出了呻吟。當她的手掌覆蓋在胸口上，以不安的動作摩擦著自己的肌膚時，他呻吟了。這簡直讓人慾火焚身，而她卻完全不自知。

「你這樣看著它們的時候，我會覺得有一種疼痛的感覺。」她低聲地對他說。

「我怎樣看？」他聲音刺耳地問，不確定她會不會說出來。

「就像你想——要……」

「舔它們？吸吮它們？」

她漲紅了臉，不過還是點了頭。

「過來。」

她爬向他，讓自己貼在他的身前，磨蹭著他的脖子，同時將雙手從他的襯衫下方偷偷探入他的身後，攫住了他的背。她硬挺的乳尖貼著他的胸口，麥可忍不住捧起她的乳頭，開始揉捏著那花瓣一般的肌膚。她急促的嘆息聲拂過他的喉嚨，他的皮膚隨即感到了一陣牙齒的摩擦。

「你身上的衣服比我還多，麥可。」

「那就幫我脫掉。」

她的眼睛發亮，笑意浮上了她的嘴唇。就像他預期的一樣，他的史黛拉真的喜歡幫他寬衣解帶的這個念頭。她將雙手在他的背心上輕刷了幾下，然後把背心自他的肩膀上脫下，小心翼翼地放到床頭櫃上——因為這是他的作品，她對它有一份尊重。如此簡單的一件事，卻讓他衝動地想要擁著她，永遠不讓她離開。

他的襯衫被褪去了，同樣地放在了床頭櫃上，當她的目光重新回到他身上時，她失去了專注。她貪婪地撫摸過他的手臂、胸口、腹部，隨著他的刺青游移著她的雙手。她低頭吻著那條巨龍的眼睛，舔舐著它。

「我喜歡你的刺青。」

「你不像是喜歡刺青的女孩。」

「因為那是你的刺青，麥可。」她簡短地回應。

他猛然抓住她的雙臂，讓她抵在他的身上，隨即拱起自己的腰身迎向她，好讓她知道她對他做了什麼。

她的頭往後垂落，她的身體瞬間癱軟。麥可很善於此道，然而，他卻從來沒有如此出色過。史黛拉彷彿是為他而造的，為了回應他而特別設計的。專屬於他。這個想法讓他湧起一股強烈的佔有慾。

當他撫摸著她，讓她的身體依附著他，佔據著她的嘴唇時，他的雙手也越來越粗暴。他們的吻是那麼地原始，牙齒和舌頭交纏在了一起，但她並未抗議。尤有甚者地，她以粗暴回應著他的粗暴，吻到她開始喘息。

在毫無預警之下，她搓揉著他的褲襠。一股愉悅彷彿熱浪般地席捲過他。他的胯下筆直地彈起，一道沙啞的呻吟從他的喉嚨爆發而出。他企圖要呼吸，但他的腹部肌肉卻在痙攣。

「我喜歡你這個部位，」她在低語中搓揉著他。「讓我知道要怎麼做才能讓你感到舒服。」

一股模糊的自我保護感告訴他要拒絕她，警告他不能讓她擁有會導致他墜落的武器，然而，一如既往地，他無法拒絕她。他解開長褲，拉下拉鏈，露出已然壯碩硬挺的男性象徵，在她的眼神流露出的赤裸渴望下，他幾乎就要失控了。

「像這樣。」他呻吟著引導她的手指包裹住他自己，教她他所喜歡的節奏，教她什麼樣的力道會讓他失去理性，這是他從來都不讓他的客戶知道的事。她們只在乎她們自己。

史黛拉不同於任何人。她全神貫注地在取悅他。這是因為她想要學習如何在別人身上運用這些技巧，還是因為她在乎他，而她從來都沒有這麼在乎過一個人？他知道答案是什麼。不過，他依然想要她。

他的雙手沿著她脊椎的曲線而下，勾住了她內褲的鬆緊帶，一把將她的褲子拉到了大腿。她的大腿已經濕透了，她所散發出的性愛氣息將他推到了自制力的邊緣。他差點就失控在了她的掌心裡。也許，她把取悅他當成了她性愛課程的一部分，然而，她也真的喜歡這麼做。如此明顯的證據是偽裝不來的。

他讓她平躺在床上，扯下了她的內褲，揉成一團，湊近鼻子，吸入著她的氣息。「我要把這個留著。」

「它不——它不——」

不等她把話說完，他岔開了她的大腿，讓她迷人的小貓展露在他的視線之下。濕潤腫脹的皺褶泛著一片深粉紅的色澤，正對著他敞開了雙臂。他的手指彷彿有了自己的意識，開始磨蹭著它們，探進了她的體內。

天啊，那樣的熱度，那樣的緊度。對他來說太完美了。他的全身霎時幻化成了一股巨大無比的慾望。

「史黛拉，你知道你那裡有多麼——」

「麥可，」她發出了哀鳴，不安地曲起雙腿。「不要說出來。」

他閉上了嘴。她嘴上說不要，但她的身體……她的胸口在短促的喘息中起伏，她的身體也緊緊夾住了他在她體內的手指。

「我想，你喜歡聽我說那些淫穢的字眼。」他低語著。

她慌張地搖著頭。「那些話聽起來太尷尬了。」

「你的小貓可不這麼想。你正在按摩我的手指，史黛拉。」

她更加緊縮地回應了他，同時拱起臀部抵住他的手，讓他的手指更進一步地深入。

「因為那是你—你的手指。我喜歡你摸我。」她閉上了雙眼，讓臉頰在床單上磨蹭。

他伸出空著的另一隻手，將她的陰蒂夾在手指之間，緩緩地搓揉。她本能地將手背壓在嘴上，縮緊了下身。不過，不像剛才那麼激烈了。

他的史黛拉喜歡聽淫穢的字眼。非常喜歡。

很好。麥可也喜歡說。

「我想是那些字眼，」他一邊說著，雙手一邊持續不斷地搓揉著她。「可惜你看不到自己現在的模樣。我的手指深深進入了你的小貓咪裡面，你已經讓我的手掌都濕透了。舒服嗎？」

她弓起背，緊緊抓住了床單，喊著他的名字。

她的乳頭吸引了他的目光，他想起了她的味道和觸感，不禁在自己嘴裡捲起了舌頭。「那些糖果般的乳頭發疼嗎？」

她點點頭，臀部衝撞著他，雙手撫摸過自己的小腹，滑上了她的胸口。她捏著自己的乳尖，喉嚨發出了沮喪的聲音。她的雙手隨之垂落在身體兩側。「只有你碰我的時候，我才覺得舒服。」

史黛拉的腦子和她的身體一樣需要受到誘惑，而她天才般的腦袋顯然真的很喜歡麥可。他只是她的練習男友，但是，她對他所做出的反應卻是她從來都沒有對任何人做過的。

為了讓他們彼此從折磨中獲得解脫，他將她挫敗的乳頭含入口中吸吮。「你是糖果做成的，史黛拉。好甜，好甜，太甜了。」

在他的說話聲中，她加速地衝撞著他的雙手。

「你這麼快就要高潮了嗎？我都還沒舔你的小貓咪呢。」

一道嗚咽聲從她的雙唇之間迸出，只見她的表情充滿了痛苦。她渾身緊繃到他以為已經結束了，然後，在一陣屏息之後，她的肌肉放鬆了。

「也許我應該試試其他的字眼。」他說著，嘴唇滑過她的小腹。

那些包覆著他手指的小肌肉在顫抖，他知道她已經很快來到頂峰了。她仰著頭，牙齒深深陷入了下唇，猛然地吸了一口氣。

他讓舌頭停歇在她的陰蒂上，然後問道：「這是你的……小豆豆嗎？」

「不是。」

「你的……小妹妹嗎？」

她把臉藏在床單裡笑了。「不是。」

「好美的陰道。」

她搖著頭，笑得更開懷了。

他再度舔舐她，帶著輕微的力道吸吮著她，她抵著他的嘴拱起了身。她依然飄浮在雲端的邊緣，那正是他想要的。

「我知道。」他吻著她的大腿內側。「那是你的……」每說出一個字，他就在她濕透的肌膚上落下一吻。「又濕、又燙、又甜美的馬鈴薯。」

她爆笑出聲，那道聲音流入了他的體內、圍繞著他，將快樂的餘燼煽成了熊熊的火焰。他愛她的笑聲。他愛她的笑容。他愛——

在這個想法結束之前，他阻斷了自己的思緒。現在不是思考的時候。而是感受的時候。他舔舐著她的陰蒂，她的笑聲頓時化為了一聲長長的呻吟。她的手指滲入他的頭髮裡，抓著他的臉龐，而他也任性地讓自己迷失在她的味道、她的氣息、她充滿挑逗的聲音，以及她在他舌頭上的感受裡。沒有什麼比這個更棒的了。

當她抓住他的肩膀，堅決地拉著他時，他困惑地抬起了頭。

「麥可，我想要它。我需要它。就是現在。求求你。」她在重重的喘息中對他說。

「它？」可惡，她不準備對他說出那些淫穢的字眼嗎？

她繼續試著要把他拉到自己身上。「我好想要你，麥可。」

太害羞了，畢竟，不過，她的話依然有力地擊中了他。他得要花點時間專注在呼吸上，才不會在爬出床上、把她翻過身、將她的臀部拉到床墊邊緣的時候，讓自己解放在了床單上。那是她需要的方式。對她來說，面對面太個人了，也許，當她和她下一個男人纏綿時，她可以——

他讓自己的手撫摸著她圓潤的雙臀，藉此跳脫出那個煩人的畫面。對她來說，他們不過是練習的關係，然而現在，此時此刻，卻是真實的。「我喜歡你的床，但是它太接近地面了。某件事還是在我的床做起來比較完美。」

她把臉埋進了被單裡。「現在，求求你。」

就在他摸向口袋的時候，他發現口袋裡是空的。他難以置信地呻吟了一聲。管他是藍色還是靛青色。紫羅蘭色。他的胯下已經因為忍耐而變成了紫羅蘭色。「我沒有保險套。」他是個伴遊，天哪，而他居然忘了要帶保險套。他太急著要見到史黛拉，以至於忘記確認他課前的檢查事項了。

「不要那樣作弄我，麥可。」她拱起雙臀，讓自己腫脹的小貓呈現在他眼前。天哪。

他想要進入她的體內，想到他已經開始發痛。

「不是作弄。我把盒子放在車上了。」

她帶著飽受折磨的眼神注視著他。

「我馬上回來。」

語畢，他調整著他脹痛硬挺的下身，拉上褲子的拉鏈，扣好鈕釦，衝出了他的公寓。

19

史黛拉崩潰在了麥可的床上。過去的三次性經驗，讓她相信自己並不適合性行為。在她的印象裡，那不僅混亂，有時候還伴隨著疼痛，而且讓她極度地不自在。然而此刻，她卻滿腦子都想著這件事。

她的身體因為強烈的渴望而刺痛，她渴望著被填滿，被擁抱，以及……聽到那些字眼。想起他剛才所說的話，她不禁笑了。別人也會在性愛的過程中笑出來嗎？

她一邊等待，手指一邊在床上輕輕地敲著，耐心向來都不是她的強項。她是個行動派。她不喜歡浪費時間。還有，她還沒有檢視完麥可的公寓。

她把雙腳放到地板上，拿起她的眼鏡，穿上他的襯衫，當襯衫的下襬垂落在她的膝蓋時，她下意識地笑了。那種非法式的縫線刺激著她的皮膚，不過，他的味道卻彌補了這股煩躁。此外，這件衣服在她身上也不會停留太久。

偷看他的衣櫥讓她感到了很大的滿足。是的，這讓她大為驚豔。他所有漂亮的西裝和襯衫，都按照顏色、布料的光澤度和條紋的粗細，完美地掛在衣架上。她用手指輕輕撫摸過他西裝外套的袖子，然後轉身打量著他的五斗櫃。她想要打開那些抽屜，看看他是怎麼收拾他的襪子的，不過，那似乎侵犯到他的隱私了。如果被他抓到她在窺探呢？他會以為她在搜尋什麼嗎？她真的在搜尋什麼嗎？也許是吧，不過並非什麼特定的東西。她只是想要多了解他而已。

她踱步走出他的臥室，經過他的電視——她已經看過了大部分的光碟片名字，也把《笑傲江湖》塞進了她的皮包裡——他健身長凳旁的架子上整齊地排放了一堆啞鈴，她用手指摸過冰冷的啞鈴表面，然後握起拳頭朝著沙袋打了一拳，結果卻痛到只能不停地揉著自己的手指關節。

她打開冰箱看了一眼，看出他是個經常下廚的人。冰箱裡裝滿貼著神秘標籤、新鮮的亞洲調料醬汁，還有各種史黛拉不知道要怎麼處理的健康食材。不過，冰箱裡倒是有幾罐她喜歡的優格。

當她漫步到他的餐桌前面欣賞著那盆植物時，那座金屬檔案櫃上的紙堆引起了她的注意。看起來像是帳單。

麥可有財務上的問題。

她瞄了前門一眼，不過前門依然緊緊關著。她豎起耳朵，傾聽著是否有他的腳步聲傳來。什麼都沒有。

她的心跳加速。她知道這違反了隱私。她不應該這麼做。

她打開了最上面的一張帳單，以她最快的速度閱讀。只是一張電費單。一個月不到一百元。

正當她準備把帳單折回去時，她留意到了上面的名字。麥可・拉森。

一股奇怪的痛楚刺穿了她的胸口。他對她的信任還不足以讓他告訴她他的真名。

她皺起了眉頭。如果她不知道他是誰的話，在他們的這一切結束之後，她就無法追蹤他。她把帳單放回原本的位置，然而，不管她感到了什麼樣的痛楚，她都無法不瞄向檔案櫃上的另一張帳單。那是一份來自帕羅奧圖醫學基金會的醫療帳單。不過，那上面的收件人並不是他。帳單上的名字是英・拉森太太。

史黛拉拎起帳單，看著上面條列的項目：電腦斷層掃描、磁振造影、X光、抽血、驗血等等。所有的費用加總起來出現了一個驚人的數字$12,556.89。

保險難道不應該要涵蓋這些嗎？

她把一隻不穩定的手放在額頭上。他母親生病卻沒有保險嗎？麥可在支付她的醫療費用嗎？他要怎麼付……

她的呼吸急促了起來，她抽筋的胃在往下沉。麥可並沒有毒癮，也沒有賭博的問題。

他只是真的很愛他母親。

淚水模糊了她的視線。她把帳單放回櫃子上，打結的喉嚨困難地嚥下一口口水。他和那麼多人上床，也和她上床，因為他母親病了。

她蜷縮在他的沙發上，用拳頭壓在自己的唇上。前門突然打開了。

麥可看了她一眼，火速衝到她身邊。

「發生了什麼事？」

她張開口，但是卻什麼也說不出來。

他滑坐到沙發上，將她擁入懷裡，吻著她的太陽穴，拭去她臉頰上的淚水，然後將手扶在她的背上。「怎麼了？」

她現在要怎麼做？她要怎麼解決這個問題？她不知道要如何治癒癌症。也許，她當年應該要去念醫學院的。

她用雙臂摟住他的脖子，吻了他。

他試著要退開。「你得要告訴我——」

她卻將他吻得更深。他稍微軟化了一點，彷彿迷幻般地回吻著她，不過卻立刻又退開。

「告訴我發生了什麼事，」他堅定地說。「你為什麼在哭？我又進行得太快了嗎？我做了什麼你還沒準備好的事嗎？」

她不知道要如何解釋自己的感受。一股情感讓她覺得胸口就要爆炸了。那麼地洶湧，那麼地激烈……她嚇壞了。

「我迷戀上你了，麥可。」她承認道。「我不要只是和你在一起一夜或者一週，或者一個月。我想要一直都和你在一起。我喜歡你勝過微積分，雖然，數學是唯一可以連結宇宙的東西。當你結束和我的練習之後，我會變成那個跟蹤你的瘋狂客戶，這樣，我就可以從遠處看著你。我會不停打電話給你，直到你被迫換電話號碼為止。我會買昂貴的車給你，任何我想得到的東西，我都會買給你，這樣，我就會覺得我和你還有連結。當我保證說我不會迷戀上你時，我說謊了。那是我的本性。我有——」

他用他的唇封住了她的嘴，那份迫切流竄過她的身體。他粗糙的手抓住了她，但是她並不在乎。她抓著他的褲子，直到將他釋放出來為止。她的吻從他的唇往下游移，最終將他含在了嘴裡。

她吸吮著他，舌頭笨拙地揉弄著他。她完全不知道自己在做什麼，但是他似乎並不介意。他扭動著身體，讓自己的臀衝撞著她的嘴。她捏著他的刺青，愛撫著他強而有力的大腿。隨著身體的緊繃和衝撞的速度，他沙啞的呻吟讓她知道他已經接近高潮了。這也讓她自己的慾望燃燒得更加熾烈，只能緊緊夾住已然濕成一片的大腿。

「我想要進到你體內。」說著，他企圖要將她從他的雙腿之間拉開。

然而，史黛拉不想停下來。她需要感覺到他佔據了她的嘴，她需要嚐到他終極的味道。她抗拒著他想要獲得自由的堅持，他不由自主地發出了呻吟。當她終於讓步，讓他從她口中退出時，他飢渴地吻著她，將她滾落在沙發上。他坐起身，將手探入口袋。胸口劇烈起伏地將錫箔撕開，然後把幫自己戴上了保險套。

他俯身在她身上，吻著她的嘴，她的下巴，她的脖子。硬實的肌肉刺在了她的激情點上。當他滑入她體內時，他們的眼神在無意中相遇，緊緊鎖住了彼此。一股恐慌竄起。那麼地原始，那麼地赤裸。她試著要看向別處，直到她發現自己看到的那份脆弱其實是他的脆弱。那雙深色的眼睛深深地凝視著她，他知道她看見了他自己。

他們的身體產生了基本的節奏。隨著臀部的起伏，佔有，迎合。他在她的身體上摸索，直到撫摸到她需要的地方。她渾身發燙地將他包裹得更緊。一聲聲的呻吟隨著她一次次的拱起腰身，不自主地從她的雙唇之間流瀉而出。在整個過程裡，他們相互凝視。他看到了一切，也聽到了一切。如果不是因為他的微笑，如果不是因為在他們十指緊扣之前，他為她撥開髮絲的那份溫柔，她一定會尷尬到無地自容。被愛的感覺是那麼地難以置信，這股感覺淹沒了史黛拉。

想要獲得解放的感覺佔據了她。一陣陣的痙攣讓她無法動彈，無法開口，也無法思考。他的手將她握得更緊了。他的動作也加速了起來。在最後一次的推進下，他和她一起雙雙地粉碎了。

世界停止了。

四周是那麼地安靜，只有他們依然在衝撞著的心跳聲。

他低聲呼喚著她的名字，溫柔地輕吻她，然後退出了她的身體，將她抱到他的臥室。他把她安放在床上，將被單拉到她的下巴。然後消失在了浴室裡，只聽到浴室裡傳出了一陣水流聲。在她開始想念他之前，他回到了臥室，爬上床，讓他們可以面對著彼此。

他的手指滑過她的臉頰，捏了捏她的下巴。

「我的史黛拉想要留下來還是回家？」

她感覺到自己的唇邊泛起笑意。他是從什麼時候開始這樣叫她的？我的史黛拉。他知道沒有什麼比屬於他更讓她想要的了？她想要問他那是什麼意思，不過卻害怕他會因此而不再這麼叫她。

「我可以在這裡過夜嗎？」在他的公寓裡，在他的床上，在這個不允許客戶踏入的地方？她對他產生影響了嗎？也許還有希望。也許，他真的可能屬於她。

「如果你想要的話。不過，你的東西都不在這裡。你得用我的牙刷，而且你也沒有睡衣。你可能得裸睡了。」他暗示地挑起眉毛。

那些事情確實讓她感到困擾。她可能會睡得很糟，然後明天一整天都會沒有精神。但是，和他在一起就值回票價了。她還會在他的公寓裡做上她的記號，就像野生動物那樣——也許，就連那些好鬥的蜜獾都會這樣。

「我想要留下來。」

他的微笑讓她的這個決定更加值得了。

20

在接下來的一週裡，麥可逐漸熟悉了史黛拉的節奏。

在床上的時候，每當他把節奏放緩，並且在她耳畔低聲說些淫穢的字眼時，她總是會出現最棒的反應，如果他想要再激烈一點時——不管什麼方式——她也會勇敢嘗試，並且渴望取悅他。他不可能找到更好的情人了。他很清楚這個狀況的諷刺性。

下了床之後，她又精神奕奕地回到了她的例行生活。她每天在同樣的時間起床，沖去他們晨間性愛所留下的痕跡——他喜歡用正確的方式開啟新的一天——早餐吃優格，在辦公室待到六點下班。她晚上的時間屬於麥可。當他們不像荷爾蒙旺盛的青少年般親熱時，他們就會把時間花在享受晚餐、閒聊漫談，以及兩人的無聲世界，這種安靜是麥可從來沒有和一個真正的女友一起體驗過的。

週六晚上，在結束一趟舊金山博物館的巡禮以及對館藏藝術品天馬行空的評論之後，他們一起在床上看了一集《笑傲江湖》。其實，她確實在看電視。而他則在看她，用手指輕輕地梳著她的頭髮。

她把頭靠在他的肩膀上，目光盯在她臥室牆上那面巨大的螢幕上。她不止一次地隨著劇情屏息或渾身緊繃，赤裸的雙腿也時不時在她身上那件過大的白色T恤下更換著姿勢——那是他在他們共度的第一個夜晚所穿的衣服。

他不知道要怎麼形容看到自己的衣服穿在她身上、知道她每天都穿著那件衣服睡覺的感覺，不過，那種感覺很好。近來，他一直有這樣的感覺——基本上，每當史黛拉笑的時候，當她要求他吻她的時候，或者只是越過房間向他靠近的時候，他都有這樣的感覺，不過，即便當他們不在一起的時候，他也同樣有這樣的感覺。他一整個星期都處於一種亢奮的喜悅中，甚至因為不斷地想起她而無來由地發笑。

毫無疑問。

麥可愚蠢地墜入了愛河。

他知道這只是暫時的，他知道這不是真的。也知道這不可能有好的結果，然而，他已經做出任何伴遊都不應該做的事。他愛上了他的客戶。

「所以，她救了他一命，但是，她現在卻躲在那道簾子後面，假裝是個老奶奶。他終將會看到她的臉嗎？」史黛拉的問題讓他把注意力放回了螢幕上。「她就是他愛上的那個人嗎？」

「你真的要我告訴你嗎？」

她足足想了幾秒才點頭。「是的。告訴我吧。」

他笑著把她拉近，然後親吻了她的鬢邊。她是如此認真，卻又如此古怪。他喜歡這樣的她。「很不幸，你得要繼續往下看，自己去發現。」他情不自禁地吻著她的下巴，輕咬她的耳朵。天啊，有她在身邊的感覺真好。他注定要愛她。

她交叉著雙臂。「她為什麼不讓他看到她呢？她很顯然喜歡他。」

「因為她知道他們不可能在一起。」

「為什麼不可能？」

「她父親是壞人。」這讓麥可想起了自己和他那個混蛋父親，也讓他內心被搗成了碎片。

「可是，她又不壞。」她頑固地說。「他們可以一起面對啊。」

他什麼也沒說。電影裡的女主角不是個壞人，但是，麥可不確定自己是不是。他試著想當個好人，但是，當情況惡化、當他覺得自己被生活掐住的時候，他的腦子裡就會萌生出可怕而充滿誘惑的念頭。包括捷徑、能夠獲得自由的輕鬆方法、機靈狡猾的事。他了解人心。他可以很輕易地就佔人便宜。幾乎沒有什麼力量可以阻止他不那麼做，除了搖搖欲墜的道德良知和不要踏上他父親後塵的強烈想法之外。

如果他是一個好一點的人，他就會把他的過去告訴史黛拉，讓她採取必要的防範措施，讓她離開。然而，他無法讓自己結束這一切。他想要得到更多的她，而不是更少。而他們的關係也對她有所幫助。他可以看得出來。日復一日地，她的自信增加了，她的臉上也洋溢著笑容，她笑得很開心，甚至還會開玩笑了。很快地，她就會決定她已經準備好要往前邁進了。

在那之前，麥可決定要享受和她在一起的每一分鐘。他撫摸著她敏感的脖子，一隻手掃過她絲綢般光滑的大腿，探進了他的T恤底下。隨著身體的一陣繃緊，他發出了呻吟。

「沒穿內褲？你是在暗示我什麼嗎，史黛拉？」他在她耳邊低語，他喜歡看她在顫抖中為他敞開雙腿。她從來沒有拒絕過他，她對他的渴求一如他對她一樣。

「你總是把它們亂丟，我要花好久的時間才能找回來。所以，我覺得我不如——」他按摩著她的私密處，讓她頓時倒吸了一口氣，頭也往後靠在了他的肩膀上。

「看電視。你可能會錯過劇情。」天啊，她已經濕了。當他撫摩著那些柔軟的皺褶時，一股熱流潤濕了他的指尖，他的胯下緊緊抵住了牛仔褲，彷彿他上次的性愛已經是好幾週以前的事，而非幾個小時以前。他又想要她了，那份親密，那份連結，那份無可置信、讓人思緒盡空的快感。再怎麼多都不夠。

她試著要聽話——就像她向來那樣——然而，要不了多久，她就放棄了，轉而將他拉向自己，狂野地吻他，一個又一個的吻……

他再度留意到電視的時候，螢幕上已經回到了主選單的畫面。整張光碟在他們忙著其他事情的時候已經自動播完了。在洗過澡、把電視關掉和熄燈之後，他爬上床。他將史黛拉拉到胸口時，她喃喃自語了幾聲，然後帶著睡意地在他的喉嚨上印下一吻。

帶著混合了佔有和溫柔的情緒，他撥開她臉上的髮絲，指尖滑過月光下她絲滑的肩膀。

他的史黛拉。

目前還是。

直到她決定她的練習已經足夠為止。或者直到她發現他父親的事為止。

當史黛拉在隔週週間某一天下班回家時，迎接她的是空無一人的屋子。麥可發過簡訊給她，說他會晚點到家，因此，她已經預期到家裡會空無一人。她所沒有預期到的是這股巨大的悲傷，這股冷清的孤單感。

他們展開這種練習的關係才一週半的時間而已，但她卻已經習慣了他的存在。麥可現在已經變成了她例行公事的一部分，變成她生活的一部分，他不在身邊讓她渾身都感到了不安。當事情結束的時候，她會只剩下這份空虛。

如果事情結束的話。

如果她無法成功誘惑到他的話。她原本的課程計畫什麼也不會留下。一絲一毫都不會。她檢查過了。是時候投入全力勾引的模式了。

但願麥可也能教她那要怎麼做，因為，她完全不知道自己應該要怎麼做到全力誘惑。她從谷歌的搜索上，只得到了矛盾的建議，幾乎沒有什麼資訊適用於她這種已然進入單一性伴侶的關係狀態。一篇特別令人反感的文章居然還建議女人要把所有的時間集中在改善自己的外貌上，並且降低自己的標準。

史黛拉的標準鎖定在了十一，如果評分表上的分數是從一到十的話。只有麥可才符合她的標準。至於她的外貌，她沒有辦法讓自己改戴隱形眼鏡或者化妝，除非遇到特殊的情況。如果他在床上的貪求無厭說明了什麼的話，那就是麥可並不介意她現在的模樣。

當她想起那天早上他所做的事時，她體內的肌肉不禁緊繃了起來——他吻她的方式，愛撫她的方式，還有他對她說的那些話。她的手撫過胸口，下滑到大腿，希望他此刻就能撫摸她。不過，就算他再也不和她上床，她也依然想要他。走出臥室的麥可和床上的麥可一樣地吸引她，如果沒有更加吸引她的話。他讓她笑，即便當她並沒有說什麼特別有趣的話題時，他也依然在傾聽。他在她身邊很自在，而那也讓她感到和他在一起很舒服。有時候，她會說服自己她的那些標籤並沒有關係。如果他知道了的話，他也不會在乎。

也許。

出於習慣，她走向她的鋼琴。她在鋼琴椅上坐下，掀開鍵盤蓋，琴鍵在指尖下冰涼滑順的觸感立刻就讓她冷靜了下來。多年以來，音樂一直都是她應對情緒的主要方法——好的情緒、壞的情緒，以及在好與壞之間的情緒。飽滿的和弦從琴弦流瀉而出，指尖的記憶帶領著她，讓她投入在音樂裡，此刻，她所有的感覺都注入了指尖。當音樂結束時，她讓自己的手停留在琴鍵上，聽著音符的回音在空氣中逐漸散去。

「我知道你會彈琴，不過不知道你可以彈成這樣。」麥可的聲音從她背後響起。

她回頭看著他，臉龐忍不住浮上笑意。「你回來了。」

他的笑容帶著倦意，不過，卻擴散到了他的眼裡。轉眼之間，所有的感覺又對了。剛才的那份冰冷消失了。遺失的碎片又回到了原本的位置。

「那是什麼曲子？我覺得以前好像聽過。」他說。

「德布西的〈月光曲〉。那是我最喜愛的曲子。」

他把手放在她的肩膀上，一個輕吻刷在了她的頸背上。「很美，不過很悲傷。你知道有什麼比較快樂的曲子嗎？」

悲傷。她的嘴唇動了一下，但感覺上那並非微笑。在她彈奏的眾多曲目中，那是很普遍的主題。「那……也許這首。」

她咬著嘴唇，開始彈奏著熟悉的旋律，不知道這首是否符合他所謂的快樂。令她驚訝的是，他竟然在她的旁邊坐了下來，然後說：「我以為〈真心真意〉是雙重奏。」

她聳聳肩。「我只彈過獨奏。」

他抓住她的右手，放在他的腿上。然後嘴角泛起笑意地朝著琴鍵點了點頭。

「你會彈琴？」她問。

「一點點，不過我知道這首曲子。」

她屏住了呼吸。她的手指斷斷續續地彈出了一開始的幾個音符，不過，她很快就恢復了流暢的指法。這首曲子低音的部分只是單純的重複，只需要規律的重複就好，那是她的第二本能。當麥可在她的伴奏下完美流暢地彈出旋律時，一股震驚的溫暖沖上了她的背脊，讓她全身都籠罩在一股愉悅之中。除了她的鋼琴老師之外，她從來沒有和任何人聯彈過二重奏，而就算和她的老師一起，那也只是技術上的練習，毫不特別。

「你彈得很好。」她一邊彈奏，一邊讚賞地看向他。

他的笑意更深了，不過，他的注意力依然在他的手指上。「我們家六個小孩都在搶鋼琴，所以，我們得學會一起彈。還有，我們沒有人能弄懂要如何單手彈你的那個部分。你真的很棒。」

「多練習就會了。」還有不得不彈琴的需求。

他們的手並排在琴鍵上的畫面讓史黛拉看得入迷。那份對比是如此地明顯又賞心悅目：大和小，黑和白，陽剛和陰柔。它們是如此地不同，但彈奏出的節奏卻是如此地完美。他們在彈奏音樂。他們一起。

樂曲結束了，她讓手指從琴鍵上滑下，避開了眼神。那股赤裸的感覺又回來了。

他吻著她的脖子，手指撫過她的下巴，然後溫柔地讓她迎向他的目光。她以為他會開口，但是他沒有。他只是對她笑了笑。

她想要問他喜不喜歡和她在一起，喜不喜歡這樣，但是，她鼓不起勇氣。萬一他說不喜歡呢？

「你餓了嗎？我們吃飯吧。」在他說話的同時，那個瞬間消失了。

以後再問吧。等到她有機會好好地勾引他之後再問吧。

21

一星期之後，史黛拉仍然不知道自己在勾引麥可這件事上做到了什麼。他似乎很快樂——她知道她自己很快樂——但是，他們的第一個月即將就要結束了，而她並沒有信心他會再和她續約。

那天晚上，他母親再度邀請她去晚餐。史黛拉絞盡腦汁地想要找出有什麼聰明的方法，可以讓她向麥可的家人尋求關於他的建議。如果有什麼人了解他的話，那一定就是他的家人了。然而，她要怎麼問，才不會讓他們對她和麥可的關係生疑？他們以為她和麥可的交往是真的。

史黛拉按照他之前的指示，讓自己進到了他母親家裡，然後把她的鞋子靠牆放在麥可的鞋子旁邊。她的黑色高跟鞋在他的平底皮鞋旁看起來十分迷你，不過，她很喜歡看到它們並排放在一起。那讓她感到了最基本的滿足。

她把一盒梨子放在門口那張桌上的佛像旁邊，右手邊的客廳傳來一陣咕噥聲和重重的呼吸聲，吸引了她的注意。她慢慢地走過去，注視著鋼琴邊的地毯上那具手腳彷彿椒鹽脆餅般糾纏在一起的身影。那似乎是麥可和另一個女孩。若非這個姿勢看起來實在太不舒服的話，史黛拉一定會感到嫉妒的。

「你就放棄認輸吧。」麥可堅持道。

「不，我用了十字固定法。你之所以掙脫得了，是因為你濫用了類固醇。」

「我才沒有用類固醇，你可以用得上十字固，是因為我不想撞爛你的胸部。」

「我下次就會針對你的蛋蛋。」

史黛拉仔細一看，發現他們兩人的手臂都鎖住了對方的喉嚨。宛如生死之鬥中的蟒蛇一樣，誰也不願意放開對方。

「要不要當作平手？」史黛拉提議道。

「嗨，史黛拉，」一個輕快的聲音響起。他妹妹的臉被一頭黑髮遮住，讓史黛拉無法分辨這是哪一個妹妹。他有太多妹妹了。「你女朋友來了，麥可。放棄吧。」

「晚餐十分鐘後就好了。」麥可漲紅的臉很令人擔心，不過，在史黛拉看來，那完全是自作自受。「我馬上就來。」

「除非你認輸，否則你走不掉的。我才是老大。」他妹妹說著，縮緊了繞在他脖子上的手臂。

「你是個小屁孩。」

語畢，兩人滾到了地毯上，四隻腳不停地在空中亂踢。

「那我去和你媽媽及姥姥打招呼了。」史黛拉對他說道。雖然她很希望當她去和她們打招呼時，麥可可以陪在她身邊，不過，他和他妹妹之間的事，看起來似乎不是一時半刻結束得了的。

他們兩人都沒有回應她。他們可能沒有辦法把氧氣用來說話。

她穿過屋內，其實，這算是一間相當大的房子——從屋外完全看不出來。他母親和姥姥坐在起居室裡，一邊說著聽起來宛如唱歌的越南語，一邊把一瓣瓣的葡萄柚果肉剝下來。被調成無聲的電視螢幕上有兩個扮成猴子和豬的人正在說話。

「嗨……ㄨㄟ？」她笨拙地行了個禮。她的舌頭就是無法捲起來，正確地唸出姥姥的越南語發音。

麥可的姥姥笑了笑，招手示意她坐到那張空著的老舊皮沙發上。一如往常地，她的頭上包裹了一條圍巾，圍巾的兩端在下巴綁成了一個結。可愛的老奶奶。她最近是否不再碰那支園藝剪刀了？

她對他母親點了點頭，說道：「嗨，Mẹ。」然後在他姥姥指定的那個位置上坐了下來，同時感到自己的胃在打結、肌肉緊繃。即便她至今已經見過他母親很多次了，但是，在他母親身邊依然讓她感到無比的緊張。史黛拉在說出每一個字、做出每一個舉動之前，都需要好好地衡量和考慮。她不想再把事情搞砸。這是麥可的母親——由於他並沒有一個真的女朋友，他母親就是他生命中最重要的女人。她原本想要針對麥可的事向她們尋求建議，然而，這個想法在她此刻的焦慮下全部都蒸發了。

他母親遞給她一碗完美的、去皮的黃綠色葡萄柚果肉。史黛拉從來沒有看過剝成這樣的葡萄柚，懷著一股好奇和害怕得罪他母親的心理，她拿起一片果肉。才咬了一口，一股甜味就在她口中爆開，完全嚐不到印象中果皮的苦味。

她驚訝地掩住嘴巴。「真好吃。」

「多吃點。」他母親笑著把碗放在史黛拉的腿上。她今天穿了一件條紋的粉紅色扣領襯衫和一件印花牛仔褲。她的眼鏡以一種奇怪的角度架在頭頂上。「如果你想的話，可以拿點鹽。艾維喜歡蘸著鹽吃。」

「不用了，謝謝你。」史黛拉又吃了一片，然後又一片，這才停了下來。要把它們剝成這樣看起來似乎要花不少功夫。她明顯地意識到室內那股不自然的沉默，為了讓自己的手不閒著，她拿起半顆葡萄柚，試著要模仿他母親的技巧。

他母親看著她剝葡萄柚，然後微微地點點頭。「麥可今晚要煮越南番茄蟹肉湯粉。那很好吃。他煮給你吃過嗎？」

史黛拉搖搖頭，目光注視著葡萄柚。「沒有，他沒有煮過。」他母親知道麥可在她家過夜嗎？她不同意嗎？

「媽咪，番茄蟹肉湯粉什麼時候會好？」珍妮走進起居室，停下腳步，然後對她笑笑。「嗨，史黛拉。」

史黛拉也回以一笑。「嗨。麥可說還要十分鐘。」

珍妮一屁股坐進一張磨損的扶手椅，然後把穿著牛仔褲的一條腿蹺在扶手上。「我餓死了，中午我只吃了一點餅乾。我從早上十點就一直在寫功課。」

當他母親瞪著女兒的時候，史黛拉默默地把那碗剝好皮的葡萄柚遞給了珍妮。「你越來越蒼白了。」他母親說完轉向史黛拉問道，「你可以看到她有多麼蒼白嗎？」

珍妮拿走那個碗，一片又一片地把葡萄柚塞進嘴裡。史黛拉看得目瞪口呆。她知道剝這些葡萄柚要花多少時間嗎？

「也許有點蒼白？」史黛拉說。

他母親開始用越南語對著姥姥講話，姥姥隨即不認同地看向珍妮。史黛拉聽不懂她說了些什麼，不過，那聽起來有著不好的預感。

「謝謝你扯我後腿，Chị Hai❸。」珍妮眨眼露出一絲壞笑，那幾乎就是麥可的招牌表情，史黛拉看得胸口都融化了。

「Chị Hai是什麼意思？」

他母親帶著一絲笑意，專注地剝著手裡的葡萄柚。

珍妮把最後一片果肉塞進嘴裡。「那是二姊的意思。麥可是我的Anh Hai❹，也就是二哥的意思。我是排行最底下的老六，因為我的運氣不好，是第五個出生的。對了，我們不是從一開始算起的。我想，一是保留給父母還是什麼的吧。那是越南南部家庭傳統的排行方式。你的排行也會和他一樣，因為你算是他的人。」

史黛拉的唇邊泛起一絲傻笑，她的心臟笨拙地翻起了後空翻。她很喜歡這個想法：和麥可的排行一樣。這讓他們變成了一對。就像他們放在前面的鞋子，就像他們在鋼琴上的手。

珍妮笑著用越南語對她媽媽和姥姥說著些什麼。她們雙雙看著史黛拉，然後笑著表達她們的認同。

「麥可這個月真的很快樂，」珍妮說。「那種害羞的快樂。我們都認為那是因為你。」

她屏住了呼吸。「他真的快樂嗎？」

❸ Chị Hai，越南語讀音ㄑㄧˋ ㄏㄞˊ，二姊的意思。

❹ Nah Hai，越南語讀音ㄣˇ ㄏㄞˊ。

「是啊。他快樂的時候就很惹人厭。」

史黛拉咬著嘴唇忍住笑意。她胸口沸騰的情感讓她覺得自己的胸口就要裂開，噴射出燦爛的光芒和彩虹。「他從來都不討人厭。」

珍妮聞言嗤之以鼻。「我敢打賭，他沒有讓你聞過他的臭襪子。」

她憋住了笑。

「你們在幹嘛？」麥可的聲音從走廊上傳來。

他的頭髮亂七八糟地翹了起來，那張臉因為和他妹妹打架而依然漲紅。他穿了一件發皺的白色扣領襯衫，搭配著一件褪色的牛仔褲。他帥呆了。

「我正在告訴她那些襪子的事，豬頭。」珍妮帶著一抹邪惡的笑容說道。

他母親瞇起眼睛瞪了她一眼，珍妮立刻就縮進了椅子裡。

「我是說，Anh Hai。」她咕噥了一聲。

「那就對了。要尊敬我。」他的笑容帶著優越、自大和……討人厭的感覺。那讓史黛拉很喜歡。「來吧，晚餐準備好了。」

他母親在廚房裡把米線盛裝在大碗裡，再淋上湯汁。珍妮把第一碗拿到姥姥坐著的那張桌子，只見姥姥正在用一把剪刀把所有的東西都剪碎，然後再擠進青檸汁。

麥可把她拉到一邊。「嗨。」他的目光在她身上打量，隨即將手滑到她的背上，一把將她拉近。「我喜歡你穿這件洋裝的樣子。縫線會讓你覺得不舒服嗎？」

「不會，縫線沒有問題。問題在前面。」

「什麼問題？要我調整嗎？」說著，他解開她的黑色開襟衫，皺眉地檢查裡面那件緊身萊卡的剪裁。「我看不出什麼明顯的問題。」

「你可以縫一個——一個……」她瞄了一眼他坐在桌邊的家人，然後降低了她的音量。「你可以在裡面縫個胸罩嗎？」

一絲頑皮的笑容在他的嘴邊蕩漾開來，他拉開她的開襟衫，注視著她衣服上的激凸點。「我可以，不過我不會那麼做的。」

他拉她走進餐廳，讓她靠在牆上。當他把手掌壓在她的胸上，擰著她的乳頭時，她倒抽了一口氣，身體瞬間軟化了。

「你知道嗎，這件衣服看起來非常時尚。」語畢，他俯身讓嘴唇輕刷過她的鬢邊、她的臉頰，最後落在她的嘴上——只是輕輕刷過一吻，卻讓史黛拉燃起了渴望。「你知道我對時尚的感受。」

她的手指偷偷伸進了他的襯衫底下，撫摸著他結實的腹部。「這樣太不雅了。」

他再度親吻她，一個又深又緩的吻，然後才退開說道：「反正，你一定會罩上開襟衫，不然就太冷了。胸罩免談。」他再度以那種會讓她四肢發軟的方式搓揉著她的乳頭。「看看你因為我而雙腿發軟的模樣。太性感了，史黛拉。」

他捕捉住她的嘴唇，將舌頭探進了她的口中。他突然將她拉近，讓她的髖部緊貼在他硬挺的下身，一股熱氣彷彿射出去的箭，穿過她的身體，讓她的腳趾無助地捲曲了起來。她不應該又想要他了。畢竟，他們今天早上才經歷過一場特別驚心動魄的纏綿，讓她上班差點就遲到了。

她頭皮上的緊繃放鬆了，她的頭髮瞬間垂落。他的手在她的洋裝下游移，緊緊攫住了她的大腿內側。

「呃，去找間房間吧。」他的一個妹妹踩著重重的腳步經過他們身邊。

麥可雙眼堆滿笑意、滿臉通紅地退開。「你沒贏所以就生氣了。」

「你這個豬頭。」馬蒂回嘴說道。

等他妹妹消失在廚房裡時，麥可用手撫摸著史黛拉的頭髮。「你還好嗎？被抓到讓你很尷尬嗎？」

她搖搖頭。只要和他在一起，她一點也不在乎是否被抓到。

他把雙手壓在她身後的牆壁上，讓自己的身體貼著她，他們是那麼地貼合彼此，他的陽剛對應著她的細柔，她的曲線填滿了他的凹壑。「性感的史黛拉。」

他們的唇再度相遇，又一個讓人屏息的吻。

「噢，天啊，去開間房吧。」

蘇菲唐突的聲音讓史黛拉跳了起來，麥可在大笑聲中退開。蘇菲看也沒有看他們一眼地逕自走進了廚房。

「我們去吃飯吧。」他抓起史黛拉的手，帶她走向廚房桌邊還空著的兩個位子。

當所有人都朝他們投來會心的眼神時，她羞紅了臉，急忙低頭看著自己的碗。切片的番茄和綠色的香草浮在橘色的湯汁上，濃厚的湯汁上還鋪著看似炒蛋的東西。

「你應該常常把頭髮放下來，史黛拉，」蘇菲對她說。「雖然吃東西的時候可能會想要綁起來。因為頭髮會弄髒。」說著，把一罐棕色的不知名物體遞給她。「要嗎？」

史黛拉伸出手。「這是什麼——」

麥可把罐子搶了過來，放在桌上。「蘇菲，如果她聞到的話，可能會暈倒。她的鼻子超級敏感。」

蘇菲聳聳肩。「很臭，不過很好吃。」

罐子上的標籤寫的幾乎都是中文，不過，最下面有幾個英文字精緻蝦醬。

「我喜歡蝦子。」史黛拉說。

麥可立刻把罐子推到桌子的另一頭。「不是這種蝦子。連我都沒辦法吃這種東西。」

「讓她試試，麥可。」蘇菲說道。

當史黛拉的目光落在珍妮和馬蒂身上時，她們兩人都帶著同樣驚恐的表情在搖頭。

他母親發出一聲不耐煩的嘆息，把罐子放在了史黛拉面前。「這是越南蝦醬。吃番茄蟹肉湯粉的正確方式就是搭配蝦醬。」

史黛拉握住罐子。帶著一種白雪公主接受蘋果的感覺，把罐子湊近自己的鼻子。她嗅了一下，淚水立刻就湧了上來。那是一股強烈的魚蝦味。然而，在她聞第二次、第三次的時候，那個味道似乎不再那麼強烈了。「只要把它加在湯裡就好？」

他母親用湯匙舀了一團放在史黛拉的碗裡。「就像這樣。還有青檸和辣椒醬。」她又在碗裡擠了青檸汁，再加了一湯匙看起來很辣的紅色醬汁。

在她拿起自己的筷子和湯匙時，麥可只是帶著抱歉的眼神看著她。她把所有的東西都拌在一起，用筷子捲起米線，放在她盛著湯汁的湯匙裡，就像蘇菲剛才那樣。然後送進了嘴裡。味道……很好。鹹鹹的，有點甜，有點刺鼻。她笑著又舀了一湯匙的湯汁。「我喜歡。」

「好吃吧，對不對？」蘇菲問。「擊掌。」

史黛拉和麥可的妹妹擊掌了，雖然這麼想有點好笑，不過，這似乎彌補了她拒絕吃沾上雙酚A食物的那場災難。他母親露出了微笑，姥姥也發出了嗯嗯的聲音，珍妮和馬蒂則在互相低語說著什麼。

「她們不願意試。」他母親指著兩個最小的女兒說。

「聞起來像死屍的味道。」珍妮說著。

馬蒂斷然地點頭附和。「屍體的味道。」

他母親爆出一串嚴厲的越南話斥責她們，讓兩個女孩都畏縮了。

麥可的手在桌子底下捏了捏她的腿。他靠近她，在她耳邊小聲地說：「你真的喜歡嗎？你不需要吃的。我可以幫你做其他的東西吃。」

「我真的喜歡。」不過，就算她討厭的話，她也還是會吃的。他母親看起來彷彿受到了平反般地驕傲。而且這也沒有毒。至少，就她所知並沒有。

他的雙唇再次輕刷過她的嘴，然後才咳了一聲地笑道：「我可以在你身上聞到那個味道。」

她又塞了一口在嘴裡，一邊瞪視著他，一邊將臉上的髮絲撥開。

「來吧，讓我幫你把頭髮綁起來。」說著，他從手腕上拉下她的橡皮筋，一把抓起她臉上的頭髮，綁成了一束馬尾。

「謝謝。」

他笑著捏了捏她的下巴。從他的眼神看來，她知道，如果他的家人沒有在看他們的話，他一定就要吻她了——而且，她聞起來也沒有精緻蝦醬和死屍的味道。

「真噁心，不要再用你的眼神扒掉她的衣服了。」蘇菲說道。

「真的。」馬蒂也補充地說。

「你從什麼時候開始會隨時幫她準備好橡皮筋了？你偷了太多橡皮筋嗎？」

史黛拉若有所思地低頭嚐著她碗裡的湯頭。

麥可只是聳聳肩，咧嘴笑了笑。隨即把手臂繞過她的肩膀，在她的鬢邊印下一吻。

晚餐在他妹妹的爭吵和戲謔聲中模糊地度過了。他母親偶爾會插嘴調解，有時則對她們投以嚴厲的眼光，不過，史黛拉有一種感覺，覺得他母親對眼前的一切感到很滿足。等到大家都把各自的湯喝完，也讓剝好皮的葡萄柚填飽肚子時，他母親下令珍妮和馬蒂將桌子清理乾淨，也把碗都洗乾淨。

麥可拉起她的手，準備要帶她回家，不過，他母親卻招手示意他們到起居室去。

「史黛拉，我有東西要給你看。」

麥可呻吟了一聲。「Mẹ，不要，今天就不用了吧。」

「什麼東西？」史黛拉忍不住好奇。

「下次吧？」麥可問道。

「他真的很可愛。」媽媽說。

「嬰兒照嗎？」史黛拉高興地手舞足蹈。「麥可，我要看。」

他不情願地被她拖著，跟在他母親身後走進了起居室。他母親遞給史黛拉一本厚厚的相簿，然後，母子倆各自在她兩邊的空位上坐了下來。

她的手指撫過相簿天鵝絨的封面。她母親也把她的照片保留在了一本像這樣的相簿裡。這是那種厚厚的頁面上會有一層薄薄的塑膠膜可以掀開的老式相簿。第一頁是一張畫面粗糙的超音波輸出圖像，以及一張滿臉皺紋、看起來活像一千歲人瑞的嬰兒照。不過，隨著一頁頁翻過去，他很快地就變得可愛了起來。

相簿裡有一些姥姥抱著他的照片，他學走路以及試著要拿起一顆西瓜的照片。在一張照片裡，正在學步的嬰兒肥麥可身穿一件小西裝——那是他的第一件西裝嗎——坐在一對年輕的夫婦之間。那是他年輕又漂亮的母親，她身上穿了一件白色傳統的越南服裝，前面繡著粉紅色的花朵。那個男人應該就是他的父親。高大、金髮，還有麥可那抹歪著嘴的笑容。

「你好漂亮，Mẹ。」史黛拉的手指滑過照片裡那件滑順的衣服。「我喜歡這件衣服。」

「我還留著那件奥黛。如果你要的話，今晚就可以帶回去。」

「我真的可以要嗎？」

「我已經穿不下了。而且，麥可的妹妹們對這種越南傳統服裝也不感興趣。她們只會搶著要珠寶，不過，珠寶早就沒了。」他母親的聲音有點壓抑，眼神停留在那個金髮男子的臉上。「這是麥可的爸爸。很英俊，啊？」

麥可不發一語地把那頁翻過去。

他的嬰兒肥慢慢地被修長的四肢和男性美所取代。照片裡的他總是帶著笑容，開心地充滿了生命力。還有不少他和他的妹妹們被一堆純越南血統的表兄妹簇擁著的照片。他白皙的皮膚和非亞洲的臉孔在他們之中看起來格格不入，就像他站在他那些同學旁邊那樣地違和。在所有地方都不融入是一種什麼樣的感覺？

也許，那和她自己的成長經驗並沒有太大的不同。

還有其他的照片，包括青少年時期的麥可，一臉專注地和他父親下棋的模樣，以及他在科學實驗中皺眉的表情，甚至還有穿著全套劍道裝備、儼然一副小壞蛋模樣的照片，而那套制服的前襟還印著他的姓氏：拉森。

當他很快地把那一頁翻過去，帶著一臉警覺的看了她一眼時，她只是面無表情地假裝沒有看到那幾個字。她不擅長說謊，不過，她知道如何偽裝，讓自己看起來沒事。打從她小時候開始，她就一直在人群中做著這樣的事。

她討厭自己也得這麼對他。

對他來說，她不知道他姓什麼有這麼重要嗎？他認為她會把這個資訊用在哪裡嗎？一想到他對她的不信任，這個傍晚帶給她的那份溫暖的光芒瞬間變得黯然。她希望自己可以讓他屬於她，這是不是太傻了？

當她的注意力從這些思緒中回到照片上時，相簿已經翻到了最後幾頁。眼前的照片是幾乎已經長大成人的麥可，那份俊美讓她忍不住嘆息。他就站在他笑容滿面的父親旁邊，手裡捧著棋賽的獎盃、劍道的獎盃，以及科學展覽的獎盃。

「好多獎盃啊。」她說。

「我贏的時候，我爸爸會很高興，所以，我真的很努力在贏得那些比賽。」

「麥可在高中畢業典禮上是畢業生的致詞代表。」他母親帶著無限關愛的眼神看著麥可。

史黛拉笑了笑。「我就知道你很聰明。」

「努力就可以得到那些。我知道要如何考出好成績。你比我聰明多了，史黛拉。」

她看著他不帶表情的臉，不明白他為什麼如此看低自己。「我不是畢業生致詞代表。我只有在數學和科學上表現得好而已。」

「我爸爸寧可我如此。」

麥可說著，把相簿翻到最後一頁。

在那一頁裡，他從舊金山時裝設計學院畢業了。他的肩膀筆直，神情堅毅。他父母也都在照片裡，他母親的驕傲和快樂顯而易見，而他父親看起來則像是被迫合照一樣。他的頭髮隨著年歲的過去而灰白了許多，雖然他依舊是個充滿魅力的人，不過，他看起來既憔悴又憤世嫉俗。那抹歪著嘴的笑容已經不見了蹤影。

「他不希望你去念設計學校。」

麥可聳聳肩。「那不是他可以決定的。」他的聲音不帶感情，那雙向來靈活的眼睛顯得黯淡無光。

史黛拉把手覆蓋在他的手上，輕輕地捏了一下。他翻過手，和她十指交叉，緊緊地回握著她的手。

「麥可很有天賦。他畢業的時候，有五份工作機會自動找上門。他原本在幫一個紐約的大設計師工作，不過，由於他父親離開了，所以，我們需要他回到家裡。」他母親的眼光注視著起居室的空間，在她把目光集中在麥可身上之前，她抿住了嘴，看起來似乎很痛苦。「不過，我很高興我把你叫回來了。你在自毀。太多女人了，麥可。你不需要上百個女人。一個好的就夠了。」

他母親拍拍史黛拉的腿，史黛拉內心裡頓時湧出了一股恐懼感，她覺得自己完全不夠資格。現在，她被當成了一個好女人。如果他母親知道了史黛拉一直在刻意隱瞞的那些標籤，她將會作何感想？她會突然就變成不適合她兒子的女人嗎？有什麼母親會想要一個自閉症的媳婦和可能患有自閉症的孫子？

而她又是從什麼時候開始考慮到結婚和生小孩的？她和麥可並非真正地在交往。如果他不需要錢的話，他會和她約會嗎？如果他可以自由地和他想要的女人在一起的話，他會選擇她嗎？

「好吧，」他母親匆忙地說。「這就是全部的照片了。麥可，我要去找那件奧黛，你來幫Mẹ弄一下我的 **iPad**。」

麥可發出一聲順從的嘆息，然後站起身。

「我可以再看看這些照片嗎？」史黛拉問。

他母親笑著點點頭，不過，史黛拉才多看了一兩分鐘，珍妮就抱著一本厚厚的教科書晃進了起居室裡。

「你真的是個經濟學者嗎？」珍妮問道。她光著腳丫站在地毯上，雙腳不停地變換著重心，直到雙膝撞在了一起。

「是真的。你現在在史丹佛念大三，對嗎？那裡的課程很好。」史黛拉想起麥可的母親曾經希望她能和珍妮聊聊她的工作。「那本教科書是什麼？你的作業需要幫忙嗎？」

珍妮抱著那本書，在稍早被她霸佔的那張扶手椅上坐了下來。「我更希望……」她吸了一口氣。「我想，你是不是可以幫我找到實習的機會？也許把我的履歷發給你正在雇用實習生的同事？我的面試一直不順利。很顯然地，我沒有經驗，加上我大一的表現真的很糟。我的學業平均成績還很低。不過，我了解自己。這是我想要做的事。」

「你現在就有履歷的備份嗎？」話才說出口，史黛拉就想收回了。她聽起來彷彿在進行面試一樣，讓珍妮看起來好生緊張。

珍妮立刻從她的教科書裡——一本國際經濟學——抽出一張紙，然後遞給她。

那份履歷以精簡的文字描述了她對經濟理論的熱情，列出了相關的作業和技巧，也展示了她的學業平均成績。她的主修成績是3.5。整體總積分則是2.9。這絕對不是足以進得了大公司的成績，儘管她是個史丹佛的學生。

史黛拉盡可能地以溫和的口吻問道：「我可以問你大一那年發生了什麼事嗎？」

珍妮低頭看著自己的教科書。「媽媽那時病得很嚴重。對每個人來說，那都是一段很難熬的日子。我們得要輪流照顧媽媽和看店，當時，我們已經被父母分開的後遺症和其他的事壓得喘不過氣來了。我沒有好好地分配我的時間。說句實話，那時候，我並不在乎學校的事，我那種態度真的太愚蠢了，因為學費實在很貴，而錢的問題又重傷著我們。」

等等，他們為什麼被錢所重傷？那和麥可的父親有關嗎？從表面上看起來，他們家似乎手頭很充裕。那間店似乎經營得很不錯。他們還有這棟房子。她很想要追問原因，她的手指抓住了相簿邊緣，但是，如果問的話就太無禮了。也許她覺得自己已經認識了這些人，然而，距離他們第一次見面至今，其實並沒有很久。

而她上一次打聽他們家的事情時，就把麥可的母親弄哭了。她絕對不想再把任何人弄哭了。

於是，她淡淡地回應了一聲。「噢。」

「你覺得，我那樣的成績還有機會爭取到實習嗎？我能做些什麼，好讓我的履歷看起來比較吸引人？」

珍妮的成績很容易讓她的履歷遭到漠視。不過……史黛拉的腦子裡開始出現一個念頭，她歪著頭，帶著一種新的眼光看著珍妮。「你對計量經濟學有興趣嗎？」

22

當史黛拉完成為了要在她的部門招聘一名實習生所需要填寫的半數表格時——她是這個部門唯一的員工——她的手機響了。她從辦公桌上抬起頭來，笑看著麥可的簡訊。

我的史黛拉在做什麼？

她回覆他：在填表格。

你午餐時間可以休息久一點嗎？

她抱住手機，坐在椅子上轉了一圈，才回覆他：可以。

她不在乎自己原封不動的午餐此刻就放在鍵盤旁邊。她可以把它放進冰箱，明天再吃。

他的回覆讓她的笑容更深了。

你方便時，到我媽的店裡來一趟。

她把實習生的申請文件堆成一疊，準備要離開辦公室。現在是週五的午餐時間，每個人都到市區的餐館去了。她穿過走廊，走向電梯，期待不要遇到任何人。

就在電梯門關上之際，菲利普一腳踩進了兩扇門之間。

「你今天真的要出去吃午餐？介意我和你一起吃嗎？」他問。

「我要和別人見面。」

「上次那個男的？」

她點點頭。

「好個幸運兒。」

她瞪著樓層的指示燈，暗自希望電梯可以瞬間從三樓到達一樓，可以快一點。

「我聽說你打算雇用一個實習生。」

「沒錯。」

「我表妹很適合。」

她的目光從樓層指示燈的數字跳到菲利普臉上。「我腦子裡已經有人選了。」

他把手插進口袋裡，聳了聳肩。「好吧。」

「等等……」她嘆了一聲。「把你表妹的履歷發給我吧。」雖然她很想雇用珍妮，但是她得要公平。這就是專業操守。這個職位需要給最符合資格的角逐者。

麥可會了解的。他在和他妹妹摔角時，也沒有因為她比較年輕、嬌小或力量比較小，就放水讓她贏。史黛拉得按照正常的審查程序來。不過，她有一個感覺，珍妮是她要的人。當你很愛某一件事的時候——就像她和珍妮那樣——你在那件事上一定很出色。如果你不能立刻就表現得很好，你也會讓自己很快就上手。

菲利普覺得很有趣地哼了一聲。「那好。」

電梯在叮一聲中到了一樓，她快步地穿越大廳。菲利普氣餒地跟著她走到她的車旁邊。

「你明天會去參加那個慈善餐會嗎？」他問。

「你怎麼知道慈善餐會的事？」

「我媽媽和你母親都在企劃委員會裡。我知道，這個世界很小，對嗎？總之，我不知道你是不是有伴了。如果我自己不找女伴的話，我媽就要幫我找了。」他縮著肩膀，看起來似乎遠比平常的他來得平易近人。

他們的情況差不多，史黛拉不禁對他感到同情。「我媽媽也這樣威脅我。」

「聽著，史黛拉，我知道你在和別人交往，不過……以前，你曾經說過你希望這段交往是認真的，聽起來有點像是你並不確定。他現在是你的男朋友嗎？」

她低頭看著停車場的柏油路面。「這很複雜。」

「那是什麼意思？」

「我得走了。我不想要遲到。」說著，她拉住了車門。

他伸出了手，不過，在碰觸到她的手之前停了下來。他感覺到了她需要她的空間嗎？也許他真的了解她。

「那表示你只是為了和他上床嗎？你不應該只是別人上床的對象。我希望你知道這點。過去我對你說的那些關於需要練習的事——都是廢話。你嚇壞我了，所以，我只是想讓自己看起來世故一點。真是太蠢了。只有和對的人有所連結，才是最重要的。我想，你也許就是我的那個人，史黛拉。我喜歡你很久了。」

「你為什麼現在告訴我這些？我們在一起工作已經那麼多年了。」她幾乎無法相信自己所聽到的。長久以來，他一直都在喜歡她？她？

「因為我有一些問題，而且，每當和你在一起的時候，我的舌頭就打結了，我所能說出口的就是一些屁話。基於缺乏安全感，我一直在等你開口約我出去，不過，我現在要約你。一想到你在和一個不懂得欣賞你的人約會，我就要瘋了。你對我來說就是十分，史黛拉。」

他認為她有十分？有人覺得她有十分。她的胸口塌陷了，她的眼睛感到了一陣刺痛。「我不是十分。我也有……問題。」

「我知道。你媽告訴我媽了。而我媽也對我說了。我每換一個心理諮商師，就會從他們口中聽到一些新名詞，表示我又有什麼新的問題了。我們是天生一對。你對我來說依然還是十分。」

但是，他並不是她完美的十分。如果情況有所不同的話，也許，他會是她的十分。她確實曾經想要探索，他內心裡的某個角落是否存在著一個好人。她不能怪他總是一副高高在上的模樣，因為她自己也經常給人這樣的印象。此外，她真的希望他骨子裡是個好人。這個想法讓她對自己有了希望。

「很抱歉，菲利普。我已經約他和我一起參加慈善餐會了。我不能取消我的邀約。還有，我也不想取消。我很迷戀他。」

菲利普的臉上掠過一絲頑固。「迷戀會過去的。」

「對我來說不會，它們不會過去。」

「我可以向你保證，他只是一個過渡階段而已。你並沒有墜入愛河。」他很確定地說。

她張大了嘴。愛？那就是她的這份感覺嗎？

她愛上麥可了嗎？

「你怎麼能如此確定那不是愛？」她問。

「我知道，因為我才是那個你會愛上的人。我。」他堅持地說。

「菲利普，不要這樣，不管這是不是愛。」

「你需要給我們一個機會。」

語畢，他往前跨出一步，朝著她低下了頭。

她試著要往後退，但是，她的車子就在她身後，讓她無處可逃。她只能把臉別開。他身上雖然沒有過於濃烈的古龍水味，但是他的味道就是不對。她用雙手抵住他的胸口。他的感覺是不對的。他不是麥可。

他的唇落在了她的唇上。乾燥的肌膚觸碰到了乾燥的肌膚。潮濕的舌頭滑進了她的嘴，她的心臟急速地在跳動。她的身體瞬間封鎖了。彷彿她之前的那三次經驗又重演了。

不對不對不對。

她掙扎開來，將衣袖覆蓋在嘴上。骯髒和黑暗的感覺刺激著她的皮膚，不論是她的體內還是表面。

菲利普滿臉愁容地緊咬下巴，握緊了雙拳。「你只是需要習慣我而已，史黛拉。就像你習慣那個混蛋一樣。」

她往他的胸口推了一把，將他推了開來。「不要再這麼做了。」

她在心跳加速和雙手顫抖之下上了車。等到她抵達乾洗店的時候，她幾乎已經冷靜了下來，但是，那股骯髒的感覺卻依然存在。她想要刷牙。

她走進店裡，看到麥可正蹲在試穿區的一名老先生腳邊，幫他在褲腳上別上一根根的別針。

麥可穿了牛仔褲和一件黑色T恤。量尺、針墊和粉筆都在它們該有的位置上。她很喜歡他工作時的穿著。當他在紐約市從事設計、在燈光下的設計桌畫著設計草圖、把布料披掛在冷冰冰的人形模特兒上時，一定也穿著類似的裝扮。

彷彿感覺到她的存在似的，他抬起頭，在看到她的那一刻露出了一抹微笑。

她立刻笑著回應他，但是，她口中那股討厭的味道卻提醒著她發生在停車場的事。如果麥可現在吻她的話呢？她會把菲利普的味道沾到他身上。*真噁心*。「洗手間。我需要去洗手間。」

他皺著眉頭站起身。「在後面。」

她跑進店後，看到了洗手間的門，立刻衝到洗手台旁邊。打開水龍頭之後，她在手上塗滿肥皂，開始擦洗她的嘴唇和舌頭。她把水潑到口中，漱口，吐掉，一遍又一遍地重複著同樣的步驟。

麥可打開洗手間的門，看著史黛拉不停地在漱口，彷彿吃錯了什麼東西一樣。她生病了嗎？他的腦子自動跳出了最糟的情況，那是他再熟悉不過的情境了，這讓他的五臟六腑都扭曲在了一起。

他把門關上，拉近他們之間的距離，雙手不停地摩擦著她緊繃的背脊。「嘿，怎麼了？」

拜託，一定要沒事。

足足有好幾分鐘的時間，洗手間裡除了水槽裡的沖水聲，什麼聲音也沒有。她看著水像漩渦般地流往下水口，眉心不禁緊鎖。看著他的眼神反射在鏡子裡，她關掉水龍頭，開口說：「一個同事吻了我。」

麥可的世界靜止了，一股冰冷的憤怒開始散發而出。他所接受的那些訓練，讓他從來不會主動挑釁別人。然而，他絕對可以擊垮對方。他會很樂意痛扁這個傢伙的。他的指節在他握住雙拳時發出了喀喀噠噠的聲音。

「他叫什麼名字？他長什麼樣子？我可以在哪裡找到他？」他的聲音強硬而不帶感情。那個混蛋等著被送到醫院去吧。

她瞬間轉身面對著他，瞪大了雙眼。「為什麼？」

「沒有人可以強迫你，史黛拉。」

「你打算對他做什麼嗎？我不希望你惹上麻煩。」

「你剛才足足漱口了一分鐘。現在，換成我來讓他漱口了。」他要讓那個傢伙沖洗掉滿嘴的鮮血。

她擰著自己的手，試著想要說些什麼。「我沒事。你可以看得出來。」

「如果你有事的話，他就死定了。」他咆哮著。

「你可以別管這件事嗎，拜託？」

他不敢相信地搖搖頭。有人碰了她，吻了她，還把他媽的舌頭伸進了她的嘴裡。「你對這種事怎麼能這麼冷靜？你希望他吻你嗎？」

「不，可是……」她別開眼神。「也許我曾經希望過。」

一個可怕的想法鑽進了他的腦子裡。「他是你雇用我的原因嗎？你是為了這個傢伙才練習的嗎？」

她漲紅了臉頰。「也—也許？當時，他似乎是個好的選擇。可是，我已經不想要他了，這很諷刺，因為——」她愁眉苦臉地停了下來。

「因為什麼？」

「他今天告訴我，他喜歡我很久了，他說——我很驚訝——我對他來說是十分。」她一面說，一面搜尋著他的表情。「他說，他不在乎我和別人很不一樣。」

他無法不把她拉到自己胸前。他一直沒有說過這些話，但是，那並不代表他沒有那些感受。「那是因為你本身就是十分。那些讓你不同於別人的事，正是讓你如此完美的事。」

「我並不完美，麥可。我真的不完美。」她的聲音裡充滿痛苦。

「你有回吻他嗎？」在這個節骨眼上，這是唯一能讓她在他眼裡變得不完美的事。也許，就算她回吻了他，也不會讓她變得不完美。

她搖搖頭。「沒有。」

「你喜歡嗎？當他吻你的時候？」因為他必須要知道。

「一點也不喜歡。」她小聲地回答。

「為什麼？他的方式錯了嗎？他吻得很糟嗎？」

「感覺不對。」

「為什麼？」

「因為他不是你。」她眼裡的溫柔要了他的命。他願意為那樣的眼神付出一切。一切。

他舉起一隻手抵住她的下巴，將她的頭往後仰，他試著讓自己的動作輕柔，儘管他的血液仍然在暴動。「我要吻你。」他必須吻她。如果再不吻她的話，他就要瘋了。

「不要。他還在我嘴裡。我還可以嚐到那個味道。我沒辦法把他洗乾淨。」

他發出了一聲怒吼。「我需要吻你，史黛拉。」

在她微微的點頭下，他壓住了她的唇，深深地吻她。他需要抹去那個混蛋留下來的痕跡，他需要在她身上留下記號，讓她成為他的。她癱軟地靠在了他身上，他擁著她，粗暴地揉著她。

「你還嚐得到他的味道嗎？」他聲音刺耳地在她唇邊問道。

「沒有了。」她吸了一口氣地說。

他拉開她的裙子，將手滑進了她的內褲，一股濕暖的熱流隨即沾到他的手指，讓他發出了呻吟。這片熱流是為誰而生的？他還是她的同事？

「麥可。」

她的呼喚撫平了他內心深處的一個角落，他想要聽到她一遍又一遍地呼喚他的名字，這份急切的渴望佔據了他。他扯下她的裙子，讓裙子直接掉落在她的腳踝上，然後拉開自己的褲襠，釋放了他腫脹的胯下。他在下一秒從口袋裡掏出一只錫箔，撕開，快速地將保險套套上。

當她開始褪去內褲時，他搖了搖頭，直接將她的一條腿繞在他的髖部，同時將她抬起，緊緊壓在磁磚牆壁上。

她發出了不耐煩的聲音。「不要逗我了，麥可。我需要你。」

他一把拉開她的內褲褲襠，猛力快速地往前挺進，讓自己深深地淹沒在她的體內。她呻吟著叫喚他的名字。性感到讓他難以招架。他的舌頭搓揉著她嘴裡的每一吋肌膚，佔據著她，下半身也衝撞著她的敏感帶。

她的身體緊緊地貼住了他，她的嘴是如此甜美，她的腿盤繞在他的臀上，她的雙峰頂在了他的脖子上——完美。他陶醉在史黛拉的每一個部分裡。他的心跳彷彿雷鳴，他的血脈在賁張。他的需要越來越強烈，然而，他堅持住自己，他要等她。當她渾身無法自已地顫抖抽搐時，他加重了挺進的力道。

他攫住她的臀，她的大腿，讓兩人的額頭緊緊抵著彼此，如此，他才可以凝視著她那雙令人迷眩的眼睛，然後，讓自己最後一次深深撞進她的體內，瞬間釋放了他自己。在不斷地吸氣和吐氣之中，他緊緊摟住了她。他永遠也不想放她走。

當他終於恢復力氣退開時，他把她放下來，將保險套丟進了馬桶。他把自己擦拭乾淨，同時意識到她讚賞的目光追隨著他的一舉一動，他喜歡這樣。她不會這樣看著其他人。只有他。

在和她同居了將近一個月之後，他可以很肯定地這麼說。她的某些部分——許多部分，最好的部分——她只和麥可分享，這樣的事實讓他忘了他們的關係並不是真的。

不過，他需要記得。她不想要她同事的吻，然而，如果她想要的話，她也有理由可以那麼做。他們並非彼此單一的性伴侶。他並不是她的男朋友或者未婚夫，甚至丈夫。她是他的客戶，而他則是她的……供應商。那聽起來好像很可怕，但卻是真的。他沒有權利為她出頭，也沒有權利想要佔有她。她只是付錢請他幫她——至少，她是這麼想的——而他需要保持距離和專業。

很不幸，他卻愛上了她。當他們最終需要分開時，他一定會心碎。但是，她卻會更好。她會知道如何以她自己的面貌和另一個人相處，會知道要在一段關係中期待些什麼，並且知道被愛的感覺是什麼。他希望她永遠不會委曲求全。

基於多年的伴遊經驗，他很快地擠出笑意。「我得要幫你買一件新的。」

看著她一臉的困惑，他朝著她手中縫線被扯裂的內褲點了點頭，那件她一直忘神地拿在手裡的內褲。

她笑著把手掌貼在自己的髖部上。「沒關係。我可以自己來。」

「我不介意。雖然對大部分的情侶而言，買內褲向來是女人的事。」

她把頭歪向一邊。「為什麼？」

他聳聳肩。「我想，那是因為女人常常購物，而且她們喜歡照顧她們所愛的人。」

他的話讓史黛拉驚訝地吸了一口氣。她的臉上先是浮現了一種發現新大陸的光芒，然後一副出神的模樣，彷彿專注在思考腦子裡的什麼事。

「你還在嗎？」他在她的面前揮了揮手，直到她重新聚焦在他的身上。這實在太史黛拉了，他咧嘴笑著，儘管他的胸口感到了一陣空虛。他喜歡她的聰明。她的一切都讓他喜歡。每一件事。「你在想工作的事，對不對？我正在說要幫你買一件內褲，因為你的褲子在激烈的洗手間性愛下被撕裂了，而你卻在想著計量經濟學。」

她擠了擠鼻子，把鼻梁上的眼鏡調正。「對－對不起。我總是不由自主。我試著要處在當下，可是——」

「我只是在戲謔你而已。我愛你天才般的腦子。」他承認道。即便他覺得很難過，他依然無法不喜歡她，他輕吻著她的唇，一次，兩次，然後是最後一次。「走吧，姥姥可能很快就要用洗手間了，我也想要給你看個東西。」

當麥可從牆上的掛鉤拿下一只衣架時，衣架上那件奶油般材質的白色洋裝讓史黛拉屏住了呼吸。

「我得要猜你的尺寸，所以可能整件衣服在試穿後都需要修改。要試穿嗎？」

她驚訝地注視著眼前的衣服。她自己的麥可．拉森洋裝。

在把自己關進沒有鏡子的更衣室之後，她很快地脫下身上的衣服。那是一件無肩帶的洋裝，因此，她不可能穿著胸罩，不過，內裡是柔軟的絲質縫製的。而且沒有任何一根露出來的縫線會刺激到她的皮膚。她迫不及待想要看到它在自己身上的模樣。

她扶住洋裝緊身的胸衣，走出更衣室，轉了個身。「你可以幫我把拉鏈拉上嗎，拜託你？」

隨著拉鏈拉上發出的吱吱聲，他的唇輕刷過她的頸背，讓她起了一陣顫抖。感覺上洋裝似乎很合身。比她的瑜伽服還要貼合她的身體，而她原本就夠喜歡她的瑜伽服了。當她轉身時，麥可帶著挑剔的目光打量著她，那雙性感的手臂交叉在他的胸口。

「我可以看嗎？」她小聲地問。

他的唇角露出一絲淺笑，然後朝著鏡子前面凸起的平台點了點頭，那是他幫客人試衣的地方。

她踏上台子，感覺自己的心臟彷彿在慢慢地啟動。那件洋裝宛若一只平滑的象牙色劍鞘，沿著她的曲線，從膝蓋往上延伸到了她的胸口。緊身上衣在胸口正中央往下凹陷成了一個心形領的設計，讓她看起來彷彿一朵婀娜的海芋。完全看不出有激凸點。

太完美了。簡單。端莊卻大膽。那就是她。

她用手撫過兩邊的髖部，原地轉身，這件洋裝的專業剪裁為她的臀部所製造的效果，讓她倒吸了一口氣。她的臀部看起來從來沒有如此渾圓飽滿過。她把一隻手放在一邊的曲線上，麥可也清了清喉嚨。

他站上平台，手指滑到她的兩側。「試穿的結果讓我很滿意。我的手知道你的尺寸。」

「我好愛這件衣服。謝謝你，麥可。」

「這是我給你的禮物。算是我還不認識你的那些年裡，我欠你的生日禮物。你生日是什麼時候？」

一股暖流彷彿香檳般地流過她的心裡。一份禮物。麥可給她的禮物。他用他的雙手做出來的禮物。每一針，每一線，每一片布料都是為她而選的。「夏至那一天，六月二十一日。你呢？」

「六月二十日。不過，我比你小兩歲。」

「你介意我比你老嗎？」她知道男人通常都喜歡年輕的女人。

他咧嘴笑了笑。「一點也不介意。我在成長的過程中總是迷戀上比我大的女人。我還記得洛克威女士穿著她那件花呢裙，彎身從地上撿起黑板擦的樣子。」

「她是誰？」史黛拉升起一股不愉快的感覺。

「大二那年的化學老師。我希望你是在嫉妒，這樣，你就知道我對德克斯特吻你作何感想了。」他若有所思地對她說，指尖順著她的手臂往下滑落。

「德克斯特？」

「也許是史都華。在我想像中，這種名字很適合那種傢伙。」

「別想像了。」

「莫提瑪。」

她笑了。「不是。」

「奈爾斯。」

「麥可。」

「不要告訴我，他叫做麥可。」

「不是。你是我唯一的麥可。你真的想要知道他的名字嗎？」

他靜默了一會兒，才重重地吐出一口氣，說道：「我還是不要知道比較好。既然你不希望我把他打到屁滾尿流的話。」當她因為他的用詞而僵住時，他的唇邊隱約露出一絲苦笑。

她屏住呼吸，不確定應該說什麼才好。她在乎的不是菲利普。而是麥可。如果他去找菲利普的話，結果可能會很可怕。官司、監獄、人事部門的投訴。即便她會很高興看到麥可展露拳腳，然而，一個骯髒的吻並不值得他這麼做。

「我很高興你喜歡這件衣服。」麥可帶著緩和的神情對她說。「我很期待看到你明天穿著這件洋裝。」

吃完鯰魚湯和鳳梨西芹飯之後，史黛拉匆匆忙忙回到了辦公室。她想要再看看那些數據。

當她走過菲利普的辦公室時，菲利普對她揮了揮手，不過，她沒有時間理他。她快步行經他的辦公室，把皮包丟進她辦公桌的抽屜裡，然後坐下來，不斷點選著她的電腦螢幕，直到出現她為模擬男性的內褲購買行為所制定的函數。那是一個簡潔的方程式，有著五個變數，包括年齡、收入等級和其他幾項次要的變數。

她已經把男性停止購買內褲的行為，簡化為一個單一的二元變數，β，並且發現導致這個變數出現變化的指標因素，例如花在美食和奢侈禮物上的費用增加了。在男人對價格敏感度下降的同時，他們突然就不再幫自己購買內褲了，這對史黛拉而言，似乎違反了直覺。因為，即便是名牌內褲也並沒有那麼貴。

現在，當她看著數學和那些數字時，麥可的話出現在了她的腦海裡。女人喜歡照顧她們所愛的人。不知怎麼地，史黛拉用市場數據、數學和統計學，把愛量化成了一個單一的變數。

β就是愛。

β是一個零或一個一。是一個「是」或者「不是」。

而它和男人停止購買內褲的時間點具有壓倒性的關聯。當然，那並非絕對的。人就是人，人們討厭自己的行為完全可以被預測。不過，這是一個明顯的傾向。你可以在這個數據上打賭，贏的機率絕對比輸的機率大。

如果一個女人幫一個男人購買內褲，那就代表她愛他。

史黛拉完全有能力購買內褲。

那天，她提早下班去購物了。當她帶著她的新發現回到家的時候，她在她買回來的內褲上綁了一個紅色的蝴蝶結，藏在了麥可用來放置他內褲的抽屜底層。如果他從現在開始不再買內褲的話，那就表示他也愛她。

如果他愛她的話，她的標籤就無關緊要了。她會把一切都告訴他。

23

麥可用手掠過頭髮，注視著吊在史黛拉衣櫥裡的那些西裝，試著選出他要穿哪一套參加今晚的慈善餐會。他會見到她的父母。他身上的每一根神經都告訴他那將會很恐怖，不過，他還是會把自己拖去那裡。

因為史黛拉約他一起去。

她從門口探頭進來，笑著說：「決定不了要穿哪一件嗎？」

「你來選。」

她扶著他為她縫製的那件洋裝胸口，害羞地走進步入式的衣櫥。「先幫我把拉鏈拉起來？」

他無法自已地吻了她的脖子，將手探進尚未拉上拉鏈的緊身胸衣裡，讓掌心貼在她的雙乳上。當他輕捏她的乳頭時，她以最性感的方式倒吸了一口氣。

「如果你繼續的話，我們就要遲到了。」

「這種場合大家都會遲到的。」說著，他輕輕咬著她的頸背，一手搓揉著她的小腹，準備往下滑入她的內褲裡。他喜歡觸摸她那裡，喜歡她反應的方式。

「我父母從來都不會遲到。他們想要見你。」

他的手在動作中停了下來。他實在無法開口說他想要和他們見面——他怎麼會想見勢必會否定他的人？——因此，他改而說：「那應該會很有意思。」

「謝謝你和我一起去。我知道你寧可做其他的事。」

他寧可把時間用來幫畢業舞會的禮服試裝，但是他並沒有這麼說。「你知道我很喜歡穿西裝。」至少這句話是真的。他把手從她的洋裝裡縮回來，幫她把拉鏈拉上。

「三件套。我喜歡你穿三件套。」

「那就挑那套黑色的吧。會和你的洋裝很搭。」

她笑著轉身面對他。「不管哪一件都和我的洋裝很搭。別人一定會問我是在哪裡買的。我可以告訴他們，這是麥可．拉森的原創嗎？」

聽到自己的全名從她口中說出來，他猶豫了。「你知道我的真名。」

她立刻垂下眼簾。「你的電費帳單上和你照片裡的制服上都有。你生氣了嗎？」

「你生氣了嗎？」她有沒有在谷歌上搜索過他的家庭？當地的報紙曾經刊登過好幾篇報導，鉅細靡遺地描述了他父親所做的那些事。她看過那些報導了嗎？不，她不可能看過。她看著他的眼神裡並沒有隱藏著懷疑。不過，那只是遲早的事罷了。

他的心碎裂了，他的皮膚在發燙。滴答。滴答。時鐘並不是在為他終將無法承受生活的壓力、並且傷害每一個人的那一刻倒數。現在，時鐘是在為她發現事實的那一刻倒數，那也會是他們之間畫下句點的時候。

她抬起一邊的肩膀，不過，她既沒有看著他，也沒有說話。

「你在生氣。」他意識到地說。

「生氣不是正確的字眼。」

「什麼才是正確的字眼?」

「我不知道。我覺得你不信任我。」她抱住自己的腰。「彷彿你要確定我們之間結束之後,我會找不到你一樣。」

「不,我信任你。我只是……」害怕失去她。「我恨我的姓。」這點也是真的。

「為什麼?」

「那是我父親的姓。」

她眉心緊蹙,目光在他的臉上搜尋。「你為什麼恨你父親?因為他離開你母親嗎?」

他困難地嚥下口水。如果他誠實回答這個問題的話,他今天就會失去她,現在就會。

他心裡的那份惡建議他說謊。說謊會比較簡單。那就是他父親向來的做法。

「對不起。」她匆忙地吐出了一句。只見她很快地眨著眼,調整了一下眼鏡,然後搓著一邊的手肘。「這太個人了,不是嗎?當我沒問吧。」

「史黛拉,你可以問我問題。」他說著,感覺到一股痛楚在胸口升起,正在向外擴散。如果他們連談都不能談的話,那他們之間就算不得是一段關係。「我恨他是因為他離開的方式,因為他是個騙子,而且是一個壞人。我已經好幾年沒有見到他了,不過,我確定他還在其他地方背叛著其他女人,傷害其他人,用最糟糕的方式離棄她們。那就是他向來的所作所為。」

「他也拋棄了你?」她的眼裡流露著悲傷。

「對,還有我妹妹們。」

他母親曾經告訴麥可,不要因為他父親對她所做的事而恨他,要原諒他,然而,你要如何原諒一個根本不在身邊的人？就父親的角色來說，只要他們不會虐待你，再怎麼糟糕的父親都比沒有好。麥可沒有父親。而他為了維繫這個家庭所做的努力讓他就要粉身碎骨了。

她投入他的懷裡，緊緊地擁住他，麥可不發一語地吻著她的額頭。隨著他的每一口呼吸，她那史黛拉式的甜美氣息沁入了他的體內，平撫了他。他需要這樣。他需要她。當別人聽到他父親的事情時，他們總是詛咒他，而且對他母親表示同情。沒有人想過那對麥可的意義是什麼。沒有人，除了史黛拉。

他知道自己應該告訴她另外一半關於他父親的故事，但是他做不到。他還不夠愛她。

他放開她，說道：「我們要趕快準備了。」

慈善晚宴在佩吉米爾路上的一間私人會所裡舉行，會所位於燈火通明的幾座網球場、高爾夫果嶺，以及水藍晶亮的游泳池之間。麥可把史黛拉的特斯拉停在一棟線條現代的建築前面，那難看的棕色外觀正是典型的帕羅奧圖建築風貌。

在麥可的協助下，史黛拉下了車，注視著會所的窗戶。她的緊張顯而易見，不過，窗戶流瀉而出的金黃色燈光，讓她看起來散發著一股夢幻般的美。她的頭髮鬆散地挽成了一個髮髻，用一只白色的絲質玫瑰花別在頭的側邊。她不需要帶皮包——麥可把她的手機和信用卡都放在了他的口袋裡——空無一物的雙手宛如藤蔓般地貼在大腿上。

「如果我開始聊工作的話，你可以制止我嗎？」

他拾起她的手，捏了一下，他可以感覺到她手掌上冰冷的汗水。「為什麼？你的工作很有趣啊。」

「我會失控，然後就會主導話題。那讓別人感到不舒服。」

「我喜歡你失控的時候。」當她雙眼發亮的時候，就是她最迷人的時候。他把她的手拉到唇邊，親吻著她的指節。

她抬起目光看著他，唇邊露出一絲不確定的笑容。「那就是為什麼我覺得你那麼棒的原因之一。」

「我很高興你知道這點。」

她在笑聲中讓他帶著她走向前門。一踏進室內，上百人的交談聲立刻將他們包圍。宴會廳裡排滿了矽谷最精緻的圓桌，宴會廳後面的平台上，還有一支樂隊正在現場演奏著低調的爵士樂。透過一整面牆壁的窗戶望出去，戶外那座小型游泳池和燈光明亮的高爾夫球場所交織而成的美景盡收眼底。

「這些噪音對你來說還好嗎？」

她驚訝地轉向他。「你也對這些聲音感到困擾？」

「我還好。我是擔心你。」他不希望她最終又得因為換氣過度而衝到室外。

「這些噪音沒那麼糟糕。讓我比較緊張的是座位的安排。我媽喜歡讓一些我不認識的人包圍著我。雖然我已經比較懂得如何聊天了，但那還是很費力。」

他歪著頭咀嚼著她的話。對他來說，聊天就是⋯⋯聊天。沒有需要使力的部分。「你想太多了。」

「我說話的時候需要很費力思考。否則，我會脫口說出一些很莽撞的話，把每個人都給得罪了。」

「那是因為你太誠實了。」

「一般人都不喜歡誠實。除非你說的是好話。要去猜別人認為什麼才是好的，那實在很弔詭，特別是當我並不認識那些人的時候。那讓聊天變成了一個地雷區。」

一名看似史黛拉母親的女人向他們走來，她戴著珍珠項鍊，一件長及小腿肚的米白色寬鬆洋裝罩在她纖細的曲線上。那頭深色的頭髮挽成了一個髮髻，就像史黛拉平時的髮型一樣，襯托著一張麥可十分熟悉的臉龐。這個五十來歲的優雅女子，就是史黛拉二十多年後的樣子。史黛拉未來的丈夫真的是一個幸運的混蛋。

她抱了抱史黛拉，然後退開，帶著母親的驕傲欣賞著女兒。「親愛的史黛拉，你看起來真漂亮。」然後將注意力轉向麥可，笑著說：「看誰來了。很高興見到你，麥可。我是史黛拉的母親，安。」

說著，她手背朝上地伸出了手，他立刻將她的手扶向自己嘴邊，在她的手背上輕吻了一下。他知道自己正處於上流社會的領地，在這裡，親吻對方的手才是預期中的問候方式。

「很高興見到你，安。」

「他的聲音也很好聽。史黛拉，我沒有辦法不注意到你的這件洋裝。你是在哪裡買的？你看起來宛如一朵鮮花。」

史黛拉對他笑了一笑。「麥可是個設計師。這是他設計作品的其中一件。」

這句話從她嘴裡說出來聽起來是那麼地完美，不是嗎？唯一的問題是，在過去三年裡，他並沒有設計那麼多的衣服，而他也不認為自己很快會回到設計的行列。他母親說她不需要他留在店裡，但是，她的病情讓他不得不隨時注意著她。他已經兩度發現她不省人事地倒在洗手間裡了。如果他不留意她的話，誰知道會再發生什麼事。

他的雄心壯志可以等待。但他只有一個母親。

如果他在他人生的監牢裡感到窒息的話，那是他的問題。這種情況不會永遠持續下去。他不希望她死掉。他愛她。然而，無可否認的是，她的死亡將會讓他獲得自由。

他發現，愛是一個監牢。它讓人困在其中，它也會剪斷翅膀。它把你往下拉，迫使你去到你不想去的地方——就像這個會所，他並不屬於這個地方。

安抓著她的珍珠項鍊說道：「噢，那對你來說豈不完美，史黛拉？這是他親手做的嗎？」她在史黛拉身邊打轉，檢查著拉鏈，探頭瞄著內層的剪裁結構。「隱形縫線。沒有標牌。而且很柔軟。」

安清澈的雙眼打量著麥可，隨即湊近史黛拉耳邊低語，親吻了她的臉頰，讓史黛拉瞬間臉紅了。

「好，來吧，讓我把你介紹給她父親認識。」說著，安的手臂勾住他的手臂，把他們帶向一張遠離樂隊、已經坐滿半桌賓客的桌子。

一名戴著無框眼鏡、有著大肚腩的白髮中年男子就坐在四張空位旁。他正在和他身邊一名相貌堂堂的金髮男子暢談。

「愛德華，這是麥可。麥可，這是愛德華，史黛拉的父親。」

史黛拉的父親立刻起身和他握手。這是很有禮貌的一個握手，堅定卻不帶任何的敵意和優越感，不過，鏡片後面那雙淺棕色的眼睛，卻像在檢視一具來源不明的實驗室標本般地打量著麥可。麥可覺得自己簡直就像在畢業舞會上，第一次和女伴的父親見面一樣，彷彿他應該要帶著自己的履歷和最新的性病檢驗報告前來。他壓抑著想要甩動手腳的衝動，就像他在拳擊比賽前會做的那樣。

「很高興認識你。」麥可說道。

「我的榮幸。」史黛拉的父親帶著一絲僵硬的笑容說道，這讓麥可想到他自己的父親——如果他父親能夠稍微像個正常人的話。

「這是菲利普．詹姆士。」安指著那名金髮男子說道。「菲利普，這是麥可，史黛拉的男朋友。」

菲利普站起身，拉直身上那件黑色的西裝外套，那件外套將他運動員的身材襯托得恰到好處，任何一個裁縫想必都會為自己如此精湛的手工感到驕傲。「很高興見到你。」那名男子禮貌地伸出一隻手來。然而，當麥可和他握手時，他的手指卻彷彿老虎鉗一般地握痛了麥可。搞什麼？菲利普那雙淡褐色的眼睛冷冷地注視著麥可。「史黛拉在公司的時候和我提起過你。」

公司？麥可看了一眼史黛拉，不過，她卻不自在地將眼光挪開了。那個吻。這個人就是德克斯特．史都華．莫提瑪．奈爾斯。

帶著想要一巴掌把菲利普甩在桌上的衝動，麥可放開了他的手。「菲利普。」說著，他簡潔地點了一下頭。

這個混蛋把他的舌頭伸進了史黛拉的嘴裡。他和麥可預期的完全不一樣。他應該要再瘦一點，體態難看，而且肌肉也再少一點。他肯定會戴著一副眼鏡，厚重的鏡片看起來就像望遠鏡一樣。

安似乎注意到了空氣中濃濃的緊張氣氛，於是轉而介紹席間其他盛裝打扮的賓客：一名單獨出席的宅男科技公司老闆，此人倒是比較符合麥可想像中的菲利普、一對高級知識分子的印度夫婦，還有一位身穿淡紫色洋裝的白髮老婦，只見老婦的脖子上、耳朵上和手指上都戴滿了鑽石。

他解開西裝外套的鈕釦，以他在三年伴遊生涯中學得的姿態，在史黛拉和這張桌子最後一個空位之間坐了下來。

「麥可，告訴我關於你自己的事吧。」史黛拉的父親雙臂交叉在胸口，帶著慎重的眼神往後靠在椅背上。沒錯，這就是畢業舞會之夜重演了。

麥可很清楚這種對話會怎麼發展。

「你想聽什麼呢？」麥可問道。

「不妨先說說，你的工作是什麼？」

菲利普一臉陰沉地看著他。

麥可的父親希望他成為一名天體物理學家或者工程師。最後，他父親覺得建築師也可以。至少那還是受人尊敬的行業。「我是個設計師。」

「噢，真有意思。你設計什麼？或者你的保密條款讓你不可以透露？」

當他弄清楚那是什麼意思的時候，他幾乎笑了出來。「不，我不是國防承包商。我設計服裝。」

「他設計了史黛拉的衣服，親愛的。」史黛拉的母親溫柔地笑著說。「他顯然很有才華。」

愛德華的臉因為不屑而皺了一下，不過，他很快地回復到之前的表情，將麥可的工作往好處想。「那一定是個很難出頭的行業。你在哪個紐約設計師麾下工作嗎？」

「目前沒有。」

「你一定是在創立自己的品牌。那真令人興奮。」安說著。

「老實說，我正在休息。」

史黛拉打算要開口，但他抓住了她的手，微微地搖了搖頭。他真的不需要讓這些人知道他整天都在乾洗和修改衣服。這樣的事實本身就已經夠糟糕的了。

不，這並不糟糕。他並沒有對此感到丟臉。這是一份很好、很實在的工作——去他的。對自己說謊有什麼意義嗎？坐在這些擁有高學歷和家財萬貫的人旁邊，是的，他覺得很丟臉。他不是那種別人眼中配得上史黛拉的人。

「所以……你沒有工作？」菲利普臉上出現不可置信的表情。

麥可露出若無其事的表情聳聳肩地回答，「差不多是這個意思。」他母親的病情和這些人毫不相干，他也不想讓整桌的人都對他投以同情的眼光。

愛德華和菲利普的臉上雙雙浮現出愁容，麥可咬緊了下巴。他們可能以為他為了錢而想要娶史黛拉。難道他們不知道，史黛拉聰明到不可能讓這種事發生？當她墜入愛河時，對方一定會是完全配得上她的人。

「如果是我的話，我會無聊到發瘋。」菲利普若有所思地看著史黛拉。「你無法忍受什麼都不做，你能嗎，史黛拉？你那麼積極努力，你喜歡知道你的工作對這個世界有所影響。那就是我們這麼合得來的原因。」

「我喜歡工作是真的。」史黛拉認同，不過，她擔心地看了麥可一眼。

「愛德，你應該要看看她在我們上次合作的那個企劃裡的表現，」菲利普說著。「她用一種我從來沒見過的方法面對問題，而且獨力改變了線上供應商向他們的消費者推銷的方式。」

「我相信沒有你的幫忙，她是不可能做到的，小菲。」史黛拉的父親帶著無限的好感抓住菲利普的肩膀。這兩個人早已認識了？他們是打高爾夫的球伴還是什麼鬼？麥可的腦子裡閃過十五種把一個人遠遠摔開的方式。而她需要菲利普的幫忙又是怎麼回事？史黛拉不需要任何人。甚至連麥可也不需要。他不確定她是否曾經需要過他。

史黛拉露出一抹真誠的笑容。「那是真的。我們在工作上合作得很好。」

真的。他痛恨她和菲利普在一起工作的想法，也討厭她喜歡和他一起工作。那個混蛋應該會惹惱她，一如他惹惱麥可一樣。他突然幼稚地想要在眾人面前吻她，宣示他對她的所有權，在他來得及反應之前，他鬆開了握住她的手。不過，她並未注意到。她依然在對著菲利普笑——那是她真正的笑容，那個笑容向來只屬於他。可惡，這竟然和他胯下被撕扯了一樣痛。

「她是少數能容忍我的人之一。我知道我是個混蛋。我有一些標準，而且我受不了懶惰和無能。」菲利普說著，意有所指地往麥可的方向看了一眼。

麥可深深吸了一口氣，然後緩緩地吐出。他的目光掃過牆壁，搜尋著時鐘在哪裡。他還需要忍受這些事多久？

席間的對話轉到了經濟理論和高等統計學，當史黛拉開口開始談論時，他感到了一股不安的感覺。她曾經說，如果她開始談論工作的話，他一定要制止她，然而，她是那麼地投入。那很明顯是她生命的激情。麥可不想否認她。而那個混蛋菲利普，則以麥可永遠無法做到的方式在和她對話。

他想起了那個吻。她曾經說她並不喜歡，而且菲利普很煩，然而，她現在顯然完全不介意和他互動。

麥可無法不留意到，史黛拉和菲利普看起來確實像是一對俊男美女的搭配。他們有相似的興趣和背景，他們是完美的一對，雖然令人噁心。他想起了一開始啟發史黛拉雇用伴遊的人就是菲利普。她曾經想要讓菲利普屬於她。也許——可惡，他痛恨自己這樣想——也許她確實應該那麼想。

終究，麥可和史黛拉有的只是肉體上的關係。他們並沒有這樣的理性連結，而他知道，對史黛拉而言，心智上的刺激是何等的重要。

承認這點讓人感覺很糟，但是，他配不上她。在好幾個不同的層面上都是如此。她永遠都不可能愛他。麥可什麼也不是，他只是練習的對象。在經濟學的話題持續的同時，一股灰心的、五臟俱碎的感覺緊緊地揪住了他。一切的感覺都不對了。就連他的皮膚彷彿都鬆掉了。

「噢，我真高興菲利普的母親可以及時趕到。」安說。

一隻塗著紅色指甲油的手扶在了麥可隔壁那張椅子的椅背上，一股熟悉的味道撲鼻而來。肉桂和香菸混合在一起的味道。在一只裝了半杯威士忌的洛克杯放到桌上之前，一陣冰塊撞擊的聲音首先傳了過來。

「哈囉，親愛的各位。抱歉，我遲到了。」一名留著淡金色長髮、身穿黑色緊身小禮服的嬌小女子在那個空位上坐了下來。她雖然側對著他，但麥可還是認了出來。他曾經吻過那個下巴。

「我得先暫停一下——」她說著轉過來面對他，臉上露出了肉毒桿菌允許範圍下的驚訝。「哎呀，哎呀，哎呀。哈囉，麥可。」

「哈囉，艾莉莎。」這是什麼樣的好時機，居然讓他遇上了他最不喜歡的前客戶。

24

「你們兩個認識？真是太好了。」她母親拍手說道。

史黛拉覺得自己彷彿就要吐了。菲利普的母親就是夜店裡的那個女人。她送了麥可那輛車。那輛他每天都在開的車。那輛他不讓史黛拉取代的車。

麥可帶著一絲若無其事的笑容靠在椅背上，看起來隨意而舒適，在那件黑色西裝的襯托下，他簡直帥到驚人。「我們認識很久了。」

艾莉莎發出一陣沙啞的笑聲，用手撫摸過他的手臂。「是啊。」

當他並未對她的碰觸退縮時，史黛拉的喉嚨都打結了。麥可喜歡年長的女人——他曾經這麼說過。她的大胸部、嬌小的個頭、威士忌般柔滑的嗓音，以及世故的魅力，她簡直就是性感的化身。史黛拉提醒自己，他和艾莉莎已經結束了。今天，他並沒有用他那張迷人的嘴為艾莉莎帶來三次美妙的高潮，然後彷彿永遠也不夠多地和她一次又一次地翻雲覆雨。

「請務必告訴我，你是和誰一起來的？」艾莉莎的眼神掃過圓桌，打量著史黛拉的母親，然後又回到麥可臉上。

「他是和我一起來的。」史黛拉向他靠近，雙手覆蓋住他的手。她以為他會握住她的手，像他平時那樣地和她十指相扣。當他毫無反應的時候，她的胃直往下沉。那是什麼意思？

艾莉莎拾起她的威士忌，透過玻璃杯的邊緣瞧著史黛拉。「啊，你真是漂亮。你女兒真美，安。我可以看得出來為什麼菲利普這麼喜歡她了。可惜她不是單身。」

她母親笑了笑，不過，史黛拉可以從她母親眼睛四周緊繃的肌肉，看出她正在擔心。「謝謝你，艾莉莎。他們兩個看起來很幸福。一點也不可惜。」

史黛拉注視著麥可的側面，緊緊地捏住了他的手。在今晚之前，他們一直很快樂。出了什麼錯？他依然無動於衷，他的目光對準了艾莉莎。史黛拉雖然抓住了他的手，但卻感覺他是那麼地遙遠。

「這麼說，他們是認真的？」艾莉莎看著史黛拉的父母問道，然後冷笑著投給麥可一抹打趣的眼神。「在見家長了，麥可？如果價錢適合的話，你也會見我的父母嗎？」

「你在說什麼？」菲利普瞇起眼睛，先是看了他母親一眼，隨即看向麥可，然後又看回他母親。

艾莉莎喝了一大口手中的威士忌，暗示性地笑道：「我們曾經……約會過。」

「你在和我開玩笑吧。」菲利普帶著逐漸高漲的嫌惡盯著麥可。「你和我媽睡過？」

「不完全是。」麥可臉上的笑容僵硬。

艾莉莎輕笑了一聲。「沒有所謂的睡覺這個部分，如果我沒記錯的話。」

「噢，天哪。我需要喝一杯。」她父親從桌邊站了起來。

「你過去的時候，幫我再拿一杯威士忌，親愛的。」艾莉莎搖了搖手中的杯子說。

「你已經喝夠了。」她父親說著，走向後面角落的雞尾酒吧。

艾莉莎沙啞的笑聲蕩漾在席間，只見她把杯子裡的酒一飲而盡，然後放下杯子。「永遠都不夠。」

由於史黛拉和麥可坐得十分貼近，因此，當艾莉莎火紅的指甲輕刷過麥可的大腿時，她完全可以看得一清二楚。他動也沒動。在那個女人的手從容地往上搓揉，越來越靠近他的褲襠時，他只是注視著她。他為什麼不阻止她？他希望她摸他嗎？

他突然站起身。「我要出去透透氣。抱歉。」

在艾莉莎來得及追上他之前，史黛拉已經跳起來，跟在他身後穿過了後門。戶外的空氣混合了夜晚、割過的青草，以及泳池的氯味，陣陣涼意讓她裸露的肩膀和雙臂起了一陣雞皮疙瘩。

「麥可。」她叫著。

他在反光的藍色泳池邊停下了腳步。「你應該要進去，史黛拉。」

她走到他身邊。他們之間的距離讓她感到了恐慌。她要如何讓他們重新在一起？她拾起他的手，將它繞在她的腰上，然後靠近了他。「可是我會想你。」

他的眼神溫和了下來，雙臂緊緊地摟住她。她輕嘆一聲地將臉頰靠在他的胸口，呼吸著他的氣息。如果他可以這樣擁著她的話，一切就依然沒有問題。

「在我以前的客戶坐下來之前，你一直很開心。」他上下撫摸著她的背。

「我寧可和你待在家裡。」她讓自己更貼近他，然後吻著他的喉嚨。「你為什麼讓她那樣摸你？看得我都要瘋了。」他是她的。

「是嗎？」他的唇掠過她的下巴，輕吻著她敏感的肌膚。

「是的。」

「和昔日的客戶當眾大吵是很糟糕的做法。即便她們當下並不領情，事後還是會明白的。以後，我也會盡我所能地像這樣對你以禮相待。」

以後。在他們分開以後。「那不是我要的。」

他現在已經是她生活的一部分了，是最好的一部分之一。他不能離開。

「那對我來說會容易一點。」他說。

「不，我不是那個意思。」

「那你想要什麼，史黛拉？」

「我想要……」史黛拉舔舔嘴唇，吸了一口氣。她可以說她想要他嗎？她可以說她愛他嗎？

她輕輕撫過他的胸口，抓住了他的肩膀，他也出神地看著她。她真希望自己更善於言語。她希望自己的身體可以為她說話。她的身體向來都知道要如何完美地和他的身體溝通。即便是現在，她都可以發現自己的身體對於如此靠近他、貼近他，抵著他所出現的反應。

他的喉結上下滑動著，於是，他拉開她。「那就走吧。我們回你家去。除非你想要在車裡試試看。」

「你在說什麼？」

「性愛，史黛拉。」他的話在夜晚的空氣裡聽起來是那麼地尖銳。

她的肺在緊縮，讓她幾乎無法呼吸。「那不是我要說的。」

「那我們得結束這場鬧劇。因為我沒有其他東西可以給你了。」

「不，你有的。你傾聽我說話，你也會和我聊天，還有——」

我永遠也沒有辦法像裡面那個混蛋那樣和你聊天。我甚至也不想。我太蠢了，我也不在乎數學和經濟學。」

「那不是真的。你很聰明。」

「我什麼也不是。我什麼也成就不了。我為了錢和人上床，當這種錢還不夠的時候……」他嚴肅地看著她。「我考慮過偷竊。我在腦子裡計畫要偷誰的錢，要怎麼說謊，要如何掩飾我的行徑。因為我就和我爸爸一樣。」

她搖搖頭。他在說什麼？他絕對不會偷竊。這點是無庸置疑的。

「你想要知道我為什麼恨他。我來告訴你為什麼吧。」他沉重地停了一下，才繼續說道：「他太善於說謊了，說謊也讓他聲名大噪。前陣子他還曾經上過新聞。你沒有聽過他嗎？佛雷德里克·拉森。」

「我沒有……」就在她回答的同時，這個聽起來有些熟悉的名字勾起了她的記憶。她猛然地吸了一口氣。「那個詐騙高手。他勾引女人，然後……」

「從她們身上偷錢。他告訴所有的人說，他擁有一間軟體公司。他經常要『出差』。我媽媽知道他有外遇，但是，他總是一再地回來。三年前，他突然消失了，他的另一個老婆出現在我母親家門口要找他。結果證明他所賺的每一分錢，都來自於某個被騙的女人。而被騙得最慘的就是我母親。在他最後一次離開之前，他掏空了她的銀行帳戶，還用她的名字借貸了一大筆錢。她得把所有的家當都拿去抵押，才有辦法還錢，但是，即便那樣也還不清。眼看她就要失去她辛苦經營的店和房子了。而我妹妹們也必須要輟學，因為我們突然之間付不起學費了。」

他轉開身，雙手用力扯開他的領帶。「那份我深愛的工作——我以為我家人很安全地和我父親待在一起，因而橫越這個國家去追求的那份工作——付給我的薪水是那麼的微薄，以至於我不得不辭去工作。我沒有任何可以快速賺到錢的一技之能，不像你一樣。因此，我用上了我父親給我的東西，也就是我的身體，我有著和他一樣的身高和笑容，於是，我變賣了我的身體。我用這個身體上遍半個加州的女人，日以繼夜地持續了好幾個月，然後，我用那些錢來讓一切好轉。然而，我母親卻在那個時候病了，她……」

他的領帶掉落在地上，他解開了領口的幾顆釦子，彷彿那件襯衫正在讓他窒息。他用手掌蓋住了雙眼，困難地呼吸。

史黛拉遲疑地往他走近。她把手放在他的臉上，發現他的臉龐已經沾滿熱淚。她的喉嚨脹到她無法開口，只能用手臂摟住他的脖子，用盡全身所有的力氣抱著他。他將臉埋入了她的頭髮裡，也將她抱在了懷裡。

「你父親做出那麼可怕的事並非你的錯，而且，你一點也不像他。」她低聲地告訴他。他怎麼可能會相信？

「如果我當時在家的話，我可能會注意到他所做的事，那樣，我可能就可以阻止他。」

「噓。」她的手指掠過他的髮絲。「就算你在，你也無法在東窗事發之前發現任何事。他騙過了那麼多人。那是他的專長。」

他縮緊了雙臂，在她的臉頰上輕輕印下一吻。當他再度開口時，他的聲音聽起來既粗糙又赤裸。「令人難以置信的是，就算他做了那些事，就算我以他為恥、恨他，我還是想念他。他是我父親。我父親是一個招搖撞騙的罪犯，但我依然愛他。」

史黛拉當下不知道要對麥可說什麼，只能繼續地摟著他。當有人傷成這樣的時候，你會說什麼呢？她唯一能做的，只有讓自己跳動的心貼近他，陪他一起受傷。

過了彷彿永無止境的一陣子之後，麥可往後退開。為她拭去她臉頰上的淚水，然後說：「我接受你的提議，因為我想要幫助你克服你的問題，而且，我們很顯然克服了。你現在已經準備好要迎接一段真正的關係了。如果有哪個混蛋因為你有自閉症而不要你的話，那他根本不值得你和他在一起。你聽到了嗎？你沒有什麼需要覺得丟臉的。」

她臉上的血色瞬間褪去，心臟也在狂跳。「你知道？」

他淺淺地笑了笑。「你第一次到我母親家之後，我就猜到了。」

這段時間以來他一直都知道？那是好還是不好？她不知道。「你想要離開？」她聽到自己在問。

「是時候讓我往前邁進了，史黛拉。我們沒有辦法給對方我們所需要的一切。」

她立刻就了解他說的是她，她對他來說還不夠，她配不上他。因為她是個什麼樣的人，她的缺陷、她的怪癖、她的標籤。

絕望在將她往下拉。她曾經天真地以為她可以誘惑他。她咬著自己的嘴唇，不讓下巴繼續發抖。「我明白了。」

他用指尖刷過她的臉頰，將她的髮絲塞到耳後。「你需要的不只是性，而我沒有辦法給你那些東西。」

她低頭看著自己的鞋子。也許，這一切對他來說只是性而已，然而，對她而言，雖然聽起來很可悲，但那感覺卻像是愛。

他溫暖的手撫過她冰涼的手臂，捏住了她的手。「過去幾個月來，謝謝你。那對我來說是一段很特別的時光。」

還不夠特別。

「謝謝你，麥可。謝謝你幫我克服焦慮的問題。」

「你要保證，這次之後，再也不要雇用伴遊了。」

「再也不會了。我保證。」世界上只有一個伴遊是她想要的。

「乖女孩。」他在她的頭髮上吻了一下。「我要走了。」

「我可以開車送你回家。」她還不想和他分開。

「我想搭計程車。我想要去你家收拾我的東西，而我整理的時候，你最好不要在那裡。保重了，好嗎？」

「好。」

說著，他把她的鑰匙扣、手機和信用卡從口袋裡掏出來遞給她。「再見，史黛拉。」

「再見，麥可。」

彷彿雕像般地，她麻木地站在那裡目送著他離開。然後才轉身走回室內。她希望可以回家，但是，他想要靜靜地收拾他自己的東西。其他的退路也都不管用了。一想到會在哪一天和他在停車場或者哪條街上擦肩而過，淚水就又湧了上來。

她最好還是回到晚宴的現場吧。那是她此刻最不想去的地方。

她先到洗手間盡可能地補完妝，然後回到圓桌上再度坐了下來。

「麥可呢，親愛的史黛拉？」她母親安靜地問。

「他走了。我們剛剛分手了。」

菲利普冷笑了一下。

隔著麥可人去樓空的座位，艾莉莎同情地看了史黛拉一眼，然後把一隻手放在她的肩上。

「親愛的，像他那樣的男人需要自由。」

史黛拉不發一語地推開艾莉莎的手。

她的父親不悅地瞇起眼睛。她知道他對任何不禮貌的行為作何感想。「這樣對大家都好。」

這是她母親第一次沒有話說。她只是擔心地看著史黛拉。

「你可以找到更好的人。」菲利普補充地說。他直視的目光明白顯露出所謂更好的人就是指他自己。

史黛拉緊緊抓住自己的膝蓋，以至於手指的關節都發白了。五味雜陳的情緒在她的胸口沸騰，迫切地想要獲得解脫，但是她按捺了下來。

「我同意。」她父親又說。「我看不出那個人身上有任何優點。」

一股刺痛的感覺戳痛著她，瓦解了她的自制。「那是你看得不夠仔細。他不是沒有工作。他不是偷懶。有時候，有些事情比熱情和野心更重要。他之所以暫時中止了他的事業，是因為他要照顧他母親，他母親得了癌症快死了。他是那種會為了自己所愛的人而放棄一切的人，一切。他是一個百分之百的好人。」

但是，他不想要她。

她父親的臉色陰沉了下來。「那他為什麼不說出來？」

「他為什麼要和看不起他的人說這些事？」

「我沒有——」

「夠了，愛德華。」她母親斥聲道。「你在想什麼其實再清楚不過了。你希望她和一個有上進心、專注在事業上，並且可以照顧她的人在一起。你似乎並沒有了解到，她自己已經夠有上進心了，而且，她也不需要有人在經濟上照顧她。親愛的史黛拉，我們出去吧。我快受不了這裡的噪音了。」

她母親說著伸出了手，史黛拉握住母親的手，讓自己被帶往宴會廳外面一個空曠的座位區。只見一大束的柳枝和海芋佔滿了那張低矮的咖啡桌。

史黛拉輕輕撫過海芋的邊緣，然後坐下來，閉上了眼睛。這裡的安靜讓她腦子裡的緊張減緩了。然而，她心裡的疼痛卻絲毫沒有減少。甚至還在向外擴散，在絕望和挫敗中越來越強烈。她母親輕輕地把手放在她的腿上，讓她張開了眼。

她母親抱住她，將她拉進由珍珠項鍊和香奈兒5號築成的懷抱裡。史黛拉從來都不喜歡那股強烈的味道，不過，在那一刻裡，那股熟悉的味道讓她冷靜了下來。她放鬆地讓母親抱著她，就像她小時候那樣，直到她母親發出了噓的聲音，身體開始左右搖晃，她才意識到自己正在哭泣。

「我很遺憾，親愛的。我一直希望你找個藝術家，因為藝術家的敏感，會讓他把你擺在第一位。之後，我們可以想出一個策略，來幫你找到這個完美的人。親愛的，你真的應該要試試Tinder。」

即便此刻，她母親還處在蜜獾的模式。她從來都不會放棄。

史黛拉長長地吐出了一口氣。「那個人就是麥可。」

「現在別和我耍固執，史黛拉。這個星球上有好幾億人口，而且，愛不是你能強迫的。如果你專心找的話，你會找到比他更適合的人。」

史黛拉沒有說什麼。對她來說，麥可就是薄荷巧克力脆片。她應該要試試其他的口味，但是，他永遠都是她最喜歡的味道。

她那些異於常人之處，總是讓她在置身於人群當中時感到孤單。對此，她通常並不在乎。她不需要人群。當她擁有自己的空間和時間，可以聚焦在她感興趣的事物上時，那就是她最快樂的時候。她對麥可感到興趣，而和他在一起的時候，她也未曾感到孤單。一點都不孤單。但是，當她發現自己是一廂情願的時候，這樣的認知讓她覺得好受傷。

「媽媽，你覺得你可以暫時不要再提找丈夫和抱孫子的事嗎？我想要讓你高興，但是，我現在真的好累。」

她母親用力地抱了抱她。「當然，不要再提孫子的事。我無意給你壓力。我只是希望你快樂。」

史黛拉嘆息著閉上眼睛。她不在乎是否快樂。此時此刻，她只希望自己什麼感覺也沒有。

史黛拉的家裡寂靜無聲。麥可覺得很可笑，他從來沒有注意到這裡有多麼地安靜。當他在這裡的時候，他總是忙著在和史黛拉說話，傾聽著她稀奇古怪的想法，在她偌大的廚房裡做飯，餵她、吻她、和她纏綿……

他會想念這棟房子。他會想念史黛拉。很想很想。他已經開始想她了。想念她讓他破裂成了碎片。雖然，結束他們的約定是對的。她不再需要他的幫助，她也值得擁有比他更好的人。一個聰明、而且沒有罪犯父親的人。一個可以讓她父母佩服、而且不會在他們外出晚餐時撞見舊客戶的人。

這讓他想起下週五，他將會回到慣常的伴遊工作。這個念頭對他來說完全沒有吸引力。他甚至不確定在這種時候，他還能不能對其他女人產生生理的反應。他只想要史黛拉的氣息、史黛拉的味道，以及史黛拉的肌膚。他的身體已經自動適應了她，再也沒有人可以讓他如此。那些曾經讓他興奮的性幻想已經變得枯燥乏味。他已經產生了一種新的癖好，而這個癖好和一個滿腦子經濟學的羞澀女孩息息相關。

他在史黛拉的床上坐下，將臉埋在掌心裡。這是他最後一次坐在這裡。可惡，很快就會有另一個男人睡在這張床上。一股可悲而醜陋的情感升起。只有他才能吻史黛拉，只有他才能摸她，只有他才能愛她。他想要把毯子撕裂，把所有的東西都撕成碎片。如果他不能佔據這張床的話，任何人也不可以。她可以買一張他媽的新床。

在他可以徹底摧毀她的臥室之前，他緊握雙拳地走向衣櫥。他把T恤和牛仔褲塞進他的運動袋裡，然後才轉向放置內褲的抽屜。他想要盡快整理，這樣他就可以快點離開。他把襪子都堆進袋子裡，接著是堆疊整齊的內褲。在抽屜的最下面，他發現了一個未開封的包裹。那是他慣穿的牌子，也是他的尺寸，雖然他通常購買的都是海軍藍的顏色，而這些卻是紅色的。盒子上還綁著一個蝴蝶結。

史黛拉幫他買了內褲。

這是她給他的第一份禮物。真好笑。她以為他的內褲都快穿破了嗎？也許是快破了。他把盒子扔進他的運動袋裡，拉上拉鏈。這不是太貴的東西，而且，她自己當然也用不上。她是為他買的，他打算收下來。

在走出她的臥室之前，他從口袋裡掏出皮夾，抽出一張折疊起來的紙，放在了她的床頭櫃上。這是一份證明，證明了他並不像他父親。

不過，也許那並不是這麼做讓他感覺如此正確的原因。也許，他之所以覺得這麼做是對的，是因為他墜入了愛河。

他穿過空蕩的屋子，在出門時關上了燈。在他把前門鎖上之後，他把鑰匙塞在門墊底下，默默地道了聲再見，隨即轉身離開。

25

隔天早上，當史黛拉伸出手去拿眼鏡時，她的手指碰到了一張紙。她皺了皺眉，將紙張拿近惺忪哭腫的眼睛前面。一張支票。她的支票。五萬元的支票。

她在床上坐起身，手指顫抖地摸過支票表面。這是什麼意思？他為什麼沒有把支票收起來拿去兌現？

他昨晚所說的話浮現在她的腦海裡。

我接受你的提議，因為我想要幫助你。

不是因為他想要和她在一起，甚至不是為了錢，而是因為他同情她。

因為她有自閉症。

可怕的情緒彷彿毒藥般地流遍她的身體，她摀住了嘴，抑制著從喉嚨裡發出來的聲音。她以為她對他產生了影響。她以為她很特別。她以為他也會愛上她。然而，他們每次在一起都只是因為同情，別無其他理由。那些吻，那些時光，全都是施捨。現在，他已經完成了他的善舉，因此，他就要往前走他自己的路了。

這股痛楚衝撞撕裂著她，從內心摧毀了她。她不是別人的善行。她是一個人。如果她早知道他的感覺，她就絕對不會做出那樣的提議。她不是一個慈善的案例。她的錢就和其他人的錢一樣好用。為什麼他就不能接受呢？

她憤怒地拭去臉上的淚水，她告訴自己，她沒有那麼脆弱。她不會因為一個不想要她的男人而讓自己崩潰。

她生氣地把床鋪好，跺著腳走進浴室去剔牙。她的牙齦在薄荷牙線的過度施力下出血了。當她握住她的牙刷時，一股衝動讓她丟開了牙刷，跳進了淋浴室。她刻意更改了自己沖澡的順序，從腳到頭而非從頭到腳地把自己刷過一遍。她不是機器人，也不是殘障的自閉症女孩。她就是她自己。那就足夠了。她什麼都可以做得到。她可以讓自己變成任何模樣。她可以證明所有的人都錯了。

等到她淋浴完的時候，她已經氣喘吁吁了。她打算要付諸行動，而且會做得很好。當她完成之後，她會成為一個煥然一新而且出色的人。因為她值得成為這樣的人。

她很快地用毛巾擦乾自己，故意略過她的牙刷，然後走進她的衣櫥，拉出麥可喜歡的那件黑色洋裝。她不打算要在洋裝外面套上開襟衫。就讓人們看吧。

她注視著洗手台上方的鏡子，這才讓自己開始刷牙，她發現自己的眼睛裡散發著堅毅的光芒。她的頭髮散亂，不過，她並不打算梳理整齊。她現在沒有那種溫順的心情。其他的女人都讓她們的情緒主宰她們的行動，改變她們的例行行為。史黛拉也要加入她們的行列。

當她吞下一片乾燥的吐司之後，她凝視著自己空蕩的屋子。現在呢？她的身體填滿了需要採取行動、需要改變、需要爆發的憤怒。她今天不要工作。人們不會在週日工作。一旦商店開始營業，人們就會出門。人們會出門辦事。人們會和他們的伴侶一起共度時光。

對史黛拉而言，再也沒有所謂的一起了。

她在她發亮的史坦威鋼琴前面坐下來，打開琴鍵的蓋板。自動地彈出了〈月光曲〉的開場和弦，然而，這首曲子實在太柔緩、太浪漫了，也讓她想起了麥可。她在第一段的高潮後打破了音樂的結構。她沒有回到溫柔的旋律，反而逐步加強了節奏，讓悲痛的音符灌注到自己體內。她的喉嚨發脹，她的心和音符合為了一體。

這還不夠。她把憤怒都倒向了鋼琴。她在琴鍵上飛速地彈奏著和弦，彷如在暴風雨中沖刷著懸崖的海浪。一波又一波憤怒的浪潮。依然還不夠。

她做了一件從來沒有做過的事。史黛拉向來都很溫順。她輕聲說話。她不會刻意傷害別人。她喜歡音樂，喜歡按部就班，喜歡固定的模式。

她的雙手用力擊打在琴鍵上，製造出走調而雜亂的音符。製造出一團的混亂。大聲、大聲、更大聲。一次、一次、又一次，直到她的手掌發痛，直到她咬牙切齒，直到她的身體在過度的聲音下顫抖。於是，她加重了拍打的力道，向噪音和她自己宣戰。

一股來自鋼琴內部的反作用力從她的手指傳入了她的手臂。直到那時，她才讓顫抖的雙手離開了琴鍵。她縮回踏板上的腳，讓和弦的殘響逐漸平靜下來。讓耳裡只剩下心臟斷斷續續的跳動聲。

她的鋼琴需要調音。

這件事以後再說吧。商店很快就要開門了，她想要去購物。她想要買香水。

乾洗店週日沒有營業，不過，有件事讓麥可還是到店裡去了。他打開前門的鎖，走進店裡。在經過空無一人的試衣間之後，來到了店後的工作區。他的目光掃過掛滿乾洗衣服的機械化衣架，滿牆五彩繽紛的縫線，以及那幾台綠色的商業縫紉機。

這個地方是他母親的生計飯碗，繁忙的生意總是讓她引以為傲。在他們的大家族裡，她是最成功的人之一。若非因為他的父親，她一定會是的。

對麥可來說，這個地方是一個囚牢。他不想做無聊的試穿工作，不想修改衣服，也不想乾洗。他想要從零開始創作。

他走到房間後面的工作台，拉開那個他收藏素描簿的小抽屜。最上面的那個本子在他的手指下感覺既冰冷又熟悉，紙張是那麼地柔軟。他在一張工作桌上坐下，把本子翻到空白頁，將鉛筆筆尖落在了頁面上。

通常，他會先從衣服的設計開始，衣領和肩膀，有時候則會從腰身開始，如果腰身是那件衣服的重點的話。設計稿裡的臉孔向來只是一個意象、一個側面，一道下巴的弧線。至於手和腳只是幾道鉛筆快速勾勒的線條，只是模糊的概念而已。不過今天，他卻從臉孔開始。那是此刻他腦子裡唯一的東西。

那雙眼睛和濃厚的睫毛。拱起的雙眉，那只鼻子。那兩片讓人想要親吻的嘴唇。當他畫完的時候，紙上的史黛拉靜靜地注視著他。他完美地捕捉了她的精髓。他的手很清楚她的每一道線條。

光是這副神似的影像就足以讓鮮血湧向他的喉嚨，他從口袋裡掏出手機，檢查是否有任何的簡訊或者未接來電。

什麼也沒有。就像他今天已經檢查過的那九十九次一樣。

她曾經說她會跟蹤他，會打電話給他，而他現在也一反常態地希望她會這麼做。如果他只能從她身上得到她對他的迷戀，那麼，他想要她的迷戀。越戲劇化越好。也許，這樣他們就別無其他選擇，而只能重新在一起。

他的手機嗡嗡地響了一下，是經紀公司發來的簡訊。這個週五有人預約了他。有那麼一秒鐘的時間，他以為也許是史黛拉，一股快樂的情緒立刻將他淹沒。即便知道了他的一切之後，她依然想要他。他以最快的速度滑過手機的螢幕，然而，當他下載完網頁上的資訊之後，他發現那是一個新的客戶。他的胃隨即又下沉了。

曾經有一段時間，他很喜歡伴遊對象的多樣性。然而現在，光是想到觸摸別人，他的身體就起了一陣反感，更遑論要和那些人親吻或上床了。他覺得……自己已經永遠地被配對了，就像一隻該死的天鵝一樣。只是，他所選中的那隻天鵝並沒有選擇他。

她為什麼要選他呢？

看看所有和他上過床的那些人。他這一生成就了什麼？他究竟都做了些什麼？不停地乾洗，如此而已。他什麼也不是。他很適合試駕，但是絕對不能開回家。他應該很自豪自己幫史黛拉提升了信心，並且也證明了他和他父親並不一樣，但是，他是個自私的混蛋，他只想要得到更多的她。

在可以預見的未來，她將會取悅另一個男人——那個混帳菲利普——而她取悅的方式，正是曾經讓麥可失去理性的那種方式。她的雙手會撫摸另一個人的身體，她的嘴會——

他用手掌抵住眼睛，一股噁心感讓他難以喘息。如果她打算和其他人上床，那他也會。他現在就要這麼做。他準備站起身，但卻停下了動作。現在是週日上午，不是反擊的時間。

而他的身體也做不到。

現在要他去摸另一個女人只會讓他吐出來。甚至更糟，他可能會哭得像個孩子一樣。

他很難讓自己像平時一樣地冷靜下來。他的雙眼灼燙，他的喉嚨腫脹，他渾身都在發痛。他不要女人。除非她們有溫柔的棕色眼睛，有羞怯的笑容，喜歡經濟學，並且在吻他的時候會發出最甜美的喘息聲，以及——

可惡。夠了。他用手指抓著頭髮，企圖把和史黛拉有關的思緒擠出他的腦海。

堅強起來，勇往直前。

但是，他已經厭倦了堅強和勇往直前。他已經堅強了三個無止境的年頭。他被困在了那裡，困在了他的生活裡，困在了永遠償還不完的債務裡。困在了愛裡。

那就是他的問題所在。他總是愛得太多。如果他可以撕開自己的心臟，不再感覺的話，他就可以獲得自由。他低頭看著自己的素描簿，一股喪心病狂般的瘋狂揪住了他。

他在腦子裡沉默地說了一句抱歉之後，扯下了那張史黛拉的素描，直接將素描攔腰撕成了兩半，然後再撕成碎片。紙張的碎片飄落到地上，彷彿從枯死的樹木上掉落下來的樹葉。他把素描簿翻到最前面。和史黛拉共度的無數個灑滿陽光的早晨，啟發他畫下了這件白黃相間的洋裝。這是他最喜歡的一件。他把圖稿撕下來，同樣將之摧毀。接著是下一件。再下一件。所有的設計。然後，他回到房間後面的工作台。抱起他所有的素描簿，全數丟進了垃圾桶。在那之後，他打開工作台底部的大抽屜，他一直在秘密進行中的企劃就在那裡。他咬牙撕裂了一片片的布料，一吋吋的縫線，一件件的衣服，一個個的夢想。

當他終於把所有能夠被毀掉的東西都毀了的時候，他注視著地上的殘骸和成堆的垃圾。成功了。他現在什麼感覺也沒有了。

他走到他慣用的縫紉機旁，坐下來，看著機器旁邊成堆尚未完工的衣服。幾件需要縫邊的褲子，幾件需要改小的洋裝，還有一件內裡破掉的外套。這些都是其他人設計的衣服。是其他人的夢想。

也許他應該要把這些都做完。也許他可以讓他母親這週有多一點的時間休息。

於是，他開始車縫。

26

那週稍後，當麥可帶他母親到醫院進行每個月例行的檢查和抽血時，蘇菲到店裡來幫忙，並且照看著姥姥。那是一段很短的路程，但是，在他母親交叉著雙臂、兩眼似乎要鑽進他腦袋側面的情況下，他覺得這段路彷彿永無止境。他調高了音樂的音量，專注在前方的路面上。

她把收音機關掉。「我受不了了。你整天都像把老鼠弄丟了的貓一樣。你不講話。你嚇到客人。而且工作到像是快要死掉一樣。麥可，告訴Mẹ，發生什麼事了。」

他抓緊了方向盤。「沒什麼。」

「史黛拉好嗎？叫她週六到家裡來。葡萄柚正在大減價，我們買了很多。」

他什麼也沒說。

「你要知道，Mẹ並不笨。你和人家的女兒分手了嗎？」

「你為什麼這麼肯定事情不是剛好相反？」史黛拉終究會這麼做的。當她決定她已經練習夠了的時候。

「這太明顯了，她對你充滿了熱情。她絕對不會那麼做的。」史黛拉確實夠喜歡他，然而，她唯一對他「熱情」的地方是在床上。

「我見過她父母了，Mẹ。」

「噢？他們是好人嗎？」

「她父親覺得我不夠好。」他苦澀地扭曲著嘴唇。

「他當然會這麼想。」

麥可將目光從路面轉向他母親的側臉。「你說『他當然會這麼想』是什麼意思？」他是她唯一的兒子。她從來沒有這樣說過他。

「你太驕傲了，就像你爸爸一樣。你得要明白。他只希望他女兒擁有最好的。她是他唯一的孩子，對嗎？你認為我嫁給你爸爸的時候是什麼情況？」

「奶奶和爺爺很愛你。」

「他們是很愛我。那是現在。一開始的時候，他們並不認同我。他們為什麼會希望他娶一個只有高中畢業、甚至連英文都說不好的越南女孩？他們拒絕來參加婚禮，直到你父親威脅說要和他們斷絕關係。我必須要說服他們。那不是一夜就可以改變的事情。但是卻很值得。」

「我不知道有這件事……」這讓他以一種不舒服的眼光重新審視了他的祖父母。

「當你愛一個人的時候，麥可，你會用自己所知道的任何方式去爭取他。如果你下定決心的話，她父親最終會喜歡你的。如果你善待他的女兒，他也會愛你的。」

「我想，如果我去爭取她的話就太自私了。有其他更適合她的男人。他們有錢，受過更高的教育，而且更……」他母親轉過臉來，瞇起眼睛瞪視著他，那雙眼睛宛如兩顆發皺的球，讓他的話停了下來。

「你說這話聽起來就像你父親一樣。如果你無法忍受和一個比你成功的女人在一起的話，那就不要去煩她。沒有你，她會比較好。如果你真的愛她的話，就要了解那份愛的價值，讓它變成一個承諾。那是她唯一需要從你身上得到的東西。」

「你認為我就像爸爸？你認為我會做他所做的事？」他母親的話就像冷水一樣地淹沒了他，讓他無法呼吸。可惡，他自己的母親認為——

「你絕對不會那麼做的。」她不屑地揮了揮手。「他是個沒有心的人。你有，而且你的心讓你朝著正確的方向前進。可是，你覺得你必須成為那個最好的人，凡事都要自己來。你和你爸爸都有這個毛病。」

「不，我沒有——」

「那你為什麼還在店裡工作？你為什麼要幫我縫所有的衣服？你覺得這個老太太連一條直線都縫不了了嗎？」她生氣地問。

「不，我不是——」

「我不能再待在家裡了。我知道我的動作不像以前那麼快了，但是，我還是做得很不錯。我現在好多了。那些藥是有效的。你們這些孩子不要再把我困在家裡了，還有你，麥可，你不能再到店裡來了。我不希望你再來了，特別是帶著你這種陰暗的情緒來。你太不擅長做生意了。」

「Mẹ，我不能丟你一個人在那裡，而你又不讓家人以外的人和你一起工作。」這是他不可忽視的事實，是一個他心甘情願住在裡面的牢籠。因為他愛她。

「你以為你是家裡唯一一個知道怎麼縫衣服的人嗎？你有多少表兄弟姊妹？關呢？他會在週六的時候到店裡來用縫紉機，縫補他外套的拉鏈。他知道自己在做什麼，而且，他也不喜歡幫他媽媽工作。她老是用吼的。」

麥可縮在自己的駕駛座上，腦子裡忙著要弄懂她的話。「你讓他在櫃檯工作？讓客人看到那些刺青？」

她指著麥可T恤袖子底下露出的黑色油墨。「你也有。別以為我沒有注意到。我真不知道你們這些年輕人為什麼要把自己搞成那樣。」

他把左手從方向盤上放下來，讓自己的手臂離開他母親的視線範圍。「女生喜歡這樣。」

「我的史黛拉喜歡那樣？」

「嗯，對。」她曾經多次親吻過那條龍，它現在也許就和他一樣地想念她。他突然想到，菲利普・詹姆士可能在衣服下刺了一個嬰兒。這讓他的唇邊泛起一絲滿意的笑容。

還有，他母親從什麼時候開始，把史黛拉稱作是她的了？

「她不像你以為的那麼單純。」他補充說道，企圖減緩他母親最終的失望。

她給了他一個你在開我玩笑嗎？的眼神，然後才把注意力集中在路過的建築物上。「你說的彷彿女孩子和我兒子在一起就會一直很單純似的。還有，每個母親都希望自己的媳婦可以認真做好她們該做的事。我想要再抱抱小嬰兒。」

麥可嗆了一下，咳了出來。

「別錯過那個轉彎了。」她指著帕羅奧圖醫學基金會前面的車道。

他讓她在門口下車，然後把車開到地下室的停車場。當他走出電梯，在腫瘤科外面的等候區找他母親時，腦子裡因為各種念頭而一團混亂。

他母親說，他的心帶著他走向正確的方向，她也不認為他會做出他父親所做的那些事。她希望他去爭取史黛拉。她認為有愛就已經足夠。

但是，當愛只是單方面的時候，愛就絕對不夠。

他最喜歡的櫃檯人員賈奈兒對他招了招手。「她已經進去了。在你進去找她以前，我需要你在一些文件上簽名。」

他帶著恐懼的心情走向櫃檯。根據他的經驗，文件通常都不是什麼好事。帳單就是文件之一。

「因為你有代理權，所以，你要在這裡和這裡簽名。」賈奈兒說道。

他皺著眉，低頭看向那些文件。它們看起來完全不像一般的醫療文件。「這要做什麼？」

「基金會最近展開了一項新的計畫，對那些保險給付不足的家庭提供協助，基於各種不同的原因，那些家庭一直沒能得到聯邦或州政府的援助批准。你媽媽是少數幾個從現在開始可以獲得全額補助的幸運兒之一。那一定讓你們鬆了一口氣吧？」

麥可拿起那幾頁文件，以最快的速度開始閱讀印刷在上面的文字。他讀的越多，就越是驚訝。他的皮膚在難以相信下感到一陣刺痛。「這是真的嗎？全部都可以給付？」

再也沒有醫療帳單了。再也沒有帳單了。沒有帳單了。可能嗎？麥可沒有這種運氣。他總是遇到不好的事。生活對他來說，就是在冷眼看著他如何承受那些打擊，然後繼續往前進。這一定是詐騙。

「我們是怎麼被選上的？」他的心跳聲差點就讓他聽不清自己在問什麼。

賈奈兒笑著搖搖頭。「我對遴選的過程不太熟悉，不過，這個計畫今天已經讓好幾個家庭很高興了。你要相信，親愛的。這是正式的，而且是真的。」她捏了捏他的手，然後遞給他一支筆端貼了一朵塑膠雛菊的筆。

他把那些文字再讀了一遍，挑出了其中的幾個句子，諸如財務困難和醫療全額給付的認可。沒有什麼警告，沒有付款要求，沒有但書，沒有令人混淆的條款。這是合法的。他的內心告訴他這是合法的。他的筆尖落在文件上面一個用黃線標示起來的區域。

「這個計畫的款項是怎麼來的？」

「私人募款。這個地區和那些慈善機構，你是知道的。簽名吧。你把我都弄得緊張起來了。」

他的心跳平緩了下來，他的手穩定了，然後，他在一頁又一頁法律用語下方的黃色標線上簽了名。

她收拾好文件，在她的辦公室裡倒了一小杯的水遞給他。「喝吧。你看起來像要昏倒了。去找你母親，把這個好消息告訴她吧。她在平時的那間檢查室裡。」

他把紙杯還給她，然後大步走向檢查室，熟悉地走進了倒數第二間房間裡。他母親正攤開四肢地平躺在檢驗台上，好幾條電線從她毛衣底下連接到了一台心電圖儀器。一名護士從機器裡印出檢驗數據，然後在他的筆記板上做完註記之後，才幫他母親撕下貼在胸口的那些感應器。

「一切看起來怎麼樣？」麥可坐下來問道。

「等醫生進來的時候，我會讓她告訴你的。」護士笑了笑，隨即收起他的報告和機器，走了出去。

「會是好消息的。」他母親拉直了身上那件淡紫色的喀什米爾毛衣，毛衣的顏色還真的和她的長褲很搭——純白色——這是有史以來第一次。「Mẹ 感覺很好。」

看起來這一天之內的好消息似乎太多了，不過，她的臉頰有了血色，眼睛下方的黑眼圈也不那麼明顯了。

「你的體重有增加嗎？」他問。

「三磅。」

那讓麥可緊繃的身體稍微放鬆了下來。「太好了。」

「不要擔心我，你要相信Me。」

一陣敲門聲傳來。他母親的醫生走了進來，那是一名曲線曼妙、有著一頭棕色及肩中長髮的女子，同時還具有一種立刻就讓人放鬆的特質。

「是好消息。我知道我又嚇到你了，麥可。你媽媽的狀況很不錯，」她笑著說完，很快地將注意力轉回他母親身上。「你最後一次的掃描結果顯示你的狀態很穩定，所以，我們打算進一步擴大掃描。我們會讓你保持同樣的用藥劑量，然後每個月驗血。當然，如果出現任何改變，我們希望你立刻回到醫院來，不過，我覺得那應該不太可能會發生。」

「告訴我兒子，我可以多工作一點。他和他妹妹們企圖把我困在家裡。」

赫尼根醫生帶著理解的笑容看了他一眼。「如果她想要工作的話，就讓她做吧，麥可。保持活動力會比較健康——身體上和心理上都是。」

麥可交叉起雙臂。「也許她不應該要工作，而是要開始約會。」

「噢，不不不不不。我再也不要男人了。」他母親揮著手強調，同時不停地搖頭。「我受夠了。」

醫生揚起了眉毛，一副若有所思的模樣。「他說得沒錯。你可以開始約會，安。也許會很有趣。」

他母親嚴厲地瞪了他一眼，讓他不由自主地笑了出來。

在那之後，他們很快地離開了檢驗室。當他們經過櫃檯的時候，賈奈兒熱心地咧嘴笑了笑，他母親則心煩意亂地對她揮了揮手。

「她受到驚嚇了嗎？」賈奈兒問。

他母親皺皺眉。「他要我去交個男朋友。我。我都快六十歲了。」

賈奈兒認同地點點頭。「真愛永遠不嫌晚。」

「算了。我只想要工作。金錢比男人好多了。我想要一個愛馬仕的包包。」

「也許你現在可以負擔得起了。」賈奈兒開心地笑著說。

在他們來得及詳談為什麼她現在可以負擔得起愛馬仕包包之前，麥可簇擁著母親離開了基金會。等他們坐進車子，把車子從地下室開到陽光底下時，他恨不得可以告訴她關於那個計畫的事，然而，如果他說了的話，他就必須戳破自己對她說過的所有謊言，包括她那從來都不存在的優渥健康保險，以及他這些年來是如何幫她支付那些醫療帳單的。

唯一能理解這些事的只有史黛拉，但是，她已經離開了。不，他只能把這件事放在自己心裡。

史黛拉把前額靠在掌心裡，有條不紊地在腦子裡整理失調所帶給她的特性：她對聲音、味道和觸覺的敏感；她對例行習慣的需求；她在社交場合裡的笨拙；還有她容易迷戀的傾向。

過去一個星期裡，她已經解決了這些問題，除了最後兩項。她不知道要如何克服這兩項。當她工作的時候，她可以聽可怕的音樂，可以噴香水，她可以拿廚房剪刀剪掉她襯衫上的法式縫線，並且打破了她例行的日常習慣，但是，她無法突然輕鬆地和別人聊天，也無法不對她喜歡的事物感到迷戀上癮。

她的思緒不停地在繞圈子，企圖想出這些問題的解決之道。雖然她並不擅長說話，但是，過去幾年來，她已經有了顯著的進步。如果她聚焦並且留意自己所說的話，她就可以在不讓人感到不舒服的情況下和他們互動——大部分的時候。這麼一來，就只剩下迷戀了。

一個人要如何不對奇妙的事物感到癡迷？一個人要如何適度地喜歡某一個事物？如果她能務實地面對自己的話，她就必須承認，這對她來說完全是不可能的事。她不可能喜歡一個東西只喜歡一半。她試著要把這種做法運用在麥可身上，但是卻慘敗了。這意味著她必須要完全放棄自己樂在其中的事物嗎？

她覺得自己可以放棄鋼琴、功夫電影，還有亞洲戲劇。可是，她要怎麼處理她最大的熱情呢？

經濟學？

放棄經濟學會是她決心改變自己的最大象徵。她的工作是她生活裡至關重要的一部分，如果她辭職的話，一切就都會改變。她真的會變成一個全新的人。

她把眼鏡放在桌上，用手掌蓋住雙眼，放棄了螢幕上的數據。她的腦子實在煩亂到她無法集中精神。如果她不能做好工作的話，也許，她就應該辭職。

也許，她應該讓自己投入於對社會有實質貢獻的事情。例如醫療領域。如果她夠努力的話，她可以成為醫生。她並不是那麼喜歡生理學和化學，但是，那有什麼關係呢？大部分的醫生可能更專注於他們付出後的結果，而非他們工作上的日常現實。說句實話，如果工作會讓她感到無聊的話也許反而比較好。那她就不會對工作上癮或迷戀。

就這樣了。她必須要辭職。

帶著激動的決心，她手指僵硬地開始草擬一封給老闆的辭呈。

親愛的亞伯特，

謝謝你五年來的照顧。能成為你團隊中的一員，對我來說是一個寶貴的經驗。我很珍惜能有機會研究那些驚人且真實的市場數據，以及透過計量經濟學的原理應用，為經濟帶來顯著的改變。然而，我必須要離開，因為

因為什麼？亞伯特不會了解此刻充斥在她腦子裡的各種原因。他是一名經濟學家。他所在乎的只有經濟學。

如果她告訴他，她患有自閉症的話，他也不會在乎。這並未對她身為計量經濟學家的表現造成負面的影響。如果有的話，那就是她長時間過分專注的上癮傾向，她對日常習慣和模式的熱愛，以及讓她無法理解聊天、導致她成為一名優秀計量經濟學家的超理性思考方式。

遺憾的是，這些特性也讓她不被人喜愛。

她的辦公室門上傳來一陣謹慎的敲門聲，她看了一下時鐘，才轉頭看著珍妮走進了她的辦公室。很準時。她匆忙把辭職信的窗口縮小，站起身來面對她的實習生候選人。

珍妮臉上帶著微笑，儘管她的嘴唇因為緊張而顫抖，然而，她的動作依然讓史黛拉大大地聯想到了麥可，以至於她的心都揪緊了。

過了一會兒，她才和珍妮握手。「很高興見到你。請坐。」

珍妮拍了拍身上的黑色裙子，然後坐了下來。她的腳尖在地板上輕輕踩踏了幾秒，過了一會兒之後，才把腳踝交叉，讓雙腳安定下來。「我也是，史黛拉。」

在隨之而來的尷尬沉默中，史黛拉心不在焉地撓著自己的脖子。她襯衫上未收口的縫線彷彿一排螞蟻爬在了她的皮膚上。

「你好嗎？」她開口問道，企圖讓自己從縫線的刺癢上分神。

「我？呃，我很好。」珍妮今天把一頭長髮垂放了下來，她一邊回答，一邊把一撮深棕色的髮絲塞到耳朵後面，同時看著放在史黛拉桌面上她那份皮革封面的履歷。「麥可不好。」

史黛拉的胸口一緊，臉上的肌膚瞬間感到了刺痛。「噢，不會吧，怎麼了？發生了什麼事？你母親還好嗎？」

「我媽媽很好。不用擔心，」珍妮比劃著手勢，示意她冷靜下來。「我媽在生麥可的氣。她要他不要再去店裡，但是他不肯。此外，他最近動不動就發怒，而且不停地在工作。就好像中邪了一樣。我們都很擔心，也覺得很煩。」

「我不──我不明白他為什麼要不高興。」他不可能和她一樣，因為同樣的理由而不高興。

絕望和縫線摩擦著她的皮膚，讓她恨不得把襯衫撕破，放聲尖叫。

「是因為你。他想你。」

她搖搖頭。那不可能。她內心深處的渴望如此大聲地告訴她，讓她的苦澀幾乎就要轉為憤怒。「我們要不要開始面試了？」她拿起她準備的案例研究資料，遞給了珍妮。

珍妮看也沒有看一眼，直接把資料放在了她的履歷上面。「你們兩個為什麼分手？」

因為他們從來就沒有真正交往過。因為她只是他日行一善的對象。

史黛拉讓眼鏡鏡片擋住自己的眼睛，然後忙著在檔案抽屜裡尋找東西。經過幾分鐘的用力眨眼，她終於度過了落淚的危機。她嚥了嚥口水，清了一下喉嚨，才開口說：「那和這次的面試無關。我會給你五分鐘的時間閱讀這份案例研究，然後，我們就可以聊一下這個案例。」

「我覺得你們兩個需要談一談。」

「我們已經長談過了。」那是史黛拉不想再度經歷的對話。如果讓她再次聽到他說，她對他而言並不足夠的話，那她就要瘋了。

「看來，」珍妮對她說。「分手很顯然對你們兩個都沒有效用。你們需要再談一談。」

史黛拉揉了揉太陽穴，她噴在手腕上的香水味讓她的午餐頓時湧上了喉嚨。她把手從臉上拿開，改用嘴巴呼吸。「我不能那麼做。」

「拜託，史黛拉。我知道他可能不知怎地搞砸了，但是給他另一個機會吧。他對你很癡狂。」

「搞砸的人不是麥可。是我。」她搞砸了，因為她就是她，她和一般人不一樣。

「我很難相信。麥可很不擅長和人建立關係。他有一些問題。」

那讓史黛拉停下來思考。她才是那個有問題的人。不是嗎？「什麼問題？」

「你在開玩笑嗎？他沒有告訴過你嗎？」珍妮看向天花板，喃喃自語了一下，才繼續說道：「我爸爸讓他回絕了所有接受他入學申請的工程學校，讓他覺得自己一無是處。他說麥可什麼也成就不了，說麥可會窮困一輩子，只能靠他那張漂亮的臉蛋賺錢，因為他一無是處。他斷絕了麥可的經濟來源，讓他自己負擔設計學院的費用。麥可很有天賦，而且他也表現得很有自信。不過，你是他約會過的女孩裡，第一個真正配得上他的人。」

史黛拉決定先把這些話放到一邊，留待稍後再思考，她只是勉強地露出一絲微笑說道：「你這樣說真的很好心。我很感激。」

「噢，我的老天，你也這樣說？很顯然地，你們兩個是天造地設。好吧，看來我到這裡的理由徹底失敗了。我要走了。」珍妮說著準備起身。

「你不想面試？」

珍妮再一次把頭髮塞到耳後。「我們彼此認識，這不就造成了裙帶關係嗎？」

史黛拉笑了笑。「你需要和我們六個人談過，而最終的聘雇決定也是匿名的。我想，這可以消除你對於公平性的憂慮。還有，就算我們不雇用你，我想，你也可以從面試的過程裡學到一些東西。這家公司裡有一些真的很優秀的人。花點時間看一下那個案例研究，好嗎？」

「好吧。」珍妮低頭看著那份文件，專注的神情讓史黛拉又想起了麥可。

在面試的過程裡，珍妮完美地回答了一個又一個的問題，甚至還提出了一些對她未來將會有所幫助的獨特又跳脫框架的思考方式。雖然她在大一那年表現得並不理想，不過，很顯然地，她已經振作了起來，而且付諸了行動。

「最後一個問題，」史黛拉說。「告訴我，你為什麼選擇在經濟學和數學的領域裡發展，而不是其他的領域。」

珍妮雙眼發亮地往前傾身。「這很簡單。數學是宇宙中最巧妙的東西，而經濟學是驅動人類世界運作的動力。如果你想要仔細了解人類的話，我相信經濟學是最好的方式。」

「可是，你為什麼想要更加了解人類呢？你有一個大家庭，而且我猜，你還有很多的朋友。」

「我是有很多朋友和家人。」珍妮聳聳肩地回答。「不過，他們只是社會裡的一個小團體，而不是一整個市場或國家。還有，老實說，他們也沒那麼有趣。他們不吸引我。他們不會讓世界傾斜。我可以為他們而死，但是，我無法為他們而活。我可以為經濟學而活。那是我的使命，就像那是你的使命一樣。」

她的雙眼濕潤，一股不明原因的激動浮上她的心頭，史黛拉站起來握住珍妮的手。「我想，這裡的每個人都會很喜歡你的。」

珍妮咧嘴笑了笑，在史黛拉的陪伴和祝福下，她走進了下一個面試房間。當史黛拉回到自己的辦公室時，她注視著那封辭呈上最後一句未完成的話：*然而，我必須要離開，因為*

她為什麼想要放棄她這一生的使命？

因為麥可。因為一個男人。

她的手指刷過頭髮，從綁住的頭髮上扯下幾縷髮絲。企圖去抓住一個並不愛她原始面貌的男人有何意義。那對誰都沒有好處，特別是對她而言。那並不公平，也不誠實。那不是她。

這場匡正她自己的聖戰在此刻畫下了句點。她並不是殘缺的。雖然她以一種不同的方式看待這個世界、與這個世界互動，但那就是她。她可以改變她的行動，改變她說的話，改變她的外表，但是，她無法改變她的根本。在她的核心世界裡，她永遠是個自閉症者。人們說那是一種失調，但是，她並不覺得自己失調。對她而言，這就是她，如此而已。

她必須接受她和麥可並不適合彼此的事實。為了勉強湊成一對而改變她自己實在太愚蠢了。辭職的決定也同樣愚蠢，她不會辭職的。她咬著下巴，關掉了那封辭職信的窗口，完全沒有存檔。

她收拾著自己的東西，打算提前下班。她需要擺脫這件讓她崩潰的襯衫，並且洗掉她身上的香水。她過去這一週的行為讓她自己都覺得厭惡。

沒錯，她很孤單。沒錯，她的心破碎了。但是，至少她還擁有她自己。

27

一聲叮的輕響讓麥可知道乾洗店的前門被打開了。他及時從他的縫紉機上抬起頭來，看到了衝進工作室裡的珍妮。

「我找到工作了。」

他把正在縫紉的東西放到一邊。「嘿，太棒了。」

他母親發出一聲尖叫地衝上來抱住她。「Mẹ為你感到驕傲。做得好。」

「我不知道你在面試。」麥可說。「是哪一家公司？」

珍妮的眼裡閃爍著旺盛的鬥志，他母親拍拍她的頭，又回到自己的縫紉機上。「史黛拉的公司。高級經濟分析公司。」

他的耳朵出現一陣轟然的靜默。「什麼？」

「我請她幫我找一份實習的工作，她就幫我找了。幾星期內我就要開始工作了。我好興奮。」珍妮掛著一臉笑意，忍不住手舞足蹈。

「她幫你找了一份工作？」他一定是聽錯了。史黛拉不可能給他妹妹一份工作。

「你從來都沒有告訴過我她在高級經濟分析公司工作。就連我的教授都很羨慕我可以在那裡實習。如果他們喜歡你的話，就會在研究所和博士後研究資助你的研究計畫。我一定會成功的——如果我不搞砸的話。」

「你得打電話給她，謝謝她，麥可。」他母親語氣嚴肅地說。「她這麼做可不是一件小事。」人們會在前任幫他們的兄弟姊妹找到工作時打電話給前任嗎？等一下。這種事哪有前例可循。前任不會做這種事的。只有史黛拉才會。當她做出這種事的時候，他要怎麼停止對她的愛呢？

珍妮挺起胸膛，在她的指甲上吹了一口氣。「就我的立場看來，我在面試上表現得很好。我和六位資深的計量經濟學家進行面試，他們必須不記名地決定要雇用誰。」

他這才發現珍妮已經見過史黛拉了。最近才見過。他的心跳加速。他得要知道。

「她怎麼樣？」

這個問題讓珍妮的眼神強硬了起來。「她很好。事實上，她看起來真的很好。」

「那……很好。」雖然他感覺一點都不好。他覺得糟透了。他應該要為她過得很好而高興，但是他並不高興。他希望她因為沒有他而傷心，就像他沒有了她一樣。

她真的往前邁進了。可惡，就算被刀子刺進肋骨也比現在的感覺要好。

「是啊。真的很好。」珍妮說道。

他母親責備地看了珍妮一眼，不過，珍妮只是把雙臂交叉在胸口，揚起了下巴。

麥可從縫紉機後面站起身。「既然你來了，我今天就提早休息吧。」

他坐進了車裡，腦子裡連一個目的地也沒有。他只知道他必須離開店裡。

珍妮很快就要開始她的第一份工作了。他母親的健康狀況也好到可以讓她開始約會了。史黛拉也往前邁進了。

每個人都在各自的生活裡向前進，除了他以外。

是什麼讓他停滯不前？他已經不再收到帳單，也不需要再當伴遊了。他母親希望他不要繼續在店裡工作。他牢籠的鐵欄杆全部都撤除了，然而，他卻還繼續坐在他的原位，害怕前進。

也許，是時候改變他的狀態了。

他把車停在位於密皮塔斯的一間越南麵食專賣餐館外面的停車場。當他踏進店裡時，門上的鈴鐺發出了叮噹的聲響。只見關正在把髒碗盤放進一輛推車上的塑膠桶裡，然後用濕毛巾擦拭著桌面。午餐的客人已經散去，在這個時間點，他是他父母這家餐廳裡唯一的身影——除了佔據在餐廳後方那一整面牆壁的魚缸裡的活魚之外。

他抬頭看了麥可一眼，停了一秒鐘，然後說：「你看起來糟透了。」

麥可揉了揉後頸。「最近沒怎麼睡。」在和史黛拉共享一張床那麼久之後，他很難回到獨自睡覺的狀態。而當他好不容易睡著時，他就會夢見她。然後把他的床單全都弄髒了。這讓他想到他得要清洗他的床單了。再一次。

「最近都沒有見到你。你和你女朋友還好嗎？」

麥可把手插進口袋裡。「我們分手了。」

關覆滿刺青的手在桌面上停了下來。「為什麼？」

「行不通。」

「搞什麼？為什麼行不通？」

「聽著，我是來找你幫忙其他事的。」

關揚起眉毛。「這就是你看起來為什麼這麼糟的原因。你做了什麼讓她要和你分手的事？你有試著，你知道的，道歉嗎？送花給她？玩具熊？巧克力？女生都喜歡那種東西。我早該告訴你這種事。」

「是我結束的。」

關把手裡的抹布丟到桌上。「搞什麼鬼。為什麼？」

麥可用手撥了撥頭髮，一臉愁容，彷彿他胸口的那把刀扭了一下。因為他配不上她。而且，就算他可以配得上她，她也對他不感興趣。她已經往前邁進了。

關看著麥可的反應，吐出了一口氣。「好吧，你需要什麼幫忙？你終於想要一輛腳踏車了嗎？」

「不，不是腳踏車。我……在找人到店裡頂替我。」說出這句話讓他滿頭大汗。

「你告訴我這個是為了……」

「你會縫紉，而且……」麥可瞄著通往廚房的雙開門，然後降低了聲音說：「你討厭幫你媽工作，可是，你和我媽很合得來。最重要的是，我信任你。如果沒有人好好照顧我媽的話，我就沒辦法離開。」

「你打算做什麼？你要搬回紐約嗎？」

「不，我會留在這裡——就算我不在店裡，我也得待在附近，你知道嗎？我在考慮開始我自己的品牌。」

這是他長久以來的夢想，但是，他一直被迫把這個夢想擱到一邊。這麼多年以來，這個想法和概念已經在他的腦子裡越來越茁壯，越來越難以抑制，而現在……

「是時候了。」關笑著朝他的肩膀捅了一拳。

「所以，你會去嗎？你會到店裡工作嗎？」

關在回答之前，帶著一絲滑稽的表情看了他一眼。「如果你需要的話，我可以暫時去那裡工作，不過不是長期的。修改衣服會讓我無聊到死。不過，燕正在找工作，她也喜歡縫紉。只要她可以把孩子帶去店裡的話，這應該會是皆大歡喜的局面。」

麥可感到了一股奇怪的輕盈感佔據了自己。「聽起來很完美。」

「你早該開口了。我們家族裡永遠都有人需要一份工作。沒有人能夠理解你為什麼可以在那間店裡待這麼久。因為你很明顯地討厭那份工作。你知道，你並不孤單。家人會支持你的。」

麥可看著他表哥誠摯的臉孔，發現自己從來不曾考慮過要尋求幫助，直到現在。他父母的問題和他母親的健康，一直都是他獨自背負的十字架。為什麼他會那樣想？因為他對於自己最初的離開感到愧疚嗎？也許，他認為他應該要為自己的自私贖罪。還有，也許，他太驕傲了，就像他父親一樣。

「你說得沒錯。我早就應該要開口求助的。」他的腦子裡出現了幾個想法，於是，他接著說：「事實上，我現在可以藉由你的幫助來發展我的品牌。我是個設計師，不是一個商人，而且，我知道你正在念那個MBA……」

關神情嚴肅地把雙臂交叉在胸口。「你是在問我要不要和你一起創業？」

麥可帶著同樣嚴肅的目光看著他的表哥。「對。我想是的。五十｜五十。」

關重新開始擦著桌子。「我得想想。」

「當然，是啊。我會把我的設計發給你。」

「你不需要那麼做。」關專注地擦著桌子。

「噢，好吧。」麥可遲疑地往後退開一步。也許他根本不應該開口問的。他們以前也曾經聊過合作的問題，但是，也許那只是說說而已。

關不耐煩地抬頭瞄了他一眼。「我知道你的能力，麥可。」

麥可這才吐出了一口氣，原本他還擔心他表哥對他信心不夠，現在卻擔心他太有信心了。

「當然，我們會擬定正式的合約，並且做好各種安排，這樣，我就不會搞砸你，像我爸爸對我媽那樣。」

關挺起身，翻了翻白眼。「只要握手就可以了吧？」說著，伸出了一隻手。

麥可的目光在他表哥的手和他的臉之間來回了好幾次。「這是幹嘛？你決定了？就這樣？我們都談不到兩分鐘。」

「你是要還是不要？」

麥可緊緊地握住他表哥的手，止不住臉上的笑意。看起來每個人都相信他，除了他自己。

「好，就這麼做吧。五十—五十。」

關並沒有把手放開，相反地，他用力將麥可拉近，給了他一個單手的擁抱。「你真是個混蛋，你知道嗎？我一直在等你對我開口。你也花太久的時間了。」

史黛拉在菲利普的辦公室外停下腳步，伸手敲了敲門。他從他的電腦螢幕上轉過身來。等他認出玻璃門外的身影時，他立刻就走過來把門打開。

「嗨，史黛拉。」他帶著笑容，不過眼神卻有所保留。

「我正要出去。要和我一起晚餐嗎？」她現在最不想做的一件事就是和菲利普在一起，但是，她已經告訴過她父母會把他列入考慮，而她向來都對自己的承諾認真以對。也許，她可以讓自己也喜歡上他。此外，她百分之百地確定，他不是那種因為同情才和她在一起的男人。這點很重要。

「我很樂意。」菲利普臉上的笑意已經增強到了刺眼的程度。「給我一秒鐘，讓我先存檔。」

當他們沿著明亮的人行道走向市中心的餐館時，菲利普主動把手放在了她的背部下方，雖然，她已經竭盡所能地想要忽視他的舉動，不過，經過一兩分鐘之後，她還是讓兩人之間保持了距離。

她的手指緊緊抓住皮包的肩帶。「我還沒準備好。」

他把手垂放到自己身側。「還忘不了他，我明白了。」

「我正在努力。」她已經同意讓她的幫傭這週清洗床單。不會再有麥可的味道了。

「他和我媽上床，史黛拉。那應該會有助於你更快把他給忘了。」

她瞪著他憤怒的側面。「你和海蒂上床。」

「海蒂又不……老。」

「你媽媽也不老。」

他翻了個白眼。

「如果你勾搭我們新來的實習生，我會對你感到很不高興的。她還只是個孩子。順帶告訴你一聲，她是麥可的妹妹。」

「那個火辣的珍妮是他妹妹？」

「她是最好的候選人。」

「她是，」他不情願地承認。「她非常了解迴歸分析和統計學。我不敢相信她是他妹妹。」

當他們在餐館坐下來時，他還在喃喃自語著珍妮的事。

「她高中才畢業三年而已，菲利普。」

「那又怎樣？」

她惱怒地吐出了一口氣。不過，她並沒有指稱他有多麼虛偽，反而說道：「我們來聊聊興趣吧。你有什麼興趣嗎？都是些什麼？」

這讓他的情緒立刻輕快了起來。「我很喜歡高爾夫。我打得不差。我也喜歡去健身房。」

他喝了一口玻璃杯裡的水，目光掃過餐廳內部豪華的裝潢。

史黛拉等著他開口問她關於她的事。然而，他只是隨著餐廳播放的古典吉他背景音樂而在桌面上輕敲著手指。隨即又喝了一口水。

「我每天都會游泳或者跑步。」他補充說道。

「不練武術？」

「呃。我在大學的時候上過劍擊課，不過，現在這個年紀還玩這個似乎有點傻。」

這表示麥可很可能可以在一場比賽中擊敗他。她會很高興看到這樣的比賽。

「我喜歡功夫電影。」她說。

「那真不像你。我自己比較喜歡看紀錄片。」

在菲利普滔滔不絕地談論著他最近看過的紀錄片時，史黛拉的思緒飄到了其他地方。她發現自己在重新想像慈善晚宴那天晚上的事。在她的幻想中，麥可並未和她分手，而是宣告他無可救藥地愛上了她。在無來由的憤怒之下，菲利普要求和他進行決鬥，兩人於是在游泳池畔對決。由於他們手邊並沒有劍，因此，高爾夫球桿就成了他們的武器。

這樣的幻想讓她的臉上浮現出一絲笑意，而菲利普卻將她的笑容解讀為鼓勵，進而更加熱切地談論著他對揭發內幕和政治性紀錄片的熱情。

史黛拉很好奇一場劍道和擊劍的對決會是什麼模樣。如果他們真的使用高爾夫球桿的話，這種畫面可能會很滑稽——假設他們能有足夠的自制力，而不會把對方打到死。韓劇還真的需要這樣的一場戲。她一定會百看不厭的。

主角甚至不需要贏。為了贏得女主角，他只需要為她而戰就可以了。如果他輸了，她會更熱烈地吻他。

當他們站在餐廳外擁擠的人行道上時，菲利普笑著抓起她的一隻手。「我想，我們處得很好，史黛拉。我們應該要再一起出來吃飯。」

語畢，他彎身就要吻她。

當麥可和關一起走向位於大學路上那間他最喜歡的韓國餐廳時，他不由自主地掃視著人行道，企圖尋找史黛拉的身影。她家就在幾條街之外。雖然她未必會在這麼晚的時間還出來逛街，不過，還是有這個可能。

即便抱著如此的希望，不過，當他真的看到她站在對街一間地中海餐廳外面時，他還是毫無心理準備。她的頭髮像平時一樣高高挽成了一個髮髻，她的眼鏡就在鼻梁上，她身上穿的是她慣常穿的牛津襯衫，以及一雙尖頭鞋。他的史黛拉，他聰明、甜美的——

那是菲利普．詹姆士嗎？他要吻她嗎？

麥可燃起了熊熊的怒火。

他的肌肉緊繃，立刻衝了出去。關緊緊地抓住他的手臂，一把阻止了他。

「放輕鬆，老兄。」

在菲利普的嘴唇碰到她之前，史黛拉把臉別開，往後退了一步。她把手從他手中抽了回來，不知道在說些什麼，雖然在這樣的距離下無法聽到她的話，但是她顯然是在拒絕。

菲利普並未像男人一樣地接受，反而帶著掠奪性的目光向她靠近。

「好吧，他自找的。」關說道。

說著，關放開了他，麥可立刻失去理智地衝過了街。就算馬路上有任何的車輛駛過，他也完全不當一回事。他只知道要直接穿越車流。在那個混蛋還沒來得及用他骯髒的嘴唇碰到史黛拉已經轉開的側臉之前，麥可拉開了他，一拳落在了菲利普的眼睛上。

在菲利普踉蹌地往後退開時，麥可將詫異中的史黛拉拉進了懷裡。在滿心的憤怒下，一股正確的感覺似乎塵埃落定了下來。她的感覺，她的氣味，都是他的。

「你沒事吧？」他低聲地問。

她眨著眼睛，困惑地看著他。「你剛才真的打中了他的眼睛？」

「那個小混蛋正準備要對你霸王硬上弓。這不是第一次了。沒有人可以強迫你。永遠都沒有。」

菲利普放下遮住眼睛的手，伸出一隻手指直指麥可的方向，只見他的眼睛已經快速地腫了起來。「我們在約會。沒有什麼強迫不強迫的。」

史黛拉推開麥可，調整了一下皮包的肩帶。「我要回家了。我自己會回去。晚安。」

「史黛拉，等等。」菲利普試著要跟上她，卻被麥可擋了下來。

「你聽到她說的話了。她要自己回家。」

就在菲利普看似想要堅持之際，關來到了麥可身邊。他的雙手垂落在身體兩側，但身體的姿勢卻像即將訴諸暴力一樣，連眼神都帶著一絲冷酷。「有什麼問題嗎？」

麥可和關組成的障礙讓菲利普放棄了。他的嘴看似要說什麼，不過，最後只是緊咬下巴，帶著渴望看著史黛拉離去的方向，然後逕自走開。

麥可捏了捏關的肩膀。「謝了。」

關的嘴角微微上揚，往史黛拉的方向點點頭。「你應該要去看看她。」

「你先進去坐。我等下回來找你。」

語畢，他趕上了史黛拉，走到她身邊，然而，她不僅沒有減緩腳步，反而加快了速度，雙眼直盯著前方。

「一切都在我的掌控之中。別忘了我有電擊槍。」

她突如其來的開口和漠然的語氣，讓麥可完全沒有心理準備，也惹惱了他。他依然每天都夢到她，而她卻已經開始和別人約會。他們分開甚至都還不滿兩週。

「我想，你是等不及要試試你的新技巧了。」

她抓住皮包的肩帶，腳下的速度更快了。人行道已經到了盡頭，她的高跟鞋開始踩在通往她家的住宅區柏油路上。

「如果你想和他上床的話，你就完全做錯了。你應該要讓他吻你。你為什麼不要？緊張嗎？」

「走開，麥可。」

「我要知道你為什麼不吻他。他是你想要的。不是嗎？」

她停下了腳步。她看著路邊，急促的呼吸讓她的胸口不斷地起伏。「你為什麼要跟著我，還要和我說話？我不知道要怎麼處理這種情況。我不知道我應該要如何反應，或者應該要說什麼。」

「我們不能表現得像朋友嗎？」他以為他們是朋友，至少還是。

她迎向他的目光。在街燈和月光的照耀下，她的眼睛看起來似乎含著淚水，而且是那麼地脆弱。「我們是朋友？」

「我希望是。」

「那對我行不通。」她往旁邊退開，下巴緊繃地瞇起雙眼。他以為她生氣了，直到她的淚水沿著臉頰滑落。「我不想要當你可憐的朋友。」

她的淚水讓他的胸口緊縮，他屏住了呼吸。「有誰說過什麼可憐不可憐的嗎？」

她拭去臉上的淚水，顫抖著下巴說：「你說過。你說你對我的幫助已經結束了，但是，我對你而言還是不夠。你說過的，而且你也是認真的。你現在不能把話收回去了。」

「我從來都沒說過是你，我說的是我們。」他困難地吞下口水。「你從來都沒想過我指的是我自己嗎？我對你來說並不足夠？」

她誠實的眼神在他的臉上搜尋，她顯然不明白他在說什麼。「我為什麼要那樣想？」

「因為我是個男妓，而我父親是個罪犯。」

她的唇角下滑，從他身邊踏開一步。「我不在乎那些。那些事並沒有影響到你是誰，或者你是怎麼對待我的。你用它們作為藉口，因為你不想傷害我。但是，我希望你知道，我可以面對得了真相。如果我對你來說並不足夠的話，那很公平，我也會接受這樣的事實。我最終還是可以忘了你。我不想要被保護或被欺騙，只因為我是個什麼樣的人。我不需要你憐憫的友誼。」

語畢，她快速走過他身邊，沿著大街繼續往前走。她的步履匆忙而堅定。既沒有讓人想入非非地扭腰擺臀，也稱不上優雅；這完全不是伸展台上的走法。他喜歡這樣。

他愛她。

而她卻試著要忘了他。

為了要忘掉他，她得先愛上他。她知道他是個伴遊，知道他的經濟狀況、他的教育程度，還有他父親的事，但是，她依然愛他。

這份覺醒改變了一切。

他燃起了一股決心。缺乏安全感讓他變得盲目，讓他把她推開，並且傷害了她。他真正應該要做的是為她而戰。

這場戰鬥現在開始了。如果她可以相信並且接受他的原貌，那麼，他也可以。她值得擁有那樣的男人。他要為了她成為那樣的男人。

他遠遠地跟在史黛拉身後，確保她平安走進家門，然後才回頭去找關。他需要有人幫他構思一套作戰計畫。

28

一陣敲門聲讓史黛拉從她正在設計的計算程式裡回過神來。在她轉過身來的時候，辦公室的門被打開了，一大束的海芋走進了她的辦公室。

公司的櫃檯主管貝妮塔，一名四十出頭、一頭黑髮、身材曼妙的女子，把花瓶擺在桌上，然後吐出了一口氣。「好了，真重。看來你有追求者。」

史黛拉從花朵中間夾出一張卡片。她立刻就認出了麥可大膽而潦草的字跡。

給我的史黛拉。我想你。愛你，麥可。

「我不知道這是什麼意思。」她看著掌心裡的卡片。

貝妮塔湊過來看著麥可的留言，笑著說：「麥可是你正在約會的對象，是嗎？他很帥。」

「我們分手了。」

貝妮塔的笑容多了一分淘氣。「看起來，他想要和好。你會再給他一次機會嗎？」

在她來得及回答以前，菲利普走過了她的門口。幾秒鐘之後，他倒走了回來，怒視著她桌上的那束花。只見他的右眼上多了一道明顯的黑眼圈。

「那個狗娘養的。」他衝進她的辦公室，往那個花瓶走過去。

她立刻擋在花瓶前面。「你要幹什麼？」

「我要把它們扔進大垃圾桶裡，那才是屬於它們的地方。」

「不，你不能。它們是我的。」那是她有生以來第一次收到男生給她的花束。

「我會送你更好的花。」他咬牙切齒地說。「那些一定得被扔掉。」

「我不想要你送花給我。」

「我們在交往，記得嗎？」

「我們沒有在交往。我們約會過一次，但我不想再有第二次。我們一點都不適合。」

貝妮塔抿著嘴唇，揚眉看著菲利普，眼前的戲劇性顯然讓她看得很樂在其中。

他肩膀緊繃、雙手握拳地逼近史黛拉。「但是你和他就很合適？」

她握住手中的卡片。如果是單戀的話，還算得上合適嗎？

「當他和我在一起的時候，我很快樂。他是個很好的聽眾。不只如此，他想要知道關於我的事，我一整天過得好不好，我在做什麼，還有——」

「我只在乎他的床上功夫好不好。」貝妮塔插嘴說。

史黛拉咬咬下唇，從頭到腳都羞紅了。好這個字對麥可並不公平。棒極了會比較適當。

「你真幸運。」貝妮塔轉而面對菲利普，然後抓住他的手臂。「走吧，小菲，我們到廚房去吧。你的眼睛需要冰敷。」

小菲？

菲利普屏住呼吸地咕噥著，然後在貝妮塔把他拉出史黛拉的辦公室前，又憤恨地看了那束花好幾眼。當他們兩個沿著走廊離開時，他的一隻手放在了她的尾椎上，然後往下滑落，捏了她一把。史黛拉原本以為貝妮塔會斥責他，然而，她卻只是撥開他眉頭上的髮絲，咯咯地嘲笑他眼睛上的瘀青。

那還真……有趣。

很顯然地，貝妮塔並不在意菲利普一遇到女人就變成了煩人的獵犬。眼前的這一幕對史黛拉來說剛剛好。這樣，她就不需要因為不再約他而感到過意不去。

她把花瓶轉過來，撥弄著一枝枝的花朵。她對花向來都無感。它們會發臭、會枯萎，然後，你還得把它們扔掉。但是，這些花是麥可送給她的。

她的手機不停地在嗡嗡作響，當她從抽屜裡拿出手機時，她看到了是他。她考慮著是否要讓電話直接轉入語音信箱，但是，她的拇指卻自動按下了通話鍵。

「哈囉。」

「你收到了嗎？」他問。

「收到了……謝謝你。」

「菲利普．德克斯特的眼睛今天看起來如何？」

「是紫色的。」

他發出了滿意的聲音，她幾乎可以看得到他邪惡的笑容。她差點就要像個女學生一樣地嘆息。他這種野蠻的行為不應該讓她這麼高興才對。

「幾天之內就會開始變成綠色了。」他說。

「你真的不應該把他的眼睛打成那樣。」不過，她很高興他那麼做了。那讓她感受到一種從來不曾感受到的特別。她真是一個嗜血的壞女人。

「你說得沒錯。下次，我會命中他的蛋蛋。如果有人打算吻你的話，那個人最好是我。」在一陣尷尬的暫停後，他才又說：「你今晚願意和我一起吃飯嗎？」

一想到要再見到他，她那顆愚蠢的心就狂跳了起來，然而，她強迫自己冷靜下來。她不明白他為什麼要做這些事，她不相信。「不願意。」

他沉默了很久才說：「很好。我喜歡挑戰。」

「我不是在挑戰你。」

「我知道你不是。你是在試著忘掉我，那比挑戰更糟。」

「麥可……」

「我還有事要做。晚點聊。我想你。」語畢，電話就掛斷了。

她在辦公室裡來回踱步，腳步越來越急躁。他不希望她忘掉他。這太令人心煩了。她應該要怎麼做？永無止境地苦苦思念他嗎？

他這股突來的詭異追求是在他看見菲利普企圖強吻她之後發生的。麥可想要警告菲利普不要靠近她，因為他認為她無法保護自己。

她還是他施捨的對象。

在沉重的呼吸下，她拿起他那張卡片，揉成了一個不成形的紙團，丟進了垃圾桶裡。那就是他對她的憐憫。

如果她想要忘了一個男人，她就會忘掉那個人。

她坐了下來，重新閱讀著螢幕上最後幾行的程式碼。她的思緒紊亂到她無法集中注意力。她不停地想起麥可。她的身體依然渴望著他的愛撫和那些猥褻的言語。不只如此，她想念他，也想念他們在一起的那些日常習慣。

他不可能真的想要她回到他身邊，不過，如果他真的想的話就太好了。當她發現到自己的思緒又朝著希望的方向奔去時，她責罵著自己，告訴自己要聚焦在數據上。但是這沒有用。她挫敗地嘆了一聲，將他的卡片從垃圾桶裡撈了出來，攤平，然後塞進她的一個抽屜裡。

那星期的每一天，他都打電話來約她一起晚餐。每一天，她也都拒絕了。她不需要、也不想要他的幫助。她可以好好照顧得了自己。

週五傍晚的時候，她的桌上除了那個海芋的花瓶，還有另一個插滿玫瑰的花瓶，玫瑰花的顏色從鮮紅到粉紅都有。另外，還有一束氣球，以及一隻穿著空手道衣服的泰迪熊。她已經老到不適合絨毛玩偶了，而且，一看到那隻泰迪熊就讓她好生尷尬。麥可這些過度的行為已經讓她變成了辦公室裡的話題。她得要找出辦法來停止這一切。

到了下班的時候，她關掉電腦，拿起皮包，在走出辦公室門口之前，一把抓起了那隻空手道泰迪熊。她不想要這隻熊，但是，一想到它整夜獨自坐在她的辦公室裡，就讓她感到心碎的傷感。

她把玩具熊夾在手臂下面，盡可能地不讓它露出來，然後走出了大樓。沒有人需要看到她帶著一隻絨毛玩具到處走。

「要回家嗎？」當她穿越停車場的時候，一道孤獨的聲音從她身後響起，她的心臟瞬間跳到了喉嚨。

她倏地轉身，一隻手掩住了胸口。

麥可突然從她辦公大樓的牆邊走了出來，大拇指掛在他的口袋上。他穿了一件合身的黑色西裝，牛津襯衫的領口敞開到喉嚨，搭配了一條黑色的長褲。太帥了。她把眼光從他敞開的襯衫領口挪開，轉而把她掉落的玩具熊從地上撿起來。

她拍了拍玩具熊身上的毛，對他說：「這可以被視為是跟蹤，你知道的。」

他帶著靦腆的笑容點了點頭。「我知道。」

「你得要停止這一切。」

「這樣不是有點浪漫嗎？我沒有太多追求女生的經驗，所以，如果我做得太過頭的話，你得要原諒我。」

她抿著嘴。以他的長相和魅力，她很確定，他只要勾勾手指，等在那裡，就會有女人主動爬向他。她再也不想成為那些傻女人其中之一。「夠了，麥可。我們彼此都知道你不是在追求我。」

他挺起了肩膀。「你是什麼意思？」

「你不需要再為了菲利普而保護我了。他已經把他的注意力轉到公司前檯小姐的身上了。」

「這些都和菲利普無關。」他皺緊眉頭、繃緊下巴走向她。

當他靠近的時候，她的本能告訴她往後退開，然而，固執卻讓她的腳跟黏在了地上。她抬起下巴。她不怕他。「我已經受夠了你的同情。我不想要——」

他一把捧住她的臉，吻了她。一股快感流竄過她，在她來得及抗拒之前，她的抗拒就已經結束了。他冰涼的雙唇絲滑般地貼著她，讓她覺得自己彷若置身天堂。當他灼熱的舌頭探進她的口中時，他那股鹹味和熟悉的氣息迷醉了她。她抓住他的肩膀，將自己的身體迎向了他。他用雙臂擁住她，讓彼此的髖部抵住對方，一個柔軟一個剛強。她覺得自己的四肢都要融化了。

「看看你為我融化的樣子，」他磨蹭著她的唇邊。「我好想你。」

他再次地吻她，深沉而舒緩的吻讓她的腳趾都蜷縮了起來，讓她在他的唇邊發出了嘆息。她披散著頭髮，顫抖著任他將手指插入她的髮絲。

「漂亮的史黛拉，」他低聲說道，雙手撫過她垂落的頭髮。「我可能不擅長追求，不過，我很懂得吻你。」

這句話彷彿一個巴掌，立刻將她從親吻的迷眩中打醒。她掙脫出他的懷抱，用衣袖抹著自己的嘴。「不要吻我。不要碰我。我不要你因為同情而和我做任何事。」

「你為什麼一直要說同情？我從來都沒有說過我同情你。」他皺著眉頭說。

「那你為什麼不收我的錢？」不等他回答，她再度彎腰把掉落的玩具熊撿起來。她想要把泰迪熊緊緊抱在懷裡，但是，她卻讓自己把它遞給了他。「過去這週確實還不錯，但是，我已經受夠了。我現在要求你不要再這麼做了。求求你。」

「那表示你對我不再有任何感情了嗎？」

她的雙眼蒙上了一層濕氣，她在視線模糊下轉身走開。「我要走了。」

「因為我對你有感情。」

她停下了腳步，感到他的手握住了自己的手，再次將她拉到他面前。他輕輕地扶起她的下巴，她的眼淚隨時就要決堤了。他真的那麼說了嗎？在她咚咚的心跳聲下，她一定是聽錯了。

他吸了一口氣，吐出來，又吸了一口氣。「我沒有收你的錢，因為我愛上了你。我告訴自己你需要我，我告訴自己幫助你可以證明我和我父親不一樣，但是，那都只是為了要和你在一起的藉口。你不需要我，我也不需要證明我不像我父親。我知道我不像他。我之所以結束一切，是因為我相信你並不愛我。但是，當你說你要忘了我時，你給了我希望。」

她的肌膚滾燙——她的手、她的脖子、她的臉、她的耳根。他並沒有同情她。他愛她。她沒有聽錯嗎？這是真的嗎？

他嚥了嚥口水。「你可以說點什麼嗎，求求你？當一個男人告訴一個女人說他愛她的時候，他不希望得到是無聲的回應。我遲了一步嗎？你已經忘了我嗎？」

「你穿著我給你的內褲嗎？」

他爆笑出來。「有時候，你的腦子運作的方式對我來說，真的完全是個謎團。」

「是嗎？」她把泰迪熊夾在手臂下面，轉而把手指伸進他皮帶上的褲腰裡。

他揚起嘴角，解開皮帶和褲子上的釦子，將褲子上的拉鏈拉下。「如果我們因為公然猥褻而被捕的話，他們最好讓我們關在同一間牢房裡。」

她把他的襯衫下襬拉出來，即便在停車場昏暗的燈光下，她也可以看到他內褲上的紅色格子圖案。她抬起頭注視著他，一股沸騰的暖意滲透了她，填滿了她的心，擴散到了她身體的每一吋。他真的愛她。她的理論被證實了。麥可的 β 值從一變成了零。因為她的緣故。「你確實穿了。」

「我不喜歡不穿內褲。摩擦力太大了。」

她試著壓抑住一抹傻笑，隨即拉好他的褲子和皮帶。「女人會幫她們所愛的男人買內褲。這是經濟學。這個說法有數據支持。」

「你是在告訴我你愛我嗎，史黛拉？」

她抱緊空手道玩具熊，點了點頭，突然感到了害羞。

「你不打算對我說出那句話嗎？」他問。

「除了我父母以外，我從來沒有對任何人說過。」

「你以為我到處對女人說我愛她們嗎？」他將她拉近，讓彼此的額頭靠在一起。「我會讓你說出口的。今晚。」

「我應該要擔心嗎？」

「對。」

「你打算要……」他眼裡的烈焰讓她無法往下說。

「我們回家吧。」

「好。」

他並未帶著她沿街走向她的房子，而是帶她走到了一輛銀色的小 Honda Civic，然後幫她打開了乘客座的車門。「我把我的車賣了。」他尷尬地聳了聳肩。

她坐進車裡，繫上安全帶，欣賞著非皮革的乾淨內裝。沒有任何東西會讓她想起艾莉莎。「我比較喜歡這輛車。」

「你會的。」他笑著坐到方向盤後面。「我和關合夥，開始了我自己的服裝品牌，所以，我需要資金。既然我已經不當伴遊了，自然沒有理由還留著那輛車。」

他終於那麼做了——辭去伴遊的工作，抓住機會，為他自己打響名號。在這一刻裡，他對她來說是那麼地完美，完美到她想要爬過手排檔去吻他，直到他喘不過氣來為止。

「太好了。我真為你高興，麥可。」然而，他為了錢而變賣掉他的車子，這個想法困擾著她，特別是他還把她的支票還給了她。「你還需要支付你母親的醫療費嗎？基金會的醫療協助計畫沒有辦法承擔全額嗎？」

他歪著頭，皺緊雙眉地看著她。「你怎麼會知道我母親的帳單和那個計畫的事？」經過幾分鐘的遲疑，他瞪大了眼睛。「是你嗎？」

她避開了他的目光。

「是你，」他的聲音裡帶著發現事實的語氣。「你怎麼會知道我母親沒有保險的事？」

「那天晚上，我在你的公寓裡看到了那些帳單，然後，我把她的醫療費用和你的伴遊收入聯想在了一起。我想……我就是在那個時候完全愛上你的。」

一抹孩子氣的笑容浮現在他的嘴角。「我原本打算要用最甜美的方式，讓你說出那幾個字。」不過，他的笑容很快地消失了，取而代之的是一抹若有所思的表情。「那一定花了很多錢。你啟動了一個醫療計畫。你到底是多有錢？」

她帶著一絲擔憂，繼續抱著那隻泰迪熊。「我已經沒那麼有錢了。好吧，我是有點錢。那要看你怎麼定義。你可能不會喜歡。你確定你要知道嗎？」

「說吧，史黛拉。」

「我有一個信託基金。裡面大概有一千五百萬。」她聳聳肩。「我把它捐給了帕羅奧圖醫學基金會，讓他們展開那個醫療計畫。」

「你放棄了你所有的信託基金？為了我？」

「當你有這樣一筆錢的時候，那不就是你應該要做的事嗎，不是嗎？放棄？我的薪水夠我生活了。那不過就是錢罷了。麥可，而且，我無法忍受你被迫去當伴遊的想法。如果你自己想做，那是另外一回事。但是，如果你不想的話……」她搖了搖頭。「我決定要給你一個選擇。此外，我們現在也幫助了很多家庭。這是一件好事。」

「我們？」他往前親吻了她的臉頰，她的唇角。「那全都是你做的。那筆錢不是我的。」他在她的唇上印下一連串的吻。「謝謝你給了我那樣一個機會，所以我才能選擇你。謝謝你的存在。我愛你。」

她止不住自己臉上的笑意。她覺得他的這句話讓她永遠也聽不膩。「現在，我可以底氣十足地說我男朋友是個設計師了。那是說，如果你是我男朋友的話。你是嗎？」

他沒有立刻回答她，只是發動了引擎，將車子駛出停車場。他盯著前方的馬路，聲音聽起來漫不經心。「我最好是你的男朋友。因為我要在三個月內向你求婚。」

一股震驚彷彿冷熱交替的浪潮向她襲來，史黛拉只能張大了嘴。「你為什麼要告訴我這件事？」

他的唇邊浮現一絲微微的笑意，他很快地瞄了她一眼，隨即又將目光專注在前方的路上。

「因為你不喜歡驚喜，我猜，你需要時間適應一下這個想法。」

他說得沒錯，不過，在她尚未往下深究之前，他把一隻手從方向盤上縮回來，握住了她的手，就像他一直以來那樣地和她十指緊扣。

她什麼也沒說，只是讓自己淹沒在這一刻裡，那份不確定、那份透不過氣來的希望、那份焦慮，以及那份閃閃發亮的滿足。她滿意地看著他們交握在一起的手。這個畫面是如此地不同，不過，卻依然是她所熟悉的那五根手指，五個指節，也依然勾勒著同樣的藍圖。

她握緊了自己的手，他也同樣握緊了她。掌心相對，兩個孤獨的二分之一，在一起找到了慰藉。

尾聲

四個月後

史黛拉走在舊金山倉庫區一條安靜的街道上，在這個低調的城市角落裡，進駐了好幾家來自西岸的時裝公司。她推開一扇沒有標記的大門，走進一間由鋼牆、水泥地板和開放式天花板所構成的一個工業空間。

房間的遠端正在進行一場平面攝影，史黛拉看著那些身穿麥可最新設計的模特兒，嘴邊不禁泛起了一絲笑意。天氣才剛入秋，然而，模特兒已經在展示他的冬季系列了。模特兒的年齡從學齡前兒童到青少年都有，孩子們身穿剪裁精緻的小西裝和背心，頭上搭配了同系列的報童帽，有的則穿著針織洋裝和鑲有絨毛邊的斗篷。

關先看到了她。「嗨，史黛拉。」他漫不經心地朝她揮揮手，隨即繼續和那名女攝影師熱切地溝通。

麥可正在把一條金色的緞帶繫在一個小女孩白色的雪紡晚禮服上，他停下手中的動作，雙眼發亮地抬頭看著她。「你來早了。」

「我想你。」

他臉上的笑容加深了，然後拍了拍小女孩的肩膀，示意她走到拍照的場景裡，只見一名協調工作人員正在那裡安排孩子們的位置和道具。他雙手插在口袋裡走向她，滿意地看著她今天穿著的那件海軍藍洋裝，以及隨意繞在脖子上的圍巾。她知道他正在欣賞他為她今天所挑選的服裝，她抿著嘴唇，壓抑著臉上的笑容。這是讓他感到快樂的事情之一……

當他走到她身邊時，他彎身親吻了她的唇，雙手也沿著她的手臂滑下，握住了她的手。他把她的指節湊向自己的嘴唇，拇指輕輕撫摸過她左手的手指，讓她的注意力跟著落在了自己無名指上那枚鑲嵌著三顆鑽石的晶亮戒指。

「我仍然無法相信你負債買了這個給我。」她說。

即便如此，她還是必須承認，她深愛這枚戒指所代表的一切。她從來都不是個喜歡珠寶的人，不過，她發現自己比她所預期的更常注視著這枚戒指，而且總是想到麥可。每當辦公室的同事看到她莫名其妙地傻笑時，他們總會翻著白眼，低聲地咕噥著什麼。

「我必須說你真的很『迷人』。還有，就在今天早上，我已經正式脫離債務了。關幫我們拿到了風險投資的資助。我們會在聖誕節之前開三家新店。」

她在腦子裡算了一下數字，立刻就跟著興奮了起來。「還真的很快。你們甚至比我幫你規劃的高度成長軌跡表現得還好。」

「是啊。事實上，你的分析是那些風險資本家被說服的原因之一。」

「我認為那是你的設計和積極的市場策略為你們自己贏來的。」

「好吧，那也許也有點關係。」他笑著說，不過他的眼神卻很溫柔。「這段時間以來，有你在我身邊，對我而言就意味著一切。我希望你知道這點。」

「我知道。」過去幾個月對他們兩人而言，都是很忙碌的一段時間，然而，他們一起搞定了。「對我來說也是。」

他的表情轉為嚴肅。「你說你今天要在公司和合夥人開會。結果如何？」

「他們又給了我升遷的機會。首席計量經濟學家。除了我信任的實習生之外，還有五個人直屬於我。」

「然後呢？」

她吸了一口氣才接著說：「我接受了。」

他張大了嘴，下一秒立即用力地將她摟進懷裡，親吻著她的鬢邊。「你後悔嗎？」

她將臉埋入他的胸口，深深呼吸著他的氣息。「不。我很緊張，不過，我更高興。」

「我真為你感到驕傲。」

她笑到臉頰都發疼了。「隨著升遷而來的是一筆獎金。我要先警告你，我會幫你買輛新車。」

看到他往後退開，她不禁擔心自己的話是否讓他生氣了。當他開口時，她無法判斷他臉上的表情意味著什麼。「我可以幫我自己買輛新車。」

她咬著下唇，不想皺起眉頭，不過，如果他想要靠自己的話，她也可以理解。她不需要寵壞他。她只是想要這麼做而已。

「不過，我想要你的那一款。」他繼續說道。「而且，我喜歡黑色的。」

她把頭歪向一邊，緩緩地吐出一口氣。「那是說……？」

「那是說如果你想要買輛車給我的話，我就會開。」他微彎的嘴唇看似一抹笑容，他的眼睛也在閃爍。「如果你想要買內褲給我的話，我也會穿。」

她覺得胸口一陣輕盈，為了不讓自己不小心飄走，她立刻抓住了他的手。「這意味著你愛我。」

一如既往地，他讓他們十指相扣，緊緊地握住了她的手。「沒錯。這就是經濟學。」

劇終

作者注記

我第一次聽到「高功能」自閉症，過去稱之為亞斯伯格症候群，是在一次和我女兒的學前教師的私人討論中。老師的說法讓我十分震驚。雖然我女兒有點難搞，但她一點都不符合我對「自閉」先入為主的看法。在我眼中，她一直都是她本來就應該有的模樣——一個性格火爆卻甜美的小傢伙。我回到家之後，很快地上網做了功課，而我的發現似乎也和我女兒的特徵並不一致。為了安全起見，我徵詢了我的家人和她的醫生的意見，而結果是一致的：她沒有自閉症。他們應該是對的，因此，我也放下了這件事。

至少，我以為我放下了。真實生活裡的我放下了，但是，身為作家的我卻對此大感興趣。你瞧，一個男人版的麻雀變鳳凰已經在我的腦子深處蠢動了好一段時間，但是，我一直無法釐清為什麼一個成功的美女會雇用一名伴遊。我在網路上快速搜索到的一項自閉症特質讓我念念不忘：缺乏社交技巧？這絕對是我深有同感的一件事——也是雇用伴遊的一個具有說服力的理由。如果我的女主角有自閉症，但是卻像我女兒那樣，外表看起來並沒有自閉症呢？我需要多了解這個角色。

我開始熱切地研究，然後發現了最有趣的一件事：有專門針對女性症狀而寫的書。女性為什麼需要她們自己的書？我們都是人。我覺得男人和女人應該都是一樣的。結果，我買了露迪·西蒙所著的亞斯伯格女孩。

當我開始拜讀她的著作時，我萌生了一股最奇特的感覺，而隨著我的深入閱讀，那股感覺就越加強烈。很顯然地，自閉症在男性和女性身上被察覺到的方式有著顯著的不同。我過去所看過的資料談的都是男性自閉症患者，然而，很多女性自閉症患者在各種不同的理由下，偽裝了她們的笨拙，並且隱藏了她們的自閉症特徵，以求更能為社會所接受。即便我們所迷戀的事物和興趣，也都比較符合社會的接受程度，例如對馬和音樂的迷戀，而非數字三開頭的車牌號碼。正因為如此，女性通常都沒有被診斷出來，或者在長大之後很晚才被診斷出來，尤其是常常在她們的孩子受到診斷之後，她們自己才跟著被診斷出來。患有亞斯伯格症的女性存在於人們口中「看不見的光譜」裡。

當我在讀露迪．西蒙的書時，我發現我回顧起自己的童年，並且想起了無數的小事，例如學校裡有人告訴我，說我臉上的表情很恐怖，在那之後，我花了很多很多的時間對著鏡子練習。有時候，我一整天都在模仿我最喜歡的表姊，模仿她的風格和說話的方式，因為她很受歡迎，那就代表著她的言行舉止一定都是對的，只不過那樣的模仿實在令人筋疲力盡。還有，每當我覺得緊張或者無聊時，我會如何用手指一遍又一遍地按照一－三－五－二－四的順序輕敲，不過，在我發現這個動作讓別人覺得很煩之後，我就開始改用牙齒來數拍子，這樣就沒有人會看到或者聽到了，現在，雖然我有早發性的牙周病，但是，為了活命，我不能因此而不再咬牙。此外，我對喬治．溫斯頓的迷戀，讓我在很小的時候就自學鋼琴，而這種迷戀在幾十年之後依然還是很強烈。還有，還有，還有，還有……

原本只是為了寫一本書而採取的研究，變成了自我覺醒的一段旅程。我知道了自己並不孤單。還有很多人就像我一樣，而我女兒很可能也和我一樣。在我終於被診斷了之後（我三十四歲那一年），史黛拉，我的自閉症女主角也在紙上誕生了。對我來說，描寫一個角色從來都沒有這麼容易過。我很熟悉她。她來自於我的內心。我不需要過濾我的想法，來讓她變得可以被社會接受，就像我在不知不覺中已經行之多年的那樣。而這份自由讓我找到了自己的聲音。在這之前，我一直在模仿其他作家的風格，試著要當別人。當我寫《親吻實習課》的時候，我變成了我自己，而且從此不再需要為自己感到抱歉。至少，在我身上是這樣。我已經開始接受治療，幫助我自己克服那些難題，那些我一直以來都不知道其他和我一樣的人也有的難題。

也就是說，我覺得有必要指出，具有這種症狀的人都有他們各自不同的經驗、障礙、力量和看法。我的經驗（也是史黛拉的經驗）只是眾多其他經驗之一，並且不能被視為「標準」。事實上，沒有所謂的標準存在。

對於有興趣的人，我發現以下的資源在自閉症類群障礙和亞斯伯格症方面提供了很多的資訊，不過卻一點都不乏味：

露迪·西蒙的《亞斯伯格女孩》（著眼於女性）（*Aspergirls*）

莎曼莎·卡夫特的《亞斯伯格患者的日常》（著眼於女性）（*Everyday Aspergers*）

約翰·艾爾德·羅賓森的《看著我的眼睛》（*Look Me in the Eye*）

東田直樹的《我想變成鳥，所以跳起來》（*The Reason I Jump*）

描述臨床心理學家唐尼·艾特伍德的 YouTube 視頻

自閉症女性協會（facebook.com/autisticwomensassociation）

祝一切順利

海倫·虹恩

Lámour
Love More

17

親吻實習課

The Kiss Quotient

親吻實習課 / 海倫.虹恩作 ; 李麗珉譯. -- 初版. -- 臺北市 : 春天出版國際文化有限公司, 2022.09
面 ;　公分. -- (Lámour love more ; 17)
譯自 : The Kiss Quotient
ISBN 978-957-741-563-9(平裝)

874.57　　111009964

版權所有．翻印必究
本書如有缺頁破損，敬請寄回更換，謝謝。
ISBN 978-957-741-563-9
Printed in Taiwan

Copyright © 2018 by Helen Hoang
All rights reserved including the right of reproduction in whole or in part in any form.
This edition is published by arrangement with Berkley, an imprint Penguin Publishing Group, a division of Penguin Random House LLC.
through Andrew Nurnberg Associates International Limited.

作　者　海倫．虹恩
譯　者　李麗珉
總編輯　莊宜勳
主　編　鍾靈

出版者　春天出版國際文化有限公司
地　址　台北市大安區忠孝東路四段303號4樓之1
電　話　02-7733-4070
傳　真　02-7733-4069
E－mail　frank.spring@msa.hinet.net
網　址　http://www.bookspring.com.tw
部落格　http://blog.pixnet.net/bookspring
郵政帳號　19705538
戶　名　春天出版國際文化有限公司
出版日期　二〇二二年九月初版

定　價　420元

總經銷　楨德圖書事業有限公司
地　址　新北市新店區中興路二段196號8樓
電　話　02-8919-3186
傳　真　02-8914-5524
香港總代理　一代匯集
地　址　九龍旺角塘尾道64號 龍駒企業大廈10 B&D室
電　話　852-2783-8102
傳　真　852-2396-0050